저는 당신에게
흥미가 있습니다

I am interested in you

재의 마녀 일레이나

어린 나이에 마법사 최고위인 《마녀》가 된 재원.
살짝 돈에 연연하는 경향이 강하지만 본성은 좋은 사람?

©Azure

나, 모르는 게 싫거든.

리나리아

라트리타 국립학원의 마법과에 다니는 소녀. 학원 제일의 우등생이지만, 언제나 혼자서 독서나 자습을 하고 있다. 언뜻 쿨해 보이지만, 매우 열정적인 마법역사 마니아.

이렇게 편리한 도구가 있다니! 신나!

아르테

라트리타 국립학원의 마법과에 다니는 소녀. 마법에 재능은 있지만 일반 교과를 매우 어려워한다. 신기한 회중시계를 우연히 손에 넣는데······.

학원 생활 중에 쓸데없는 일은 하나도 없답니다.

라트리타 국립 학원의 마법과에서 교사를 맡고 있는 묘령의 여성

？？？

으하하하하!
오랜만이로구나, 인류!

루세라

4백 년 전의 봉인에서 소생한 고룡. 봉인이 풀린 지금은 어째선지 인간 모습. 태도는 거만하지만, 세상을 잘 모르는 실수투성이 여자아이.

©Azure

# 마녀의 여행 7
### THE JOURNEY OF ELAINA

# CONTENTS

# 마녀의 여행

### THE JOURNEY OF ELAINA

## 7

Shiraishi Jougi

## 시라이시 죠우기

Illustration

## 아즈루

그날 제가 찾은 나라는 아주 아주 특이했습니다.

그러나 동시에 아주 아주 인상에 남기 힘든 이상한 나라이기도 했습니다. 그것은 결코 특징이 없다든가 재미가 없다는 뜻은 아닙니다.

거리는 먼 옛날과 그다지 달라지지 않은 것도 아니었고, 먼 옛날부터 그곳에 있었던 것처럼 예스러운 모습의 벽돌로 된 건물과 임시방편으로 지은 듯한 목조 건물과 회반죽 벽으로 된 새로운 민가가 있었습니다.

사람들이 끝없이 마을을 오갔습니다.

사람들의 모습도 마을과 마찬가지였습니다.

평범한 사람이 있었고, 마법사가 있었고, 수인이 있었고, 마족이 있었습니다. 온갖 종족이 뒤섞여 사는 마을이었습니다.

그렇기에 길을 걸을 때마다 다양한 풍경이 눈에 들어왔습니다.

이런 다양한 문화가 한곳에 모여 있는 나라를 저는 지금까지 몇 번 방문한 적이 있습니다만——그야말로, 손에 꼽을 정도밖에 없었습니다.

그럭저럭 오랫동안 여행을 했어도 이러한 기묘한 나라를 만날 확률은 그리 높지 않습니다.

그래서, 그렇기에, 이 나라의 내력이 궁금해졌습니다. 이 나라가 어떠한 시대를 거쳐 온갖 종족을 받아들이는 나라가 되었는지 궁금했습니다.

이런 건 여행자의 본성이라고도 할 수 있지 않을까요?

"…………우으으음."

그런고로 저는 지금 헌책방에서 역사 자료를 절찬 서서 읽기 중이었습니다. 예의 면에서는 그다지 좋지 않은 행동이지만, 대부분의 역사 자료라든가 전기는 입장이나 견해에 따라서 주장이 휙휙 뒤바뀌는지라 경솔하게는 살 수 없습니다.

가능하다면 어느 정도 내용을 제 안에서 정리한 다음에 몇 권 정도 살까 생각하고 있었습니다.

뭐, 그런 식으로 살짝 예의에 어긋난 방식으로 제가 독서에 몰두해 있을 때의 일이었습니다.

"어머나. 역사에 관심이 있니?"

책방 안쪽에서 가게 주인인 할머니가 천천히 모습을 드러냈습니다. 사지 않고 서서 읽었다고 혼나려나 싶어 한순간 긴장했지만, 가게 주인은 눈가에 살짝 주름을 잡으면서 부드러운 표정을 한 채로 "어린데 훌륭하구나. 요즘 세상에 먼 옛날 일에 흥미를 가지는 아이는 보기 드문데 말이야"라고 했습니다.

마치 열심히 공부하는 손자라도 보는 듯한 다정한 눈동자를 하고 계셨습니다.

그리고 가게 주인 할머니는 저를 위에서 아래까지 훑어보더니 "너는 외지에서 온 아이로구나?"라며 전부 꿰뚫어 본 것처럼 말했습니다.

"……아시겠나요?"

많은 문화가 뒤섞인 이 나라라면 어떤 차림을 하고 있어도 잘

스며들 거라고 생각했습니다만.

저는 눈에 띄는 차림이라도 하고 있는 것일까요?

"나는 이 나라에서 아주 오래전부터 살았으니까. 눈앞의 인간이 외지인인지 아닌지 정도는 대충 알 수 있지."

"호오…… 그런 겁니까……?"

"그리고 애초에 우리 같은 다 망해가는 헌책방에 올 만한 사람은 이 지역 사람이 아니거든."

가게 주인 할머니는 다소 반응하기 곤란한 말을 내뱉고서 웃었습니다.

"혹시 이 나라의 역사에 흥미가 있다면, 괜찮다면 내가 가르쳐줄까? 책을 읽는 것보다 그편이 훨씬 알기 쉬울 게야."

"…………."

그것참, 바라 마지않는 제안입니다만.

"저기, 저, 지금은 돈이 별로 없는데요……?"

그래서 가능한 한 서서 읽는 선에서 끝내려 했던 것이기도 합니다.

그러자 할머니는 다시 웃었습니다.

"괜찮아. 신경 쓸 것 없어. 이건 내가 얘기하고 싶어서 꺼낸 말이니까──우리 같은 망해가는 헌책방은 한가하거든."

"…………."

"늙은이의 심심풀이에 어울려주려무나."

가게 주인 할머니는 그렇게 말하고 가게 안쪽으로 가버렸습니다.

따라와 하고 말하듯 할머니는 이쪽을 돌아보며 손짓을 한 번 했습니다.

손에 들고 있던 책을 원래 자리에 돌려놓은 다음 이끄는 대로 따라가자, 할머니의 방이 나왔습니다.

할머니는 그곳이 있는 의자에 앉아 말했습니다.

"옛날 옛날, 어느 곳에──."

손녀에게 이야기해주듯이.

이 나라의 역사를 조용히 이야기하기 시작했습니다.

맑은 공기가 흐르는 초여름의 숲.

아직 봄의 서늘함을 잊지 못한 바람이 살랑살랑 나뭇잎을 흔들면서 숲 안을 떠돌았습니다.

여전히 다음 나라에 다다르지 못한 여행자가 한 명, 빗자루를 타고서 숲 안을 나아가고 있었습니다.

잿빛 머리카락, 유리색 눈동자의 어리디어린 그녀는 검정 로브를 입고 삼각 모자를 쓰고 있었습니다. 가슴께에는 별을 본뜬 브로치가 하나.

자유롭게 마음껏 기분 내키는 대로 빗자루를 날게 하며, 나라에서 나라로 옮겨가는 그녀는 여행자이자, 마녀였습니다.

서두르는 일도 없이, 그저 빗자루를 몰고 있을 뿐인 그녀는 봄의 끝을 아쉬워하듯 불어오는 숲의 바람을 가슴 가득 들이쉬고, 이윽고 내뱉었습니다. 그것은 한숨처럼도 들렸습니다.

그렇게.

그런 식으로, 혼자만의 시간을 아쉬운 듯 만끽하고 있는 그녀는 대체 누구인가.

그렇습니다. 저입니다.

"어머. 거기, 마녀님. 안녕?"

그런 말을 들은 것도 저입니다.

"…………."

빗자루가 나아가야 할 길 앞에 한 여성의 모습이 있었습니다.

7

기분 좋은 고요함에 갑자기 잠음을 가져온 그녀는 "훗…… 좋았어" 같은 소리를 하며 손가락을 턱에 대고 대담한 미소를 지었습니다.

"……안녕하세요."

빗자루를 멈추고 저는 그녀를 내려다보았습니다. 입고 있는 푸른색 로브에는 곳곳에 레이스가 달렸고, 치마는 프릴이 겹겹이 포개어져 있었습니다. 묘하게 폼을 잡은 그녀의 포즈와 어우러진 그 의상은 무어라 말할 수 없는 귀여움이 넘쳐흘렀습니다. 가슴 부근에는 별을 본뜬 브로치가 있었으니, 아마도 마녀일 테지요.

나이는 열여덟 살 정도. 어깨 언저리까지 기른 머리카락은 로브와 같은 파랑. 표정은 조금 전부터 줄곧 만들어 붙여놓은 듯한 의기양양한 얼굴.

"……흐흥."

무엇보다도 자못 "다 알고 있답니다?"라고 말하고 싶어 하는 듯한 표정이 어쩐지 묘하게 거슬렸습니다. 어째서 거의 아무런 대화도 나누지 않은 마녀를 상대로 이렇게까지 우쭐한 표정을 짓는지 의아해졌습니다.

"당신, 이름은? 참고로 내 이름은 샤론."

"일레이나입니다."

"그래. 그런데 당신. 대체 어째서 이런 곳에 온 거지?"

시종 의기양양한 표정을 짓고 있는 샤론 씨.

"혹시 이 앞에 있는 도적의 아지트에 용건이 있어서 온 건가? 그렇다면 그만두는 편이 좋아. 그건 당신이 당해낼 수 있는 상대

가 아냐."

"아뇨, 도적 같은 건 흥미 없습니다만. 그저 여행길이라 지나갈 뿐입니다."

"그렇게 말해놓고 실은 도적 아지트를 뭉개버릴 셈이지? 말 안 해도 돼. 나는 다 알아."

"아뇨, 저기…… 딱히 도적 같은 건 흥미 없습니다만……."

그보다, 이 앞에 도적이 있다는 것도 지금 알았을 정도입니다.

대체 이 마녀 씨는 무슨 말씀을 하고 계신 걸까요? 뭐가 뭔지 알 수 없어서 저는 그저 고개를 갸웃거릴 뿐이었습니다.

그런 저를 앞에 두고 그녀는 이번에도 역시 "흐흥!" 하고 우쭐 대듯 의기양양한 얼굴을 했습니다.

"아마도, 근처 나라 녀석들에게 부탁을 받았을 테지? 우수한 마녀 샤론 님의 조수가 되어드리고 와라……라고! 하지만 유감인 걸! 나에게 조수 같은 건 필요 없으니까!"

"아, 네에……."

그런 일은 전혀 부탁받은 적이 없습니다만……?

"정말이지——그 나라 녀석들도 참…… 아무래도 내 실력을 상 당히 못 믿겠나 보네. 하지만 걱정할 거 없어. 이 앞에서 기다리 는 도적놈들쯤은 나 혼자서도 끝장낼 수 있으니까! 흐흥!"

"그렇……군요……."

어찌 되든 전혀 상관없다고 생각했습니다만, 어쨌든 저는 고개 를 끄덕여두었습니다. 이렇게 제멋대로 떠들어대는 인간을 상대 할 때는 일단 맞장구만 치면 이야기는 진행되는 법입니다.

"하지만 뭐. 무슨 일이 있어도 반드시 돕고 싶다고 말한다면── 당신이 꼭 도적을 상대해서 공을 세우고 싶다고 말한다면, 아주 살짝 도와주는 건 허락해줄 수 있거든? 당신도 돈이 필요하지? 내 보수 나눠줄게."

"아뇨 딱히 돈에 곤란하지 않습니다만……."

"어때? 내 조수가 돼서 함께 도적을 쓰러뜨리고 싶지 않아? 이 몸의 조수가 될 수 있다니까? 이런 기회 좀처럼 없거든?"

"영원히 없어도 괜찮습니다."

"…………."

"…………."

제가 딱 잘라 거절했을 때, 이 몸 샤론 씨는 입을 다물었습니다. 뭐가 뭔지 잘 모르겠습니다만, 어쨌든 저는 매우 한가했습니다. 그러나 안타깝게도 스스로 나서서 도적 상대를 할 만큼 한가한 것도 아닙니다. 그런 요청은 삼가 거절하도록 하겠습니다.

"……뭔지 잘 모르겠지만, 도적 소탕에 애써주세요."

형식적으로 빗자루 위에서 꾸벅 인사를 하고서 저는 그 자리를 떠나려──.

"잠깐 기다려."

……떠나려 했습니다만, 상당히 억지로 제지당했습니다.

제 로브를 잡고 있던 것은, 이 몸 샤론 씨.

"아니…… 저기…… 다시 한번 말할게?"

어흠 하고 그녀는 헛기침을 한 번 했습니다.

"저기 있지, 나는 말이지, 엄청난 마녀야."

11

"네."

그건 아까 들었습니다.

"그래서 있지, 내가 도적 퇴치하는 걸 도울 수 있게 해주겠다고 말하고 있거든?"

"네."

그것도 아까 들었습니다.

"어때?"

"싫습니다."

"아니, 저기……."

"엄청난 마녀라면 당신 혼자서 도적을 쓰러뜨릴 수 있겠죠? 일부러 당신의 공을 가로채는 그런 짓은 하지 않습니다. 안심하세요."

"…………."

그녀는 한순간 침묵하고서 다시 말을 이었습니다.

"다시 한번 말할게?"

"네."

또, 입니까.

"저기 있지, 나는 마법사야."

시치미 뗀 얼굴로 자신의 브로치를 빼는 샤론 씨.

"……네에."

"그래서 있지, 괜찮다면 도와주지 않을래?"

미묘하게 대사의 뉘앙스를 바꾼 샤론 씨.

"무리입니다."

그래도 저는 정중하게 거절했습니다.

"…………."

"…………."

"저기, 다시 한번──."

"아니 그만 됐습니다."

"아니! 진짜 다시 한번! 딱 한 번만 들어줘! 정말로!"

이제 그저 필사적일 뿐인 샤론 씨.

"아, 그렇지! 그거구나? 혹시 일레이나 씨 상황을 잘 이해하지 못한 거야?"

"아뇨 충분히 알고 있다고 봅니다만……."

"알았어, 알았어. 차근차근 설명할게."

아뇨, 딱히 하지 않아도 괜찮습니다만…….

"우선 있지, 나는 마법사가 아니거든?"

시치미 뗀 얼굴로 자신의 로브를 벗는 샤론 씨.

"아, 네…… 네?"

뭘 하고 계신 겁니까?

"그런데 나를 우수한 마녀라고 착각한 근처 나라 녀석들이 있지, 나한테 도적 퇴치를 의뢰했지 뭐야! 곤란하게 말이지! 하하핫!"

"아니 곤란이고 뭐고…… 마법사가 아니라니 무슨 말인가요?"

"부끄럽게도 나는 그저 마녀를 동경할 뿐인 순수한 소녀라는 말이야."

"당신 몹시 뽐내는 얼굴로 몹시 한심한 말을 하고 있다는 걸 자각하는 편이 좋을 겁니다."

요컨대 그겁니까?

그저 머리가 그런 사람인 겁니까?

"정말이지…… 그 나라 녀석들한텐 아주 질렸다니까."

어깨를 으쓱이는 샤론 씨. 아무래도 제 말은 그녀의 귀에 들리지 않는 모양입니다.

"하지만 마법사도 뭣도 아닌 내가 대체 이런 데서 뭘 하고 있는 것인가…… 궁금하지?"

"아뇨 대충 짐작이 가니까 됐습니다."

"호오?"

"아마도, 헷갈리는 차림 탓에 오해를 받고 떠받들어지다가 도적 퇴치 의뢰를 받고 만 거겠죠."

처음 마주한 사람이지만, 아무래도 그녀는 부탁을 받으면 거절하지 못하는 성격인 모양이니, 분명 "훗…… 뭐, 맡겨둬. 나한테 걸리면 그런 녀석들쯤 누워서 떡 먹기야"니 뭐니 하며 마을 사람들의 부탁을 받아들이고 만 것일 테죠.

"…………."

저의 엉성한 추측에 입을 꾹 다문 샤론 씨. 그녀는 "……훗" 하고 미소를 짓더니.

"아무래도 당신은 머리가 좋은가 보네."

그렇게 말하며 역시나 어째선지 뽐내는 얼굴을 했습니다.

"실은 내가 여기까지 온 데는 깊은 사정이 있어서 말이지——."

게다가 물어보지도 않았건만 갑자기 혼잣말을 시작했습니다. 아마도 그다지 깊은 사정도 아닐 것 같은데요, 하고 생각하면서도 결국 도망칠 타이밍을 완전히 놓치고 만 저는 그녀의 이야기를 들어주어야만 하게 되었습니다.

○

여행자 샤론 씨는 오래전부터 마녀라는 존재에 강한 동경을 품고 있었습니다.

그것은 그저 마녀라는 단어의 울림이 어쩐지 쿨하고 큐트하고 러블리하다든가, 마녀가 입는 로브가 귀여워서 두근거린다든가, 대체로 그런 너무나도 가벼운 동기에서 비롯된 것이었습니다.

그러나 동경과 현실은 언제나 일치하지 않았고, 그녀의 강한 마음과 달리 그녀는 아무리 수련을 거듭해도 마법을 쓸 수 없었습니다. 그녀에게는 마법사로서의 소양이 없었습니다.

올해로 열여덟 살을 맞은 그녀였지만, 그러나 어린 시절의 동경에서 연을 끊는 일은 불가능했습니다. 어릴 때 품은 강한 열정은 그녀가 어른이 된 후에도 줄곧 그녀의 가슴속에서 살아 있었던 것입니다.

하지만 그녀는 마법을 쓰지 못합니다.

그렇다면 어찌할까.

"훗…… 마법을 쓰지 못해도…… 나에게는 이게 있어!"

그렇습니다. 변장입니다.

별을 본뜬 브로치(자작)와 푸른색 로브(자작)를 몸에 걸치고, 그녀는 여행을 시작했습니다. 그녀는 마법의 재능은 없었지만, 재봉의 재능은 있었습니다. 밤이면 밤마다 한 땀 한 땀 바느질한

결과, 그럭저럭 괜찮은 느낌의 로브가 완성되었다고 합니다.

자신작인 로브를 걸치고서 그녀는 여행을 했습니다.

고향인 나라에는 그녀가 마법을 쓰지 못한다는 사실이 알려져 있던지라, 마음껏 마녀처럼 행동하기 위해서는 여행을 할 수밖에 없었던 것입니다.

그녀를 모르는 나라에서 그녀는 완전히 평범한 여행자이자 마녀가 될 수 있었습니다.

"어머! 저기 봐! 마녀님이야! 멋져라……."

방문한 곳마다, 마을 사람들은 그녀를 가리키며 감탄했습니다.

"예쁘다…… 나도 저런 멋진 마녀님이 되고 싶어……."

어느 나라에서나 대체로 환영받았습니다.

아무래도 그녀는 운이 좋은 모양인지, 지금까지 방문했던 나라들은 전부 마법사라는 존재를 잘 모르는 곳들뿐이었다고 합니다. 운 좋게도 여행길에 갑자기 시비를 걸어오거나, 갑자기 이상한 사람에게 얽히거나 하는 사건은 거의 없었습니다.

"저기…… 실례지만…… 마녀님…… 부탁이 하나 있는데요……."

그러나 마녀라는 거창한 칭호를 가슴에 달고 있다 보면 싫어도 남에게 부탁을 받거나 하는 법이라, 그녀 앞에도 이러한 사람은 적잖이 나타났습니다. 여행자와 마녀를 겸업하는 자에게 있어 여행길에 부탁을 받는 일은 이미 숙명이라고도 할 수 있습니다.

"뭐지?"

샤론 씨는 여성에게 싱긋 웃어 보이며 고개를 갸우뚱했습니다.

여성은 미간을 모으면서도 그녀에게 답했습니다.

"실은 제가 마음에 들어 하던 치마가 낡아서 더는 입을 수 없게 되어버렸어요…… 괜찮다면, 마법으로 고쳐주실 수 없을까요……?"

라고.

샤론 씨는 곤란할 터였습니다.

그도 그럴 것이 마법 같은 건 쓰지 못하니까요.

"훗."

그러나 알 수 없는 자신감으로 가득한 그녀는 고개를 젓지 않았습니다.

"좋아. 내가 이 옷을 멋지게 다시 만들어줄게."

그렇게 평소와 다름없는 뽐내는 얼굴로 이야기하기까지 했습니다. 마법을 쓸 수 없는데 대체 어떻게 고칠 셈인 것일까요?

답은 단순했습니다.

"알겠어? 지금부터 마법을 쓸 건데, 절대 이 문을 열어선 안 돼."

어디 사는 어느 은혜 갚는 누군가처럼, 그녀는 문을 닫고 숙소에 틀어박혔습니다. 그 안에서 그녀는 특기 분야인 재봉으로 한 땀 한 땀 자력으로 수선을 했습니다.

"자, 여기."

그렇게 하룻밤이 지나고, 눈 아래 다크서클을 드리우고서 그녀는 수선한 치마를 의뢰인에게 건넸습니다.

"어머, 멋져라! 마치 새것처럼 깨끗해졌어!"

그 솜씨로 말하자면 웬만한 마법사보다도 우수한 것이 아닐까 싶을 정도였습니다. 그만큼 그녀의 재봉 실력은 탁월했습니다. 수선한 옷은 아주 정말 아름답게 완성되었다고 널리 소문이 났습니다.

그녀의 평판은 바로 온 나라에서 화제가 되었습니다. 다양한 사람들이 그녀를 찾아왔고, 부탁을 하게 되었습니다. 그러나 아무런 문제도 없었습니다.

"실은 옷에 소이 소스를 흘려서……."

"걱정하지 않아도 돼. 맡겨둬."

평범하게 얼룩을 제거했습니다.

"실은 옷 사이즈를 잘못 사버려서……."

"후훗. 맡겨둬. 딱 맞는 사이즈로 고쳐줄게."

평범하게 사이즈를 고쳤습니다.

"실은 못 입게 된 옷을 재활용하고 싶은데……."

"그럼 가방으로 만들어줄까?"

평범하게 천을 재활용하여 가방을 만들어주었습니다.

대체로 이런 느낌으로 그녀는 마법을 쓰는 척하면서도 나름대로 활약했습니다.

그러나 방심하지 마시라. 우수한 마녀가 있다는 소문이 퍼진다는 것은 바로 그녀의 우수함을 이용하려 하는 속 시커먼 어른들에게 주목을 받게 된다는 뜻이기도 합니다.

"그것참. 자네가 마녀 샤론 씨인가? 나는 이런 사람이네만."

그날, 그녀 앞에 나타난 것은 뚱뚱한 아저씨였습니다. 그는 그녀에게 명함을 내밀었습니다.

"흐응……?"

명함을 받아 든 샤론 씨. 아무래도 뚱뚱한 아저씨는 그 나라의 관리이고, 그녀에게 부탁을 하러 온 모양이었습니다.

"이 나라 근처에 숲이 있는데, 실은 요즘 들어 그곳에서 도적이 나와 난처하던 참일세. 놈들은 우리나라에 나타나 마구 약탈을 해서는, 팔아야 할 옷을 훔쳐 간다네. 정말이지 곤란한 놈들이야."

"즉, 노상강도를 당하고 있다는 건가?"

그거 큰일이네——하고 잘난 척하며 턱에 손을 대고 고개를 끄덕이는 샤론 씨.

관리님은 그런 그녀의 자신만만한 모습을 바라보며 말했습니다.

"그래서, 자네에게 그 도적 퇴치를 부탁할까 하는데."

"엑?"

"자네는 마녀이지 않나? 그 녀석들을 한번 혼쫄 내주게."

"엑. 아니, 저기……."

할 수 있을 리가 없습니다. 그도 그럴 것이, 그녀는 마녀를 동경하고 있을 뿐인 순수한 소녀니까요.

"가능하겠나? 마녀 샤론 님."

아니아니가능할리가없잖아무슨소리를하는거야이뚱보. 마음속으로는 그렇게 생각했습니다만, 거절해버리면 지금까지 재봉으로 쌓아 올려왔던 명성이 땅에 떨어지게 될 겁니다.

샤론 씨는 무어라 답해야 할지 몰라 몹시 당황했습니다.

몹시 당황했지만 자신 없는 기색을 조금이라도 보이면 의심을 살 테니 연신 자신만만한 얼굴로 "훗…… 어떻게 할까나……" 하고 주저했습니다.

그러던 때였습니다.

"햐앗! 이 자식들아! 오늘도 이 몸들이 너희 옷을 받으러 왔다!"

도적이 나타났습니다.

숲에서 나타난 도적 무리는 허리에 천을 두르고 손에는 곤봉을 들고 있는, 참으로 그런 느낌의 차림새였습니다. 샤론 씨는 도적이라기보다는 원시인 같다고 생각했습니다.

그보다 옷 도둑인 주제에 거의 알몸이라니 이 무슨.

"샤론 님! 바로 나타났습니다! 잘 부탁드립니다!" "샤론 님! 부탁합니다!" "저놈들에게 본때를 보여주세요!"

마침 잘됐다고 생각한 마을 사람들은 샤론 씨의 등을 떠밀어 도적들 앞에 세워놓았습니다.

"엑? 어? 잠깐…… 저기……!"

다짜고짜 샤론 씨는 도적과 대치하게 되었습니다.

"으엉? 넌 뭐야? 엉? 이 자식, 뭘 꼬나봐?!"

바로 시비에 걸린 샤론 씨.

으아아아 어떡해 무서워 히이익 하고 마구 떨었습니다만.

"샤론 님이 나선 이상 너희 같은 건 누워서 떡 먹기라고!" "너무 우쭐 대지 마! 이 원시인아!" "멍청아!"

이때라는 듯이 의기양양하게 구는 마을 주민들 탓에 퇴로는 완전히 막혔습니다.

"잠깐…….."

정말 무슨 쓸데없는 짓을 하는 거냐 이 자식들아 하고 욕설을 퍼붓고 싶어지는 기분이었습니다.

민중에게 부채질 당한 도적들도 잠자코 있지는 않았습니다.

"호오…… 너, 마녀였냐? 우리한테 무슨 용건이지? 혹시 이 인원을 상대로 싸울 셈인가? 우리한테 이길 수 있을 것 같아?"

그날, 마을에 나타난 도적은 약 열 명 정도. 샤론 씨가 진짜 마녀였다면 이 정도 인원수는 몇 초 만에 제압하는 것도 가능하겠지만, 그녀는 그저 순수한 소녀일 뿐입니다.

"나쁜 말은 하지 않겠어. 어서 꽁지 빠지게 도망치는 편이 당신들 신상에 이로울 거야."

그러나 그런 상황에서도 그녀는 역시 어찌할 도리도 없을 만큼 뻐기는 얼굴을 했습니다.

도망칠 길이 사라져서 될 대로 되라는 심정이 되었다고도 할 수 있겠습니다.

"진심인 나와 당신들은…… 상대가 안 돼."

이것은 말 그대로의 의미입니다.

그러나 마녀 차림을 한 겉모습과 근거를 알 수 없는 자신감에 도적 무리는 그 말을 이상할 정도로 긍정적으로 해석했습니다.

"잘됐군. 그렇다면 상대해주지."

리더로 보이는 그 남자는 허리에 두른 천에서 권총을 쑥 꺼냈습니다.

"너, 이게 뭔지 알아?"

"……흥."

그녀는 코웃음을 쳤습니다.

'어? 거짓말. 권총 같은 걸 갖고 있었어? 곤봉만이 아녔어? 으

21

아아.'

속으로는 덜덜 떨었습니다.

"마녀가 얼마나 성가신 상대인지는 우리도 알아. 하지만 마녀란 어차피 마법을 쓸 수 있기에 강할 뿐. 마법만 못 쓰게 하면 별거 아니지."

지당한 말씀입니다. 다만 상대는 평범한 소녀입니다.

"자, 잠깐 기다려. 당신, 그걸 나한테 쏠 셈이야? ……제정신이야?"

당황하는 샤론 씨. 저런 것에 직격당하면 역시 잠시도 못 버틸 겁니다. 그보다 평범하게 죽습니다.

"흥…… 목숨을 구걸할 셈인가?"

도적 리더는 들어줄 마음이 없는 모양입니다.

"하지만 이미 늦었어! 우리에게 대든 걸 후회하도록 해라!"

도적 리더는 샤론 씨에게 변명할 기회도 주지 않고 방아쇠를 당겼습니다.

"끄아악!"

한심하게도 그 자리에 주저앉은 샤론 씨.

그리고 발포음이 거리에 울려 퍼졌고.

"으아아아아아아아아아아아아악!"

도적 리더가 쓰러졌습니다.

그 한순간에 무슨 일이 일어났는지를 간단명료하게 설명하겠습니다.

리더가 쏜 탄환은 분명 그녀 쪽으로 날아갔습니다. 그러나 총을 다루는 데 익숙하지 않았던 리더는 표적을 빗맞히고 말았던 것입니다. 탄환은 그녀를 스치지조차 못하고 옆에 있던 쓰레기통에 맞아 튕겨 나갔고, 그대로 다시 가로등에 맞고, 또다시 구경하러 나온 근처의 아주머니가 손에 들고 있던 냄비 뚜껑에 맞고, 그렇게 이리저리 날아다닌 끝에 리더의 무릎에 직격했던 것입니다.

기적적인 전개 덕분에 기적적으로 목숨을 구한 샤론 씨.

"바, 바보 같은! 리더의 총이 소용없다고……?!"

"저 녀석, 지금 뭔가 했어!"

"지팡이를 들지도 않았는데 마법을 썼다……고?"

"대단해! 마녀란 그런 것도 할 수 있는 거야?"

그리고 도적 무리도 기적적인 멍청이 집단이었습니다.

리더가 부상을 입은 탓에 도적들의 통솔은 무너졌습니다. 머리를 잃은 벌레처럼 파닥대며 허둥대는 도적 무리.

"크윽……! 너희들! 일단 물러난다!"

결국, 다리에 총을 맞고 전의를 상실한 리더의 한마디에 도적들은 곧바로 도망치기에 이르렀습니다.

"두고 보자아아아아아아아!"

그런 흔해 빠진 대사도 덧붙이면서.

"…………."

겁에 질려 웅크리고 있었더니 어느샌가 도적들이 도망갔다고 하는 불가사의한 전개에 샤론 씨는 약간 당황했습니다만, "……훗" 여기서 그녀는 뻐기는 표정을 지으며 일어섰던 것입니다.

"방금 그건 내 필살기야."

23

제가 그 자리에 있었다면 우쭐대지 말라며 머리를 때려줬을 정도였지만, 마을 사람들에게 그녀는 구세주 그 자체였습니다.

"대단해! 역시 샤론 님!" "샤론 님 만세!" "샤론 님 멋져!" "당신이 있으면 두려울 게 없어요!" "멋져! 안아줘!"

당장이라도 헹가래를 칠 듯한 기세로 사람들은 그녀를 둘러쌌습니다.

그러나 언제나 뻐기는 얼굴을 하고 있다고는 해도 그녀의 마음은 지극히 제 나이에 걸맞은 소녀였습니다. 지금 자신이 놓인 상황이 얼마나 위험한지도 당연히 알고 있었습니다.

'어떻게 하지? 이대로 여기에 있다간 그놈들이 다시 복수하러 오는 거 아냐……? 그때야말로 당하고 마는 건……? 으아아.'

그럴 수는 없습니다.

당장 도망치지 않으면 더 성가신 상황에 말려들지도 모릅니다.

"훗……."

그런고로 의기양양한 표정을 지으며 그녀는 말했습니다.

"아쉽지만, 나는 이제 가야만 해. 나는 그저 여행자일 뿐이니까."

우선 한시라도 빨리 이 나라를 떠나야겠다고 그녀는 생각했습니다.

하지만.

"역시 샤론 님! 그 도적놈들의 본거지를 쳐부술 셈이시군요!"

"엑?"

"이 나라를 떠나는 척하고서 그놈들의 숨통을 끊을 셈이시죠? 역시 샤론 님."

"아뇨…… 저기…….."

"샤론 님 만세!" "만세!" "만세!" "멋져! 안아줘!"

"으아아."

마음속은 지극히 제 나이에 걸맞은 소녀였지만 그녀는 슬플 정도로 허세 가득한 사람이었습니다.

그러니 그녀가 마을 사람들에게 답할 말은 뻔했습니다.

"훗…… 뭐, 맡겨둬. 나한테 걸리면 그런 녀석들쯤은 누워서 떡 먹기야."

제가 그 자리에 있었다면 역시 우쭐대지 말라며 머리를 때려줬을 겁니다.


○


"다시 자기소개를 할게. 내 이름은 샤론. 특기는 재봉과 거짓말."

"특기 분야가 너무하군요."

"싫어하는 건 벌레랑 귀신이랑 인간이랑 마족이랑 어두운 곳이랑 곰이랑 생선이랑 버섯이랑 그 외 기타 등등 온갖 것들."

"당신 지금까지 잘도 살아남았군요."

"방금 한 이야기로 알았겠지만, 요컨대 나는 지금부터 이 앞에 있는 도적의 아지트로 쳐들어가야만 하는 상황에 놓여 있어."

"그렇군요. 힘내세요. 그럼 이만."

저는 발길을 돌려 걸음을 내디뎠습니다.

"자, 잠깐 기다려!"

샤론 씨는 허둥지둥 제 손을 잡았습니다.

"부탁이야 도와줘! 나, 이대로는 죽을 거야!"

이미 눈물을 글썽이고 있습니다.

"아니…… 그, 당신이 멋대로 받아들인 일이잖습니까……?"

저와는 아무 관계 없습니다.

"그런 말 하지 말고! 도적을 쓰러뜨리면 돈을 많이 받을 수 있거든? 내 사례를 나눠줄 수도 있거든? 진짜로."

"아니, 저는 돈에 곤란하지는 않은지라……."

"그럼, 사람 하나 돕는다 생각하고!"

"저는 남을 돕는 데 손을 빌려줄 만큼 한가하지 않은지라."

그녀의 마음은 지극히 제 나이에 걸맞은 소녀였습니다.

"안 돼 안 돼! 도와줘! 부탁해! 나 죽는다고! 진짜로 죽는다고!"

샤론 씨는 이제 눈물을 넘어 콧물투성이가 되어 울고 있었습니다.

귀여운 얼굴이 못쓰게 된 것과 동시에 빼기는 얼굴과는 거리가 먼 그 표정에서는 상당한 애수가 감돌고 있었습니다.

"…………."

제 로브에 매달려 떨어지지 않는 그녀. 이대로 계속 거절하면 그녀는 제 로브를 더럽히는 어리석은 짓을 벌일지도 모릅니다.

애초에 이 자리에서 외면하고 가도 그녀는 지옥 끝까지라도 저를 쫓아와 쉬지 않고 떼를 쓸 것만 같은 기분 마저 들었습니다. 그 정도의 끈질김과 질척거림이 있었습니다. 콧물에도 그녀 자신에게도.

"……하아아."

그런고로 저는 큰 한숨을 내쉬고서.

"……뭐, 좋습니다. 알았습니다. 도와, 주면 되는 거죠?"

"훗. 드디어 내 조수가 될 마음을 먹었군. 아무튼 내 발목을 잡지 않도록 매우 조심——."

"가보겠습니다."

"아아아아잠깐! 거짓말이에요 거짓말! 농담이라고요!"

제 팔에 매달리는 샤론 씨.

"지나치게 우쭐대지 말아주세요."

저는 그녀의 머리에 콩하고 꿀밤을 먹였습니다.

"그보다, 어째서 늘 젠체를 하는 거죠? 그 태도에 뭔가 의미라도 있는 건가요?"

제 말에 그녀는 역시나 의기양양한 얼굴로 턱에 손을 대면서 답했습니다.

"내가 이렇게 했을 때 기뻐하지 않았던 사람이 없어."

"당신 주변에는 바보들뿐이었다고 받아들이면 되는 겁니까?"

"실례잖아! 이건 내 아이덴티티야."

거짓투성이인 뻐기는 얼굴이 아이덴티티라니, 그것참.

"그래서, 도적 아지트는 어디인가요?"

이제 저는 될 대로 되라는 심정이었습니다.

"안내해주세요. 바로 정리하겠습니다."

진짜 마녀에게 걸리면 허리에 천을 두른 시대착오적인 무리 따위는 누워서 떡 먹기라는 것을 증명해드리도록 하지요.

○

숲 깊은 곳에는 분명 도적의 아지트가 있었습니다.

"저기가 놈들의 근거지야. 입구에는 보초가 둘."

수풀 뒤에서 살짝 고개를 내밀고 아지트라고 하는 동굴 입구를 노려보는 샤론 씨.

"아무래도 내가 쓰러뜨린 리더는 저 안에 숨어 있는 모양이야."

"……쓰러뜨린 건 아니지 않나요?"

상대가 멋대로 자멸했을 뿐이지 않습니까. 거짓말은 안 됩니다. 거짓말은.

"알았어? 입구는 저곳뿐이야. 즉, 저 보초 둘을 쓰러뜨리지 않는 한 우리는 안에 들어갈 수 없어. 그러니 여기선 당신이 나서줘야겠지? 저 보초 둘을 제압해줬으면 해."

"…………."

마치 보초 이외에는 전부 샤론 씨가 정리할 것 같은 말투로군요…….

"그런데, 입구가 저곳뿐이라는 건, 출구도 저곳뿐이라는 거죠?"

"맞아."

"그렇다면 입구에서 폭탄이라도 던져 넣으면 순식간에 끝낼 수 있는 거 아닌가요?"

"안 돼! 마녀씩이나 되는 사람이 그런 비겁한 짓을 하는 건 윤리에 어긋나!"

"…………."

아무래도 그녀는 마녀를 상당히 과대평가하는 경향이 있는 모양입니다. 혹시 마녀는 모두 청렴결백하고 나무랄 데 하나 없는 완벽한 존재라 생각하고 있기라도 한 걸까요?

마녀도 인간이니 비겁한 일도 윤리에 반한 일도 태연하게 한답니다, 하고 귓속말이라도 해서 그녀의 환상에 먹칠을 해드리고 싶어졌습니다. 하지는 않겠지만.

"자, 여기는 당신이 나설 차례라고나 할까? 당신이 정말로 그 브로치에 걸맞은 마녀인지 아닌지…… 나에게 보여줘 봐."

어쩐지 몹시 깔보는 듯한 시선으로 샤론 씨는 흥 하고 코웃음을 치면서, 나무줄기에 기대어 엄지손가락으로 동굴 쪽을 가리켰습니다.

"내 신호에 맞춰서 저 두 사람을 해치워줘."

어째서 제가 단신으로 두 사람을 쓰러뜨리는 방향으로 이야기가 진행되고 있는 건가요…….

"만약 제가 두 사람을 쓰러뜨린다고 하면, 그다음은 어떻게 할 셈이죠?"

"당신이 안으로 들어가서 남은 놈들을 때려눕히는 거지."

"당신은 그사이에 무얼 하나요?"

"당연한 거 아냐? 여기서 당신이 돌아오기를 기다리는 거지! 흐흐흥!"

"요컨대 아무것도 하지 않는다는 뜻이로군요. 과연."

남에게 일을 시켜두고서 본인은 나무 그늘 아래에서 느긋하게 휴식이라니, 팔자 좋군요.

"뭐 그렇지——안타깝게도 보는 바와 같이 나는 이런 상태니까!"

말하면서 그녀는 자신의 무릎을 가리켰습니다.

"…………"

저는 시선을 떨어뜨려 무릎을 바라보았습니다.

"엄청나게 떨고 있군요."

엄청나게 떨고 있었습니다.

덜덜 부들거리고 있었습니다. 무릎이 망가지는 게 아닌가 싶을 만큼 크게 후들거리고 있었습니다. 갓 태어난 사슴 쪽이 훨씬 믿음직스럽지 않을까 싶을 정도였습니다.

"아마도 이대로 나가면 나는 죽을 거야……."

샤론 씨는 에헷 하고 혀를 쏙 내밀었습니다.

"…………"

그런 말씀을 하신들.

애초에 이런 경우에는 그녀가 표면에 나서고 제가 보조를 하는 편이 형편상 여러 가지로 나을 터입니다. 저는 도적 퇴치를 의뢰한 그 나라에는 방문하지도 않았고, 그것은 즉, 제가 도적을 때려눕힐 경우 의뢰도 받지 않은 인간이 멋대로 나타나 멋대로 도적을 없애버리고 만 것이나 다름없는 상황이 된다는 뜻입니다.

자칫하며 보수를 받지 못할 가능성조차 있습니다. 헛수고는 사절입니다.

게다가 맡은 일을 남에게 전부 떠넘기고 돈을 받겠다는 것은 너무나도 뻔뻔한 이야기입니다.

그녀도 제대로 일을 해줘야겠습니다.

"…………."

저는 여기에서 그녀의 등——나무줄기에 닿아 있는 등 부분으로 시선을 보냈습니다.

"그런데, 샤론 씨."

"뭐지?"

"당신이 싫어하는 게 뭐였죠?"

"벌레랑 귀신이랑 인간이랑 마족이랑 어두운 곳이랑 곰이랑 생선이랑 버섯이랑 그 외 기타 등등 온갖 것들."

"그런가요. 어깨에 거미가 붙어 있는데요."

"…………응?"

힐끔 어깨로 시선을 주는 샤론 씨.

자그마한 거미가 영차영차 그녀의 어깨를 타고 올라가고 있습니다.

"…………."

그녀는 침묵했습니다.

"…………."

저도 침묵했습니다.

그리고.

"꺄아아아아아아아아아아아아아아아아아!"

"아, 잠깐——."

저의 제지를 무시한 그녀는 온 힘을 다해 그 자리에서 달려 나갔습니다. 패닉에 빠진 그녀는 다리가 떨리던 것도 잊고 도적의 아지트 입구까지 일직선으로 달려갔습니다.

그녀의 예상치 못한 행동에 저도 놀랐고, 아마도 보초를 서고 있던 두 사람도 매우 놀랐을 테지요. 갑자기 그림자 속에서 나타난 샤론 씨를 본 보초들은 흠칫하며 "어, 어이, 넌 뭐야!"라고 외쳤습니다. 그러나 바로 그 사람이 누구인지를 이해한 듯 "저, 저녀석……! 아까 그 마녀야! 아까 그 마녀가 공격해 왔어!" "젠장……! 우리 거처를 빼앗을 셈인가!"라며 곤봉을 꽉 쥐고서 바로 임전 태세에 들어갔습니다. 이 얼마나 빠른 대응인지.

"아아아아아아아아아아아아아아아아아앗!"

그리고 여전히 작은 거미에 겁먹고 비명을 지르는 그녀는 그대로 두 보초에게 달려들었습니다.

두 보초도 응전했습니다. 닥쳐드는 마녀를 향해서 곤봉을 휘둘렀습니다.

"이 마녀가!"

한 사람은 곤봉을 오른쪽에서 옆으로 휘둘렀습니다.

"죽어라!"

또 한 사람은 왼쪽에서.

휘둘러진 두 개의 곤봉은 그대로 그녀의 양 옆구리를 사이에 두고서 날아들었고──.

"끄악!"

직격하기 직전에 상당히 강렬한 비명을 지르면서 샤론 씨는 넘어졌습니다. 다리라도 꼬인 것일 테죠.

 허공을 가른 두 개의 곤봉은 갈 곳을 잃고 그대로 바로 옆에 있
던 동료의 안면에 부딪혔습니다. 온 힘과 마음을 담은 혼신의 일
격은 서로의 얼굴에 퍼억 하는 둔중한 소리를 울렸고, 그대로 "꾸
엑……" "우억……" 같은 말이 되지 못한 말과 함께 두 사람의 보
초를 날려버렸습니다.

 요컨대 적이 멋대로 자멸했습니다.

 "으윽…… 아, 아파라……."

 샤론 씨가 울상을 지으며 몸을 일으켰을 때, 두 보초는 이미 지
면에 엎어져 기절한 다음이었습니다.

 "어? 뭐야? 이거……."

 넘어졌다 일어나니 적이 쓰러져 있다. 이해가 되지 않는 것도
무리는 아닙니다.

 실제로는 제가 뒤에서 마법으로 넘어지게 만들어 곤봉에 맞지
않도록 했을 뿐이지만 말이죠.

 "……설마."

 그녀는 그렇게 중얼거리며 일어나 저를 돌아보았습니다.

 "설마 이건……!"

 아무래도 눈치챈 모양입니다.

 "혹시 내 마법의 힘이 싹튼 건가……?"

 이런, 아무것도 눈치채지 못했군요.

 저는 그림자 속에서 기어 나와 고개를 저으며 말했습니다.

 "아뇨, 그게…… 매우 말씀드리기 어렵지만……."

그렇게 이야기하며 그녀 곁으로 걸어갔습니다만.

"아, 아니. 일레이나 씨. 아무 말도 하지 않아도 돼. 다 알아."

그녀는 눈동자를 반짝반짝 빛냈습니다.

"이게 나의 진정한 힘이었던 거야……!"

"아닙니다."

전혀 알지 못하고 있지 않습니까.

"그것참, 실은 나도 이상하다고 생각하고 있었어. 도적 리더가 쓰러졌을 때도 우연이라고는 생각하기 어려웠고, 이번에 이것도 마치 누군가가 손을 써준 것처럼 기적적인 타이밍에 넘어졌잖아? 이거 내 마법이야. 틀림없어."

"아뇨아닙니다."

전혀 아닙니다. 착각도 정도가 있습니다. 당신 마법을 뭐라고 생각하는 겁니까.

저는 고개를 저으며 말을 이으려 했습니다.

"지금 그건 제가 마법으로——."

"이런! 혹시 마법사로서의 내 재능을 질투하는 건가? 흐흥."

조금 전까지 울상을 짓고 있던 그녀는 이제 이곳에 존재하지 않았습니다. 이곳에는 그저 한결같이 으스대는 표정인 샤론 씨가 있을 뿐이었습니다.

"나는 지팡이를 들지 않고도, 자신의 의지에 상관없이 본능만으로 마법을 날려서 적 리더뿐 아니라 이 보초 둘도 쓰러뜨린 거야. 그렇지?"

그렇지? 가 아닙니다. 완전히 틀렸습니다.

당신은 어디까지 긍정적인 겁니까.

"설마 나에게 이런 재능이 있었을 줄이야……."

현실 도피 재능 말입니까?

"저기 말이죠, 방금 그건 제가——."

저는 다시 그녀의 착각, 아니, 현실 도피에서 그녀를 일깨워주려 했습니다. 그러나 전혀 들으려 하지 않았습니다.

"일레이나 씨. 자, 지켜보고 있어."

의기양양한 얼굴로 머리를 살랑 넘기는 그녀.

"내가 마법을 쓸 수 있다는 사실을 안 지금, 이제 사양은 필요 없지. 이런 별 볼 일 없는 도적 아지트 정도는 나 혼자서도 누워서 떡 먹기야!"

"아뇨, 저기——."

"그럼! 나, 다녀올게!"

"저기—."

"당신은 여기서 기다리고 있도록 해! 도적을 쓰러뜨리고 내가 돌아오기를!"

"…………."

그리고 그녀는 "하하하하하하핫!" 망가진 장난감처럼 소리 높여 웃으면서 달음박질해 동굴로 돌입. 숨을 마음이 전혀 없었습니다. 만용을 부리는 그녀의 뒷모습에서는 어디서 솟아난 것인지도 알 수 없는 정체 모를 자신감이 넘쳐흘렀습니다.

"저기이……."

저의 부름도 허무하게 그녀의 모습은 금세 보이지 않게 되어버렸습니다.

............

머리를 세게 부딪히기라도 한 걸까요……?

○

"으억……! 아까 그 마녀다! 아까 그 마녀가 우리 아지트를 뒤
엎으러 왔—크헉!"

남자는 넘어졌습니다.

"젠장……! 말도 안 되게 강하잖아! 너희들 조심—크헉!"

옆에 있던 남자도 넘어졌습니다.

"뭐야? 이 여자……! 괴물이냐! 망할! 응원을 불—크헉!"

멀리서 보고 있던 남자도 넘어졌습니다.

샤론 씨와 대치한 남자들은 차례차례 마치 보이지 않는 힘이 발
을 잡아당기기라도 한 것처럼 아무것도 없는 곳에서 넘어지고,
그 후 "뭐, 뭐야…… 갑자기 졸려……" 같은 말을 중얼거리며 잠
에 빠져들었습니다. 세상에, 어찌 된 일일까요. 꼭 마법의 힘에
의해 넘어지고 잠들어버린 것만 같군요.

접근하기만 했을 뿐인 상대가 잇따라 그런 식으로 쓰러지는 모
습을 보고도 샤론 씨는 여전히 자신의 실력이 불러온 결과라고
착각하고 있는 모양이었습니다.

"훗…… 안심해. 칼등으로 쳤으니까."

그런 우쭐대는 말을 태연하게 내뱉었습니다. 칼등으로 쳤다니,

비유가 적절하지 않으니 공부를 다시 해주었으면 좋겠다고 진심으로 생각했습니다.

그녀는 덤벼드는 적을 차례차례 쓰러뜨려 갔습니다.

그림자 속에서 남자가 곤봉을 휘둘렀지만, 그녀에게 닿기도 전에 넘어지고 잠들었습니다. 아무래도 다가가서는 안 되는 모양이라고 깨달은 적 중 한 사람이 멀리서 곤봉을 던졌습니다. 그러나 그녀에게 닿기 직전에 수수께끼의 힘에 의해 튕겨 날아갔고, 남자를 입 다물게 만들었습니다.

근거리에서도 원거리에서도, 어디에서 공격해도 그녀에게 닿는 일은 없었습니다.

그곳에는 완전 무적인 샤론 씨가 있었습니다.

"…………."

뭐.

그렇다기보다는, 제가 뒤에서 마법으로 그녀에게 날아드는 공격을 전부 처리하고 있을 뿐이지만요. 곤봉을 든 남자를 한 명 한 명 모조리 넘어뜨리고, 그 후 잠재울 뿐이지만 말이죠. 그래도 샤론 씨는 여전히 저의 행동을 전혀 눈치채지 못한 채, 의기양양했습니다.

기묘하게도 의도했던 대로 샤론 씨가 앞에 서고 제가 서포트를 맡는다고 하는 전개가 되어주기는 했습니다만, "자, 당신들. 어디서든 덤벼봐! 내가 한 사람도 남김없이 쓰러뜨려 줄 테니!"라며 한결같이 우쭐대는 샤론 씨.

"크윽…… 다가갈 수 없어……!" "어디서 공격해도 이기지 못하다니……!"

반면 남자들은 뒤꽁무니를 뺐습니다.

"…………."

그리고 그 뒤에서 잠자코 있는 저.

어째서일까요? 묘하게 마음에 들지 않는다고 할까, 석연치 않다고 할까.

우쭐대지 말라며 뒤통수를 한 대 치고 싶은 기분을 억누르면서 저는 그녀와 일정 거리를 유지한 채로 계속해서 적을 쓰러뜨리며 동굴을 나아갔습니다.

"…………."

동굴 안은 이상한 것들로 넘쳐났습니다.

아마도 주변 나라들에서 훔쳐 왔을 터인 온갖 옷들이 여기저기에 난잡하게 놓여 있었습니다. 옷 종류는 매우 다양해서 여름옷부터 시작해 겨울옷까지, 속옷류와 신발도 있습니다. 어째선지 패션 잡지까지 대량으로 있었습니다.

수수께끼입니다.

무엇보다도 수수께끼인 것은 이러한 옷들 대부분이 가격표가 떼어지고, 척 보기에도 한 번 입었던 흔적이 있다는 점입니다. 벗어 팽개쳐진 옷들은 꼬깃꼬깃 동굴 안에 어질러져 있었습니다.

대체 무얼 위해 이렇게까지 모아놓은 것인지 참으로 궁금했습니다. 팔기 위해서라면 입어볼 필요 없었을 테고, 이렇게 마구 버려둘 필요도 없었을 터이기 때문입니다. 애초에 반라 집단이 옷을 모으는 시점에서 의미를 알 수가 없었습니다.

"하하하하하하하하하하하하하하하! 그쪽에서 덤비지 않는다면 내가 가도록 할까!"

"…………."

뭐, 더욱 수수께끼인 것은 샤론 씨의 폭주이기는 합니다만.

당신들 어디서든 덤벼봐! 하고 조금 전까지 말씀하셨던 주제에 남자들이 아무것도 하지 않는다는 것을 알자마자 그녀 스스로 공격에 나섰습니다.

"히이익! 무서워!" "이제 그만둬! 항복이야!" "살려줘!"

도적 남자들은 덤벼드는 그녀에게 등을 내보이며 달려갔지만, 그러나 그녀의 마수에서 벗어나지는 못했습니다.

"크아아아!"

한 남자는 아무것도 없는 데서 넘어지더니 그대로 잠들어버렸습니다.

"제, 젠장! 이──."

한 남자는 반격을 하려고 했지만 역시 잠들었습니다.

"히, 히이익! 살려──."

도망치려던 남자도 마찬가지로 역시 잠들어버렸습니다.

끈질기다 싶지만, 이것도 저것도 다 제가 뒤에서 손을 쓰고 있는 덕분입니다.

"하하하하하하하! 이제 아무도 나를 막을 수 없다!"

끈질기다 싶지만, 이것도 저것도 다 제가 뒤에서 손을 쓰고 있는 덕분입니다.

중요한 부분이라 두 번 말했습니다.

"젠장…… 이 자시이이이익!"

도적은 거의 괴멸 상태.

마지막으로 남은 리더가 총을 손에 들더니 그녀를 향해 겨누었습니다——만, 직후에 총구는 얼어붙었고, 그리고 바로 잠들어버렸습니다.

그것은 도적이 완전히 제압된 순간이기도 했습니다.

마녀 차림을 하고 있을 뿐인 평범한 소녀에게.

"훗…… 시시하네."

정말이지 몇 번이고 말합니다만, 끈질기다 싶지만, 이것도 저것도 다 제가 뒤에서 손을 쓰고 있는 덕분입니다.

"…………."

무사히 의도한 대로 상황을 진행해왔건만, 대체 뭔가요? 이 무어라 말하기 힘든 허무한 마음은.

"나는 대단해……!"

일단 우쭐대지 말라며 머리를 한 대 때려주고 싶어졌지만, 머리 상태가 더 안 좋아지기라도 하면 큰일인지라 저는 슬쩍 나서려 하는 주먹을 억누르면서 대신에 한숨을 한 번 내쉬었습니다.

○

그 후, 샤론 씨가 "일레이나 씨! 내 힘으로 이렇게 녀석들을 전부 처리했어. 어때? 흐흥" 같은 말을 하면서 동굴에서 나왔습니다.

저는 시치미 뗀 얼굴과 죽은 생선보다도 썩은 눈으로 "아 그렇습니까 대단하네요. 우와 정말이네 전멸했잖아"라고 대꾸했습니다.

"흐흐흥…… 이게 바로 내 진정한 힘이야."

시종 우쭐대는 샤론 씨의 모습에 '진실을 밝혀드리면 재미있어 지지 않을까요?'라며 제 안의 악마가 매우 못된 얼굴을 하고서 머 릿속에서 속삭였습니다. 그러나 제 안의 천사가 '안 돼요! 그런 짓 을 했다간 그녀가 어찌 될 거라고 생각하는 건가요!'라며 제지하 여 무사히 넘어갔습니다. 구체적으로는 '애초에 이 사람은 이제 제가 무슨 말을 해도 믿지 않을 거예요'라며 제 머릿속의 천사가 일찌감치 포기 분위기에 들어갔을 뿐이지만 말이지요.

어찌 됐든 저는 그녀를 따라서 동굴로 들어갔고, 제가 잠재운 도적들을 똑똑히 보게 되었습니다.

일단 도적 패거리는 밧줄로 묶어두었습니다. 마침 모두를 구속 해 동굴 안쪽에 두었을 즈음, 타이밍을 노린 것처럼 도적들이 번 쩍 눈을 떴습니다.

마치 우연이라고는 생각할 수 없을 만큼의 타이밍이었습니다.

"훗. 이 녀석들이 눈을 뜨도록 내가 마음속으로 마법을 건 거 야."

뭐, 제가 수면 마법을 풀었을 뿐이지만 말이죠. 어쩐지 귀찮으 니 그냥 그런 것으로 해두어도 상관없습니다.

깨어난 도적들은 제각기 자신이 처한 상황을 곧바로 파악하고 얼굴을 찌푸렸습니다.

"이…… 이건 뭐야……?!" "젠장…… 우리 저 녀석한테 진 거 야……?" "죽이든 살리든 마음대로 해……!" "어라? 마녀가 한 명

41

늘었는데……?" "정말이네."

그리고 이때에도 역시 샤론 씨는 우쭐댔습니다.

"흐흥. 이제 당신들의 생사여탈은 내가 쥐고 있어. 어때? 마녀에게 완패한 기분은?"

그녀의 그 말에 남자들은 아무런 대꾸도 하지 않았습니다. 깔보는 듯한 태도에 자극을 받아 상당히 짜증이 났다는 것을 알 수 있었습니다만, 아무래도 참고 있는 모양입니다.

저는 그녀가 이 이상 우쭐대지 못하게 하기 위해 샤론 씨를 손으로 제지했습니다. 그리고.

"당신들. 어째서 옷 같은 걸 훔친 겁니까?"

그런 말을 던졌습니다.

남자들은 여전히 아무런 대꾸도 하지 않았습니다. 이윽고 서로 얼굴을 마주하며 어이 어이 누가 말할 거야? 같은 머뭇거리는 듯한 분위기가 피어오르기 시작했고, 그 후 어이 어이 얼른 누가 좀 말해 보라며 서로를 팔꿈치로 찔러댔습니다.

잠시 기다린 후에 겨우 입을 연 것은 적의 리더였습니다.

"…………없으니까."

"네?" "뭐라고?"

저와 샤론 씨는 나란히 귀를 기울였고, 그리고 리더는 다시 말했습니다.

"옷을 사러 갈 때 입을 옷이…… 없으니까……."

어쩐지 잘 이해되지 않는 말을 지껄였습니다.

저와 샤론 씨는 서로의 얼굴을 마주 본 후.

"……네?" "무슨 말이야?"

"아니, 그러니까……."

옷을 사러 갈 때 입을 옷이 없다고──라고 다시 한번 말했습니다.

그렇게 횡설수설한 말을 내뱉은 도적 리더. 뭐, 확실히 허리에 천을 감고 있는 그런 집단이라면 옷을 사러 갈 때 입을 옷이 없다는 말도 납득은 갑니다만.

전혀 예상하지 못했던 도적들의 의미불명 행동 원리에 고개를 갸웃거리지 않을 수 없었던 저희와 달리 리더는 중얼중얼 매우 거북하다는 듯이, 동시에 약간 부끄러운 듯이 뺨을 붉히면서도 이야기를 계속했습니다.

그가 말하길.

그들은 이 주변의 나라들에 사는 초라하고 우중충하고 화사함이 없는, 삼박자가 깔끔하게 갖춰진 글러먹은 남성 집단으로, 스스로에게 자신이 없는 것은 당연한 일이었고, 특히 패션에 관해서는 거절 반응까지 보이는 자도 많다고 합니다. 무엇을 입어도, 어떤 것을 걸쳐도, 자기 자신에게 짜증 이외의 감정이 생기지 않는 데다, 부티크에서 점원이 "어머나! 어떤 옷을 찾으시나요?"라며 하이에나 수준의 후각으로 눈앞에 나타나거나, "손님에게는 이게 어울릴 것 같네요. 입어보시겠어요?" 같은 유혹과 실제로 입어보니 주변에 놓인 마네킹에 입히는 편이 훨씬 그럴듯해 보임에도 불구하고 "잘 어울리시네요"라는 죽음의 주문을 인정사정 없이 날려 온 힘을 다해 죽이려 드는 일이 정말이지 지긋지긋하다고 말했습니다.

애초에 그들은 자신들에게는 부티크에 방문할 자격조차 없다고 토로했습니다. 사복으로 부티크에 발을 들이면 "어라? 이 녀석 이런 차림으로 우리 가게에 온 거야? 짜증 나" 같은 점원분의 마음의 소리가 들려온다나요? 아마도 환청일 테지만요.

뭐가 어찌 되었든, 아무튼 그들은 좋은 옷을 사고 싶다──그러나 사러 갈 때 입을 옷이 없다고 하는 이율배반을 빠졌고, 그 결과 그들의 분노의 창끝은 점점 패션 업계 전체에 대한 원한으로 발전했으며, 부티크를 습격해서 옷을 훔친다고 하는 흉악한 짓을 벌이게 되었다나요?

그러니까.

요컨대.

완전히 적반하장이었습니다.

"하지만…… 아무리 훔치고, 훔쳐도, 우리 마음이 채워지는 일은 없었어……."

도적 리더의 뺨에 한줄기 눈물이 흘러내렸습니다.

"우리에게는 어떤 게 어울리는지…… 애초에 우리 같은 글러먹은 남자에게 어울리는 옷이 이 세상이 존재하는지…… 그런 불안이 늘 따라다녔고, 결국 그렇게 훔치고도 우리는 여전히 허리에 천을 두르고서 옷을 빼앗고 있는 거야……."

무얼 입어도 어울리지 않는다면 옷을 입지 않으면 되잖아.

그런 의미불명의 해석에 따라, 그들은 허리에 천을 두르고 곤봉을 든다고 하는 원시인 스타일을 하고서 옷을 빼앗게 된 것일 테지요.

이 동굴 안에 대량의 옷이 있었던 것도——그 옷들이 몇 번 걸쳐보기만 하고 방치되어 있는 것도, 패션 잡지가 대량으로 놓여 있던 것도, 이제야 겨우 이해가 되었습니다.

그들은 옷을 팔아치우는 일 같은 건 처음부터 염두에 두지도 않았던 것입니다.

"과연."

한차례 이야기를 들은 후에 샤론 씨는 고개를 끄덕였습니다.

그리고 으스대는 얼굴을 하더니.

"그러니까 당신들은 어울리는 옷이 있으면 두 번 다시 이런 짓은 하지 않는다는 거지?"

그렇게 말하며 그녀는 동굴 안——벗어 팽개쳐둔 옷들을 바라보았습니다.

그 모습은 아주 조금 기뻐하는 것처럼도 보였습니다.


○


"그것참…… 우리들 괜찮은 일을 했네……."

"그러네요……."

그날, 동굴에서 나온 저희의 눈 아래에는 짙은 다크서클이 자리하고 있었습니다.

도적은 평범한 도적이 아니라 주변 나라에 사는 남자들이 모여 만든 것이라고 한다면. 그 말은 즉, 그들의 골머리를 썩이는 문제를 해결해주면 그것으로 도적은 없어진다는 뜻이기도 했습니다.

샤론 씨는 "뭐, 나한테 맡겨둬. 마음 푹 놓고 있으라고!"라며 가슴을 폈습니다.

그녀에게는 방책이 있었습니다.

"일레이나 씨도 도와줘."

그렇게 말하며 그녀는 동굴 안에 있던 옷을 모조리 모으기 시작했습니다.

"……뭘 할 셈인가요?"

긁어모은 옷들은 산처럼 겹겹이 포개어졌습니다.

"내가 그들에게 옷을 만들어주는 거야."

그녀는 옷으로 된 산을 올려다보면서 별것 아니라는 듯이 태연하게 말했습니다.

"내가 옷을 디자인할 테니까, 당신은 마법으로 휘리릭 만들도록 해."

"…………."

즉, 도적이 되고 만 남자들의 옷을 전부 오더 메이드로 만들겠다는 말입니다. 사이즈가 맞지 않을 뿐이라면 사이즈를 조절하고, 이렇다 할 옷이 없으면 동굴 안에 남아도는 소재를 활용하여 제작.

그렇게 함으로써 그녀는 남자들의 바람을 이뤄주기로 한 것입니다.

"……과연."

이론은 없었습니다. 그것은 힘으로 무리하게 그들을 굴복시키는 것보다 훨씬 건전한 방법이라고도 말할 수 있었기 때문입니다.

아무튼 저희는 그렇게 수십 명분의 옷을 마치 공장처럼 계속해 만들었습니다.

이미 거듭된 부티크 점원들과의 항쟁으로 마음이 꺾인 그들은 저희가 만든 옷을 보고도 다음과 같은 부정적인 반응을 보였습니다.

"하지만…… 이런 옷…… 나한테 어울릴 리가……."

그러나.

"어이 어이, 당신들. 내가 코디네이트한 옷이 안 어울릴 리가 없잖아?"

여기서 그녀의 비할 데 없는 자신감이 유감없이 발휘되었습니다.

"내가 만드는 옷은 최고야. 그 사실은 내 로브를 보면 알 테지?"

이 자신감은 대체 어디에서 솟아 나오는 것인지 매우 신경이 쓰였습니다만, 저는 일단 적당히 동의하기로 했습니다.

"그리고 제 마법도 최고예요. 즉, 저희가 만든 옷을 입으면 틀림없이 어떤 상황에도 대응할 수 있다는 뜻이죠."

그렇게 말하면서 말이죠.

이때의 저는 우연히도 샤론 씨와 같은 표정을 짓고 있었습니다.

아무튼 저희는 이렇게 남자들에게 옷을 다 만들어주고, 그리고 그녀에게 의뢰한 나라로 돌아갔습니다.

피곤으로 지친 저희를 맞이한 것은 매우 흥분한 민중이었습니다.

"샤론 님! 돌아왔다는 것은 설마……!" "쓰러뜨린 건가요?!" "역시 샤론 님!" "샤론 님이 있으면 무서울 게 없네요!" "샤론 님 만

세!" "만세!" "만세!" "멋져! 안아줘!" "어라? 옆에 있는 마녀는 대
체……?" "이 바보야. 당연히 샤론 님의 사제지." "과연! 역시 샤
론 님!"

지친 저는 그런 민중의 목소리에 귀를 막고 싶어졌습니다만,
제 옆의 샤론 씨는 사람들에게서 생기라도 흡수한 것인지 "흐흥!"
하며 갑자기 기운을 되찾았습니다.

"뭐, 그런 놈들, 나한테 걸리면 완전 누워서 떡 먹기거든!"

머리카락을 휙 넘기며 뻐기는 얼굴.

눈 밑에는 다크서클이 있지만 그녀의 연기력은 건재했습니다.

"역시! 훌륭한 성과입니다! 샤론 님!"

나라의 관리는 쌍수를 들고서 그녀를 환영했습니다. 조심스럽
고 정성스럽게 그녀와 악수를 나누고 "여기 사례입니다. 받으시
죠"라며 대량의 금화를 건넸습니다.

"흐흥."

그녀는 미소를 얼굴에 만들어 붙인 채, 그것을 받아 들었습니다.

"뭐, 나한테 부탁할 게 또 있으면 사양하지 말고 이야기해. 언
제라도 도와줄 테니까."

"당신, 그런 쓸데없는 말을 하니까 성가신 일에 휘말리는 거예
요……."

저는 그녀의 옆에서 나지막하게 중얼거렸습니다.

그런 저희의 모습에 관리님은 통통하게 살찐 배를 흔들며 웃더
니 이렇게 말했습니다.

"하하핫! 믿음직하군요!"

그리고 저희의 뒤로 시선을 보냈다가 다시 좌우를 살피더니.

"그런데, 다른 이야기입니다만…… 지금까지 도난당했던 옷은 어디에?"

그렇게 말하며 고개를 갸우뚱거렸습니다.

"…………."

"…………."

저희는 서로를 외면했습니다.

○

저희는 그 후 함께 그 나라를 떠났습니다.

맡겨졌던 역할을 마친 샤론 씨는 이제 다시 여행으로 돌아갈 모양입니다. 저도 말려들었던 성가신 일이 끝났으니 그녀와 마찬가지로 다시 여행으로 돌아갈 셈이었습니다.

"그럼 이쯤에서 작별해야겠네."

잠시 걷다가 더는 떠나온 나라가 보이지 않게 되었을 무렵에 그녀는 멈춰 서며 말했습니다.

"나는 빗자루를 탈 수 없으니까."

"…………."

뭐, 그녀는 마법에 눈을 뜬 것이 아니니 빗자루에 타지 못하는 것이 당연했습니다만──동굴 안에서의 일은 제가 어시스트 했던 것이라는 사실을 말해두는 편이 좋을까요? 이대로 착각한 채로 두는 것은 그녀에게 안 좋지 않을까요──.

그녀를 따라 멈춰 선 저는 잠시 침묵했습니다.

그때였습니다.

"오늘은 고마웠어. 일레이나 씨."

그녀는 꾸러미 하나를 제게 쑥 밀면서 말했습니다.

"이거, 오늘의 답례."

"…………?"

저는 받아 들면서도 꾸러미를 응시하며 고개를 갸웃거렸습니다.

"……뭔가요? 이건."

"열어봐."

"………… ."

재촉하는 대로 꾸러미를 열었습니다.

안에는 조금 전 관리님께 받은 금화가 절반.

그리고 하얀 원피스가 들어 있었습니다.

앞으로 찾아올 여름에 매우 잘 어울릴 듯한 예쁜 원피스였습니다.

"당신, 동굴 안에 들어갔을 때 뒤에서 나를 보호해줬잖아. 그 답례야."

담담하게 그녀는 말했습니다.

"……눈치채고 있었나요?"

그렇다며 샤론 씨는 고개를 끄덕였습니다.

"나한테 마법의 재능이 없다는 것쯤, 내가 제일 잘 알아."

"………… ."

"고마워. 나, 마법은 쓸 수 없지만, 그 시간만큼은 정말 마법사가 된 기분이었어."

저는 철석같이 그녀가 정말로 마법을 쓸 수 있게 되었다고 착각하고 있다고 생각했습니다만……

"줄곧 저에게 맞춰서 연기를 했던 건가요?"

진심인지 농담인지 알 수 없는 묘한 그녀의 상태 탓에 완전히 속고 말았습니다.

"뭐 그렇지."

그리고 그녀는 말했습니다.

태평한 미소를 지으면서.

"나는 거짓말이 아이덴티티니까."

그것은 정말이지 제 나이에 걸맞은 평범한 소녀의 웃음이었습니다.

덧씌워 놓은 듯한 어울리지 않는 뻐기는 얼굴보다도 훨씬 그녀에게 어울리는 귀여운 미소가 그곳에 있었습니다.

"거짓말을 해서 마녀인 척을 하는 것보다, 지금의 당신 쪽이 훨씬 당신다워서 좋다고 생각해요."

저도 그녀에게 이끌려 웃고 있었습니다.

하지만 그녀는 그 직후에 "흐흥" 하며 자신의 아이덴티티를 전력으로 발휘했습니다.

"그건 불가능한 이야기려나."

샤론 씨는, 그리고 말했습니다.

"이번 건 탓에 나는 더욱 마법사가 좋아졌거든"이라고.

태연하게 그러한 말을 뱉어주었습니다.

"지금은 어느 쪽인가요?"

거짓인지 진실인지.

샤론 씨는 저를 향해 장난스럽게 웃어 보였습니다.

"양쪽 다."

## 제 3 장

어느 나라의 궁전에 한 통의 편지가 도착했습니다.

발신인은 마녀.

재의 마녀라고 하는 젊은 여행자입니다.

며칠 전 국왕 폐하에게 직접 의뢰를 받아 나라에서 조금 떨어진 곳에 있는 북쪽 숲까지 걸음을 옮긴 그녀가 보고서를 보내온 모양입니다.

"호오오. 그 마녀, 내 이야기를 시종 멍한 얼굴로 듣고 있던 것 치고는 성실하게 일하는군."

국왕 폐하의 의뢰를 해결한 후에 돈을 받기로 **정해져** 있었습니다. 이러한 편지를 보내왔다는 것은 아마도 아직 일을 **처리하는** 도중이며, 그 경과 보고를 할 셈인 것일 테지요.

적어도 봉해진 편지를 열 때까지 국왕 폐하는 그렇게 여기고 있었습니다.


국왕 폐하께.

번거로운 인사는 생략하고, 이 편지에는 보고 내용만 적으려고 합니다. 이해해주십시오.

그쪽 나라에서 의뢰를 받은 지 하루가 지났습니다.

현재 국왕 폐하에게 보고할 수 있는 것은 두 가지 정도입니다.

일반적인 표현을 따르자면 좋은 보고와 나쁜 보고입니다.

어느 쪽부터 들으시겠습니까? 네? 좋은 보고부터? 그렇습니까. 그렇다면.

먼저 좋은 보고입니다만.

1년 전에 그 나라에서 나왔던 엘프리데 씨와 루이스 씨는 무사히 발견했습니다.

정보대로 북쪽 숲속의 폐촌에서 살고 있었습니다. 두 사람은 나라에서 나온 후 폐촌에 머물며 줄곧 조용히 살아온 모양입니다.

저는 두 사람에게 무사히 국왕 폐하의 전언을 전달하는 데 성공했습니다.

이상, 여기까지가 좋은 보고입니다.

그럼 나쁜 보고를 올리겠습니다.

이번에 나라로 다시 불러들이기 위해 찾은 그 두 사람 말입니다만.

국왕 폐하가 다시 나라로 돌아오길 바라고 있다고 전했더니.

죽었습니다.

두 사람 모두.

○

북쪽 숲이라고 불리는 그 숲은 분명 그 나라에서 보면 북쪽에 자리하고 있었습니다.

복잡하게 뒤얽혀 있는 것도 아니고, 그저 나무가 무성할 뿐인 이 숲에서 하늘을 올려다보면 어중간하게 가려진 햇빛이 무늬가 되어 흔들리는 것이 보였습니다.

겨울을 지나 찾아온 봄의 햇살은 따스하게 쏟아집니다.

폐촌까지의 길은 예의 그 나라를 방문했을 때 이번에 데리고 돌아와야 하는 두 사람의 자료와 함께 지도를 건네받았기 때문에 헤매는 일도 없었습니다.

그들의 정보대로 폐촌에 있다고 한다면——제가 길을 틀리지 않았다면, 두 사람과 대면하는 것은 이제 곧일 터입니다.

"⋯⋯⋯⋯."

그리고 저는 걸음을 멈추고 다시 한번 자료를 훑어보았습니다.

길 끝에 폐촌이 보였던 것입니다.

남성이 한 명, 이쪽을 향해서 걸어오는 모습도.

자료에 따르면 남자의 이름은 루이스.

어깨 언저리까지 부드럽게 늘어뜨린 금색 머리카락, 가느다란 체구와 그다지 크지 않은 키 덕분에 남자인지 여자인지 언뜻 보면 헷갈리는 외모를 갖고 있었습니다. 묘하게 나풀나풀한 모양의 로브를 걸치고 있는 것도 중성적인 겉모습, 혹은 성별 불명의 모습에 박차를 가했습니다.

길이가 긴 막대를 좌우로 흔들면서 비척비척 불안한 걸음걸이로 걷고 있었습니다.

예전에는 예의 그 나라에서 일했던 마법사인 모양입니다——자료에 그렇게 쓰여 있었습니다.

1년 전에 나라에서 나온 이후, 줄곧 여기에서 살고 있다고도.

"⋯⋯⋯⋯."

그러나 그의 특징은 겉모습만이 아니었습니다.

루이스 씨는 제 근처까지 다가오더니 이상하다는 표정을 지으면서 멈춰 섰습니다.

"……? 누구죠? 누가, 있나요?"

쿵, 하고 공기를 들이쉬면서 두리번두리번 고개를 좌우로 흔드는 루이스 씨. 그러나 그 눈동자가 저를 포착하는 일은 없었습니다.

그는 눈이 보이지 않았습니다.

아무것도 보지 못했습니다.

"안녕하세요."

저는 어둠 속의 그에게 말을 걸었습니다.

"처음 뵙겠습니다. 저는 마녀 일레이나라고 합니다."

저는 미리 준비해두었던 말을 술술 늘어놓았습니다.

"사실 저는 여행자인데──당신은 이 마을 분이신가요?"

그러자 루이스 씨는.

"예? 여행자님? 호오, 별일이네……!"

허공을 바라본 채로 활짝 밝은 표정을 지었습니다.

"혹시 이 앞에 있는 마을에 용건이 있으신가요?"

"……아뇨, 길을 잃었습니다. 그래서 묵을 만한 곳을 찾아 걷고 있었답니다."

"아아…… 이런. 이 주변은 꽤 헤매기 쉬우니까요. 저도 자주 길을 잃는답니다. ……뭐, 제가 길을 잃는 건 눈이 보이지 않기 때문이지만요!"

"…………."

루이스 씨는 어찌 반응하면 좋을지 모를 농담을 아무렇지 않게 했습니다.

"아, 죄송합니다. 눈치채지 못하셨나요? 저 실은 눈이 보이지 않아서 말이지요—."

"아뇨 눈이 보이지 않는다는 건 압니다."

"그렇죠? 보면 알지요? 저는 제가 어떤 식으로 보이는지 모르지만 말이죠. 헤헤헤."

"아니, 그…… 반응하기 곤란합니다만…….."

"아, 죄송합니다. 이런 곳에 살다 보면 다른 사람과 만날 기회 같은 건 좀처럼 없어서요……. 말할 상대는 동거인과 전서구 정도랍니다."

헤헤헤 하고 멋쩍은 듯이 머리를 긁적이면서 루이스 씨는 말했습니다.

그는 무척이나 밝은 사람처럼 보였습니다.

"그런데, 일레이나 씨. 길을 잃었다고 했지요? 괜찮다면 우리 집으로 가실래요? 휴식 정도는 가능할 겁니다. 뭐하면 묵고 가셔도 괜찮고요."

그리고 상냥한 사람처럼 보였습니다. 적어도 저에게는 그렇게 보였습니다.

"…………."

저는 잠시 사이를 두고서 부자연스럽게 신음했습니다.

"말씀은 감사하지만…… 그 동거인이란 분께 폐가 되지 않을까요?"

"괜찮습니다! 제 동거인은 기본적으로 저 이외의 사람과는 이야기하고 싶어 하지 않고 애초에 접근하는 것조차 거부하는 수준이라 아무 문제 없답니다!"

"참고로 동거인의 성별은?"

"여성입니다만?"

"……괜찮을까요?"

"괜찮습니다만?"

"…………."

혹시 칼을 맞거나 하는 건? 하고 의심하며 억측하기도 했지만, 그러나 의뢰를 받은 이상 여기서 도망친다고 하는 선택지는 제게 없었습니다.

"……그럼, 잘 부탁드립니다."

지금은 각오를 다질 수밖에 없습니다.

"알았습니다."

싱긋 웃고서 그는 말했습니다.

"자, 오세요. 오세요. 이쪽으로."

그리고 마을 쪽으로 손을 뻗으며 안내해주었습니다.

"…………."

그 손에 의해 대체 얼마나 많은 피가 흘렀는지 같은 건—— 그다지 생각하고 싶지 않았습니다.

●

제가 궁전에 불려 간 것은 그 나라를 방문한 직후의 일이었습니다.

어디서 저의 소문을 들었는지 "여행하는 마녀님께 꼭 좀 부탁 드리고 싶은 일이 있습니다"라며 병사들이 줄줄이 제 앞에 나타 났고, "부디 궁전으로 가주시지요"라며 저를 에스코트했던 것입 니다.

삼엄한 그 광경은 보기에 따라서는 제가 단순히 연행되고 있을 뿐인 것처럼도 보였으리라 생각합니다.

궁전에 도착하자 뚱뚱한 국왕 폐하가 알현실에서 저를 기다리 고 있었습니다.

"자네가 여행하는 마녀인가? 꼭 좀 그대에게 부탁하고 싶은 것 이 있네."

처음 얼굴을 마주하자마자 그는 저를 차가운 눈으로 내려다본 채, 손가락을 딱 하고 튕겼습니다. 곧바로 병사가 옆에서 나타나 저에게 종이를 몇 장인가 내밀었습니다. 아무래도 옥좌에서 움직 일 마음은 눈곱만큼도 없는 모양입니다. 과연, 뒤룩뒤룩 살이 찐 것도 납득이 가는군요.

"……이게 뭔가요?"

제가 고개를 갸웃거리자 국왕 폐하는 이렇게 말했습니다.

"자네에게는 1년 전에 이 나라에서 나가 버린 두 사람을 데리고 와줬으면 하네."

건네받은 자료에는 나라 주변의 지도와 남성과 여성의 사진이 프로필과 함께 실려 있었습니다.

"한 명은 루이스. 눈이 안 보이는 마법사지."

자료를 넘기며 살피는 제게 국왕 폐하는 담담한 투로 이야기했습니다.

"어릴 때 눈에 병이 들었고 그 이후로 앞이 보이지 않게 되었지. 대신에 녀석은 냄새를 아주 잘 맡는다네. 머리도 좋아. 지금까지 내가, 이 나라가 일으켜온 전쟁 중에 녀석은 주로 무대 뒤에서 맹위를 떨쳐왔다네."

국왕 폐하가 말하길 루이스 씨는 독을 만드는 일을 특기로 삼아왔으며, 그의 손에 의해 간접적으로 살해당한 사람 수는 다 셀수 없을 정도라고 했습니다.

때로는 적국에 독을 풀고. 때로는 배신자에게 독을 쓰고. 때로는 쓸모없게 된 병사를 안락사시키기 위해 독을 이용했습니다.

냄새를 잘 맡는 루이스 씨 외에는 누구도 눈치채지 못할 만큼 정교한, 거의 아무런 맛도 냄새도 나지 않는 독에 의해 수많은 사람이 죽어왔다고 했습니다.

아무래도 자료에 실린 상냥해 보이는 중성적인 모습의 사진으로는 상상도 할 수 없을 만큼 피로 얼룩진 경력을 갖고 계신 모양입니다.

"……그렇게나 위험한 존재를 1년 동안이나 나라 밖에 방치해두었던 건가요?"

"그렇게나 위험한 존재이기에 나라 안에 둘 수 없었던 것이라네."

국왕 폐하는 눈을 내리뜨고서 말했습니다.

"1년 전에 전쟁은 끝났지. 이제 녀석은 독을 만들 필요가 없게 된 걸세──그러나 녀석이 해온 일은 보았다시피, 너무나도 인륜에 반하는 일이었지. 우리나라의 백성들은 모두 녀석을 피해버렸다네. 전쟁 영웅임에도 말일세."

"…………."

"그래서 나는 앞으로 살아가는 데 충분한 돈을 건네고, 나라에서 내보내 주었다네. 머물 곳이 없는 이 나라에 계속 산들 마음만 불편할 테니."

아마도 이 나라에서 나가게 되었던 건에 관해서는 다른 한 사람, 엘프리데 씨도 같은 사정을 갖고 있을 테지요.

나라를 위해 활약했지만 나라에 사는 사람들에게 두려움 샀으니, 떠날 수밖에 없었던 것도 무리는 아니다 싶었습니다.

그러나.

"그렇다면 어째서 그를 다시 이 나라로 데려오려 하는 겁니까?"

저의 너무나도 소박한 의문에 국왕 폐하는 담백하게 대답했습니다.

"다시 전쟁을 하기 때문이라네."

이렇게도 덧붙였습니다.

"그 두 사람이 머물 곳은 전장뿐이라네."

○

"저는 평소 약 연구를 하고 있어서 자주 마을 밖까지 약초를 뜯으러 나간답니다."

루이스 씨는 지팡이를 시계 진자처럼 좌우로 흔들면서 제 앞을 걸었습니다.

눈이 보이지 않아도 몸이 기억하고 있는 것일까요? 숲에 난 짐승 길이건만 그 발걸음은 안정적이었고 망설임도 보이지 않았습니다.

"이 숲은 좋아요. 지금 만드는 약을 연구하는 데 필요한 재료가 대부분 다 있죠. 공기도 깨끗하고, 무엇보다 소음도 없어 조용하거든요. 하루하루가 즐겁답니다."

"지금 어떤 약을 연구하고 계신가요?"

저는 그의 등을 향해 그렇게 말을 걸었을 터입니다. 하지만.

"아, 일레이나 씨. 이 울타리를 지나면 바로 우리 마을입니다."

그의 귀에는 들리지 않았던 모양입니다——탁, 루이스 씨는 엉망이 된 울타리를 지팡이로 두드렸습니다. 옛 마을 이름이 새겨져 있었을 터인 간판은 이미 글자를 읽을 수 없을 만큼 덩굴로 뒤덮여 있었습니다.

"뭐, 우리 마을이라고 할까, 지금은 그저 폐촌일 뿐이지만 말이죠."

키득 하고 그는 웃었습니다.

"………."

분명 그 이름대로 폐촌다운 곳이었습니다.

스쳐 지나가는 민가는 하나같이 낡아 허물어졌고, 밭이었을 터인 곳은 이미 잡초가 무성했으며, 연못은 말라 바닥이 드러나 있어, 사람이 생활했던 느낌은 거의 남아 있지 않았습니다.

그러나 완전히 황폐해진 것도 아니었습니다. 누군가에게 습격을 당한 듯한 흔적도 없었습니다. 마치 몇 년도 더 전에 이 마을에서 주민들이 일제히 사라진 듯한, 그런 느낌으로 보였습니다.

"우리가 사는 이 마을의 총인구는 두 명입니다. 저와 동거인인 엘프리데밖에 없죠."

지팡이를 좌우로 탁탁 휘두르면서 그는 말했습니다.

"오래전에 이 마을은 쓸 수 없게 되어버렸고, 지금은 아무도 안 산답니다."

"이 마을에 살던 사람들은 지금 어디에?"

폐촌이 된 지 그럭저럭 시간이 지난 듯 보였습니다.

"아아——."

생각났다는 듯이, 그는 조용히 중얼거렸습니다.

"다들, 죽어버렸다는 모양이에요."

"……그건."

어째서죠?

그렇게 물으려고 했습니다.

그러나 제가 입을 열려고 했을 때, 타이밍 나쁘게도 그가 "아, 그러고 보니!"라며 무언가를 떠올린 듯 손뼉을 치며 이쪽을 돌아보았습니다.

"일레이나 씨. 하나 깜빡한 게 있었습니다."

제가 없는 허공을 응시하면서 그는 말했습니다.

"제 동거인인 엘프리데에 관한 겁니다. 무리하게까지는 아니더라도, 가능한 한 그녀를 너무 빤히 보지 말아주셨으면 합니다."

"…………."

잠시 침묵을 두고서 저는 고개를 갸웃거렸습니다.

"어째서인가요?"

그는 답했습니다.

"보면 아실 겁니다."

그리고 저희는 그의 집에 도착했습니다.

●

"이 나라에서 1년 전에 나간 또 한 사람──엘프리데한테는 특히 주의를 하는 편이 좋을 걸세."

국왕 폐하는 거침없이 이야기했습니다.

"무대 뒤편에서 활약했던 루이스와는 달리, 그 여자는 전장에서 비로소 빛났지. 그 여자를 전장에 일단 내보내면 상대국의 병력은 너무나도 간단히 무너져내렸다네. 그 여자만큼 강하고, 두려운 존재는 없을 게야."

"…………."

건네받은 자료를 넘기자 한 여성의 사진과 자료가 있었습니다.

녹색 머리카락을 어깨에 닿을 정도까지 기른 성인 여성이었습니다. 안색은 어둡고, 고개를 떨구듯 아래를 바라보고 있었습니다. 입고 있는 복장도 매우 단순한 디자인의 로브로 지극히 수수했습니다.

외모로 보아서는 두려움을 살 만한 점이 전혀 없는, 평범한 마법사의 사진인 것 같았습니다.

덤으로 자료에는 『치료마법에 뛰어남』이라고 적혀 있기까지 했습니다. 심지어 『공격마법을 쓴 적은 한 번도 없음. 아마도 쓸 수 없는 듯함』이라고도 쓰여 있는 지경이었습니다.

이러한 마법사가 전장에서 빛나다니 대체 무슨 뜻인가요? 부상병을 치료하여 전장으로 돌려보냈다는 뜻일까요?

하지만 그렇다면 국민에게 두려움을 사서 나라를 떠나야만 했다는 점이 이해되지 않습니다만——.

"그녀에게는 어떤 힘이 있는 겁니까?"

제가 고개를 갸우뚱하자 국왕 폐하는 "사진을 넘겨보게"라고 답했습니다.

그 말을 따라 저는 사진을 넘겼습니다. 아무래도 사진은 두 장이었던 모양이고.

"…………."

거기에는 전장 한가운데, 지팡이도 들지 않고 그저 서 있을 뿐인 엘프리데 씨의 뒷모습이 있었습니다.

거기에는 병사의 모습을 한 석상과 마주하고 선 엘프리데 씨의 모습이 있었습니다.

"엘프리데는 눈을 마주한 상대를 돌로 만드는 능력을 갖고 있지."

국왕 폐하는 말했습니다.

"그 여자는 마녀 못지않은 무시무시한 힘을 갖고 있다네."

그런 연유로 전장에서는 적 병사들을 모조리 돌로 바꾸어 두려움을 샀다고 합니다.

그러니 특히 더 조심하는 편이 좋다——고 합니다.

○

"자, 들어오시죠! 여기가 우리 집입니다!"

"저기, 네…… 감사합니다……."

루이스 씨에게 안내를 받은 저는 그 집 문 안으로 들어갔습니다. 폐촌이라고는 해도, 적어도 그들의 집 안은 그다지 엉망이지 않았고, 가구도 살림도 최소한은 갖춰져 있는 평범한 민가처럼 보였습니다.

굳이 특이한 점을 꼽자고 한다면 주방 테이블에 수상한 약품류와 수수께끼의 서류들이 아무렇지 않게 놓여 있다는 점과 그리고 사람을 돌로 바꾸는 힘을 가진 동거인이 있다는 점일까요?

"아, 루이스 님! 어서 오세——."

제가 멍하니 집 안을 둘러보고 있으려니 녹색 머리카락을 가진 여성이 뛰는 듯한 발걸음으로 뿅 나타났습니다.

그렇습니다. 그녀가 바로——.

"그, 그 여자는 누군가요?!"

………….

제 모습을 보자마자 숨어버리고 말았지만, 한순간 보였던 그 모습은 사진으로 보았던 엘프리데 씨. 바로 그 사람이었습니다.

"우리 집에 여자를 데려오다니…… 바, 바람둥이……! 루이스 님…… 바람둥이……!"

……사진과는 인상이 몹시 다릅니다만.

보이지 않는 곳에서 크르릉 으르렁대는 그 모습은 그야말로 인간에게 적의를 드러내는 야생 동물 그 자체였습니다.

"내가 있는데 너무해! 역시 어린 사람 쪽이 좋은 건가요? 너무해!"

사진으로 보았던 그녀는 조금 더 권태로운 느낌이었던 것 같았습니다만……?

"아, 미안. 엘프리데."

경계심을 끊임없이 발하는 엘프리데 씨를 향해 루이스 씨는 가능한 한 태연한 모습으로 대꾸했습니다.

"이 사람은 여행하는 마녀인 일레이나 씨. 길을 잃었다니까, 하루 묵게 해줬으면 해."

"묵어……? 묵는다고요?"

가시 돋친 말투로 보아 내켜 하지 않는다는 것은 명백했습니다.

"루이스 님, 싫습니다. 이런 시기에, 남을 묵게 해주다니……."

역시나.

"그렇게 말해도 있지, 묵게 해주지 않으면 그녀는 노숙을 해야 하는 꼴이 되잖아. 곤란할 때는 서로 도와야지."

루이스 씨는 엘프리데 씨를 슬쩍 달래면서 문을 닫았습니다.

탁, 하고 퇴로가 막혔습니다.

결국 루이스 씨가 엘프리데 씨를 설득하여 저는 두 사람의 집에서 신세를 지게 되었습니다.

"하지만 루이스 님. 저는 어찌해도 반대예요. 루이스 님이 무어라 말하든 반대예요."

"뭐? 딱히 상관없잖아. 줄어드는 것도 아니고."

"실은 저, 마녀 알레르기라서……."

"그 알레르기는 대체 뭐야?"

"마녀 가까이에 있으면 구역질이 멈추지 않고 올라와요."

"너는 원래 타인에게 접근하지 않으니까 문제없잖아."

"…………."

"…………."

설득이라고 할까, 그저 생떼를 쓰고 있을 뿐인 것처럼도 보였습니다만.

○

저녁 식사는 엘프리데 씨가 직접 만든 요리를 대접해주셨습니다. 집이 숲속이기도 하여 식탁은 기본적으로 산나물이나 버섯 등으로 채워졌습니다. 고기는 없습니다. 게다가 빵도 없습니다.

우물우물 샐러드를 먹으면서 루이스 씨는 "죄송하네요. 손님이 온다는 걸 알았다면 조금 더 제대로 된 식사를 준비했을 텐데, 우리 집엔 이런 것밖에 없어서요" 하고 웃었습니다.

"어쨌든 식사 당번을 맡고 있는 저는 눈이 보이지 않으니까요!"

"…………."

농담인 걸까요?

"어쩌면 평범한 버섯이랑 헷갈려서 독버섯도 들어가 있을지도 모릅니다!"

"…………."

농담인 걸까요?

"저기, 엄청나게 먹기 어렵습니다만."

"아, 죄송합니다. 혹시 익지 않았나요? 역시 눈이 보이지 않으니 불 조절도 미묘하게 실수하곤 한답니다……."

"아뇨그런의미가아니라."

"아, 혹시 버섯을 싫어하시나요?"

"아뇨그런의미도아닙니다."

"그럼 어떤 의미인지요?"

"웃어도 되는 건지 반응하기 곤란하다는 뜻입니다."

두 사람의 과거를 조금 알고 있는 만큼, 시종 밝은 그의 모습에 저는 당혹스러움을 감추지 못하고 있었습니다.

"루이스 님은 예전부터 그런 사람이었어요."

그의 옆에서 엘프리데 씨가 보충 설명을 해주었지만 역시 그것은 달라지지 않았습니다.

그는 이내 스푼을 탁하고 놓더니, "이렇게라도 하지 않으면 주변 사람들이 지나치게 조심을 하니까요" 하고 답했습니다.

"눈이 보이지 않는다는 것에 저는 딱히 불만이 없답니다. 이제까지는 변변찮은 인생을 살아왔습니다만, 현재의 생활을 생각하면 지금까지의 고생도 전혀 쓸모없었던 게 아니라는 생각마저 든답니다."

그런 말도 덧붙였습니다.

"그렇죠."

루이스 씨의 옆에서 엘프리데 씨는 슬쩍 고개를 끄덕였습니다.

"루이스 님은 언제나 즐겁게 새로운 약의 연구를 하고 계시는 걸요."

"그래."

루이스 씨는 애매하게 대꾸했습니다.

"……뭐, 무슨 연구를 하는지는 가르쳐주지 않지만 말이죠."

엘프리데 씨의 말투에는 약간 가시가 돋쳐 있었습니다.

"그렇게 따지자면 엘프리데도 지금 연구하고 있는 마법에 관해 가르쳐주지 않잖아."

"루이스 님이 가르쳐주면 저도 가르쳐드릴게요."

"아니 엘프리데가 가르쳐주면."

"아뇨아뇨 루이스 님이."

"아니아니."

그런 시시한 응수를 펼치기 시작한 두 사람을 앞에 둔 저는 한숨을 내쉴 뿐이었습니다.

과연 이런 갓 사귀기 시작한 연인 사이 같은 달달한 분위기를 시도 때도 없이 풀풀 피우고 있는 두 사람이 정말로 나라의 사람들에게 두려움을 산 인간인지, 참으로 의심스럽기 그지없었습니다.

"애초에 나는 방에서 언제나 약 조합을 하고 있으니까, 그렇게 알고 싶으면 내 방에 들어와서 보면 되잖아. 어차피 봐도 모르겠지만."

"제 연구 내용이 알고 싶으면 제 자료를 조사해보면 되잖아요. 늘 거실에서 서류를 쓰고 있으니까, 언제든 보실 수 있을 텐데요?"

"아니 나 눈이 안 보이거든!"

"저도 냄새만으로 조합 같은 것 못 하거든요!"

꺅꺅 말다툼하는 두 사람. 엘프리데 씨는 그의 눈을 응시했고, 루이스 씨는 그녀가 있는 곳을 확인하듯이 그녀의 손을 쥐고 있었습니다.

제 눈에 그들은 서로를 향해 던지는 말과 달리 그저 평범한 한 쌍의 연인인 것처럼 보였습니다.

"저기."

저는 두 사람의 사랑싸움에 끼어들었습니다.

"아, 미안. 왜 그러나요? 일레이나 씨."

루이스 씨가 싱긋 웃으며 이쪽으로 귀를 기울여주었습니다.

"…………."

엘프리데 씨는 다른 곳으로 시선을 돌렸습니다. 무심코 시선을 맞추는 일이 없도록 배려해주고 있는 것일 테지요. 혹은 그저 부끄러워졌을 뿐인지도 모릅니다.

저는 두 사람을 똑바로 바라보며——어흠, 하고 예의를 차리듯이 헛기침을 한 번 했습니다. 그리고.

"당신들은 어째서 이런 곳에 사는 건가요?"

그렇게 물었습니다.

그러자 루이스 씨는 "……아아" 하고 딱히 이렇다 할 흥미도 없다는 듯한 반응을 보였습니다.

"그러고 보니——일레이나 씨에게는 아직 이야기하지 않았군요."

친절한 미소를 지으면서, 말을 이었습니다.

"실은, 저도 엘프리데도 원래는 이곳 가까이에 있는 나라에서 살았었답니다——."

그것은 제가 이미 아는 이야기이기도 했으며.

혹은 당사자들의 입을 통해 듣는 진상이기도 했습니다.


루이스 씨가 눈에 병을 앓고, 어쩔 수 없이 어둠 속에서 살게 된 것은 어린 날의 일이었습니다. 그러나 그 무렵에는 이미 마법사로서 어느 정도의 능력을 갖추고 있었다고 합니다.

마법약을 제조하는 실력도.

냄새로 약을 구분하는 능력도, 그럭저럭.

그런고로 그는 눈이 보이지 않게 되었어도 크게 당황하지 않았고, 평정을 잃는 일도 없었다고 합니다. 애초에 서서히 시력이 떨어지는 병이었고, 조만간 눈이 보이지 않게 되리라는 것도 알고 있었다고 그는 이야기했습니다.

아무튼 그는 눈이 보이지 않게 되었지만, 그러나 혼자서 살아갈 방도는 나름대로 몸에 익히고 있었던 것입니다. 마법약을 만드는 것이 특기인 그였기에 어느 정도 돈벌이가 가능했고, 마법도 쓸 수 있으니 자유롭지 못한 점은 없었을 테지요.

눈이 보이지 않게 된 후로 그는 그렇게 나라의 한구석에서 줄곧 약방을 운영해왔습니다.

그러던 어느 날의 일이었습니다.

그의 앞에, 나라의 관리가 나타나 일을 의뢰했습니다.

그 내용을 단적으로 말하자면.

"가축을 안락사하기 위한 독을 만들어주었으면 한다."

그런 것이었습니다. 쓸모없게 된 가축을 살처분하는 방법이 잔인하다며 문제시되었고, 그 대처법으로 독을 쓰는 안락사를 시행하고 싶다고 관리는 말했다고 합니다.

그러기 위해 맛도 냄새도 없으며, 몸에 절대로 남지 않는 그런 독을 만들어주길 바란다고 부탁을 받았습니다.

"싫은데…… 마음이 내키지 않아……."

솔직히 말해 루이스 씨는 그러한 의뢰를 받아들이고 싶지 않았습니다. 그는 살생을 좋아하지 않았던 것입니다.

그러나 고통 없이 죽일 방법이 있다고 한다면, 분명 독으로 죽이는 방법이 유효하다는 사실은 인정하지 않을 수 없었습니다.

결국 그는 일을 받아들이기로 했습니다.

약은 바로 완성되었고, 대량 생산을 바란다는 추가 발주가 들어왔습니다.

"그것참! 루이스 님, 훌륭합니다! 지금까지 살처분에 대하여 벌어졌던 반대 운동도 루이스 님 덕분에 진정되었습니다."

"……그렇습니까. 그거 잘됐네요."

그다지 기뻐할 수 없었습니다.

"하지만 이렇게 대량으로 필요한 겁니까? 이미 충분히 만든 것 같은데요……."

"아뇨 아뇨. 최근 들어 가축 사이에서 역병이 유행하기 시작해서요. 독이 아무리 있어도 부족할 정도입니다."

"…………."

희미하게 위화감을 느끼면서도 그는 독을 계속 만들었습니다.

그리고 계속해서 만들어온 독이 가축에 쓰이지 않았다는 사실을 안 것은 그로부터 몇 년 후의 일이었습니다.

그가 만든 독은 주변 각국의 마을과 나라에 뿌려졌던 것입니다.

사람을 죽이기 위해.


엘프리데 씨는 마법사 집안에서 태어났지만, 철이 들 무렵에는 집에서 의절을 당하고 말았다고 합니다.

그것은 오로지 그녀의 눈에 깃든 힘이 원인이었습니다.

대체 언제부터 그러한 눈이 되었는지, 어째서 그러한 힘이 깃들어버렸는지, 그 물음에 답하는 것은 누구에게도——그녀에게조차도 불가능했습니다. 그저 어릴 때부터 그녀의 눈은 그러한 힘을 갖고 있었고, 그런 연유로 기분 나쁜 존재라는 취급을 받았다고 합니다.

"너는 우리 일족의 수치다. 냉큼 꺼져라."

일족 중에 불가사의한 힘을 가진 그녀를 받아들여 주는 사람은 아무도 없었습니다.

그 후로 그녀는 혼자서, 뒷골목에서 살아가게 되었습니다. 어린 나이에 노숙자가 되었습니다. 구걸을 하거나 때로는 노점에서 음식을 몰래 훔치기도 했습니다.

그러나 눈에 깃든 힘을 의도적으로 쓴 적은 단 한 번도 없었습니다. 눈의 힘 때문에 집에서 쫓겨났다는 사실을 절절할 정도로 잘 알고 있었기 때문입니다.

"다시 한번…… 다시 한번, 가족 곁으로 돌아가고 싶어……."

그런 바람을 가슴에 품으며 그녀는 하루하루를 살아갔습니다. 치료마법을 배우고, 눈이 마주치고 말았을 때 석화되어도 풀 수 있게 되었습니다.

치료마법으로는 태어날 때부터의 체질일 터인 상대를 석화시키는 자신의 눈을 고칠 수는 없었지만, 그래도 대처법 정도는 찾을 수 있었습니다.

이거라면 집으로 돌아갈 수 있을지도 몰라——. 그렇게 생각했습니다.

그러나 마법사 일족은 그녀를 거절했습니다.

"석화를 푸는 방법을 갖게 된 게 뭐 어쨌다는 거야?" "너는 이미 절연 당한 몸이잖아? 돌아오지 마." "우리 앞에 나타나지 말아 줄래? 괴물."

받아들여 줄 리도 없었습니다. 어느 정도의 마법을 쓸 수 있게 되었다고는 해도, 여전히 눈을 마주치면 석화되는 것입니다.

다가가고 싶지 않다고 여기는 것도 당연하다 생각했습니다.

그 후로도 그녀는 결국 혼자 살아갈 수밖에 없었습니다. 누구와도 눈을 마주치지 않도록 조심하면서, 조용히 살아왔습니다. 그러나 평생 다른 사람과 눈을 마주하지 않은 채 살아간다는 것은 불가능했습니다. 그녀는 번번이 사람과 눈이 마주쳤고, 그때마다 치료마법을 걸어 석화를 풀었습니다.

그만 무심코 석화를 시킬 때마다 그녀는 심하게 거절당했습니다.

이윽고 아무도 그녀에게 다가오지 않게 되었습니다. 나라에서 나가라며 욕을 듣게 되었습니다. 그렇게 그녀는 고독한 하루하루를 보내왔습니다.

"자네, 눈이 마주친 상대를 석화시키는 힘이 있다지?"

그러던 어느 날의 일이었습니다. 나라의 관리가 그녀에게 말을 걸었습니다.

"괜찮다면 자네에게 꼭 좀 부탁하고 싶은 일이 있네만──어떤가?"

그리고 그녀가 이끌려 간 곳은, 전장이었습니다.

"적 병사들을 석화시켜주었으면 하네."

결국, 그리하여, 그녀는 전장의 최전선에 서게 되고 말았습니다.

눈의 힘을 쓰는 것에 강한 저항을 느끼던 그녀는 거절했습니다.

"싫어요! 이런 걸 위해 힘을 쓰고 싶지는──."

그녀에게 거부권은 없었습니다. 전장에 끌려 나온 이상──그녀의 눈이 병기로서 유효하다고 인정받은 이상, 그녀를 그냥 돌려보내는 일은 없었습니다.

싫어하는 그녀는 병사들에 의해 꽁꽁 묶였고, 눈을 억지로 뜨게 하여 적 병사들 앞에 세워졌습니다. 울어도, 소리쳐도, 그녀를 도와주는 사람은 아무도 없었습니다.

그녀는 줄곧 전장 한가운데에서 홀로 고통스러워했습니다.

전쟁이 끝나는 그 날까지.


전쟁이 끝나자 국왕 폐하는 두 사람을 궁전으로 불러들였고, 각자에게 막대한 돈을 건넸습니다.

"자네들에게는 이 돈을 갖고 다른 나라로 가주었으면 하네."

한 사람은 맛도 냄새도 없는 독을 만들어 많은 사람을 죽음에 이르게 한 살인귀. 또 한 사람은 적 병사를 가차 없이 전부 돌로 바꾸어온 마법사.

전쟁이 끝난 후에 기다리고 있던 것은 그들에 대한 공포였습니다.

너무나도 강한 그 힘이 자신들에게 향하지는 않을까, 두 사람이 언젠가 배신하지는 않을까. 그런 불안이 나라 안에서 번져 나오게 되었다고 말했습니다.

그러니 나가라, 그런 사정이었다고 합니다.

너무나도 제멋대로인 사정이었습니다. 누구 한 사람도 두 사람을 생각해주지 않았습니다.

"즉 우리는 이제 더는 쓸모 없으니 꺼지라는 말입니까?"

루이스 씨는 그렇게 악담을 했고, "⋯⋯⋯⋯" 엘프리데 씨는 한마디도 하지 않은 채 돈을 받아 들었습니다.

결국 두 사람은 나라에서 나왔습니다.

그것밖에 길이 없었던 것입니다.

"저기, 당신. 북쪽 숲은 이쪽이 맞을까?"

쾅 하고 닫힌 나라의 문 앞에서 루이스 씨는 엘프리데 씨의 어깨를 가볍게 두드렸습니다.

"…………"

꾸벅, 엘프리데 씨는 고개를 끄덕였습니다.

"음? 미안. 나 눈이 보이지 않아. 혹시 지금 고개를 끄덕여줬어?"

"……그 방향이, 맞습니다."

"그래. 당신, 이름은?"

"……엘프리데."

"그래. 고마워. 엘프리데 씨."

그는 엘프리데 씨 쪽을 바라보며 싱긋 웃었습니다. 그것은 지금까지 그 누구도 그녀에게 보여준 적 없었던 표정이었습니다.

그리고.

태어나 처음으로 얼굴을 마주할 수 있었던 사람이었습니다.

"그럼 이만."

루이스 씨는 지팡이를 휘두르며 걷기 시작했습니다.

발걸음에 망설임은 없었습니다. 북쪽 숲에는 이미 사람이 살지 않게 된 폐촌이 있을 뿐입니다. 아마도 숲에서 혼자, 살 셈인 것일 테죠——생각하지 않아도 알 수 있었습니다.

"…………"

엘프리데 씨는 자연스레 그의 걸음을 뒤쫓았다고 합니다.

그녀는 태어나서 처음으로, 눈을 마주쳐도 돌이 되지 않는 인간을 발견했던 것입니다.

함께 살 수 있는 인간을 발견했던 것입니다.

잠시 걸음을 옮기던 루이스 씨는 딱 멈추어 섰습니다.

"엘프리데 씨, 혹시 지금 내 뒤에 있어?"

발소리로 알았을 테지요. 돌아보는 일 없이 그는 물었습니다.

그녀는 당황했습니다. 그때가 되어서야 겨우 자신의 행동이 스토커나 다름없다는 사실을 깨달았습니다.

"……죄, 죄송해요. 저기……."

허둥대며 손짓, 발짓을 섞어가며 변명을 해보려 했지만, 물론 그에게 그런 것은 보이지 않았습니다.

그녀의 동요는 그에게 전해지지 않았고, 그저 지극히 침착한 모습으로 루이스 씨는 뒤를 돌아보았습니다.

"혹시 괜찮다면, 같이 갈래?"

"…………!"

고개를 끄덕인 그녀는 "가, 갈래……요!"라며 바닥을 차고 그의 옆에 나란히 섰습니다.

"그래. 그럼 갈까?"

그리고 그는 다시 걸음을 옮겼습니다.


그날 이후, 이 마을에서 둘이 지내고 있습니다——라고, 루이스 씨는 말했습니다.

"지금은 둘이서 아무런 불편 없이 지내고 있답니다. 그 나라에 있던 때보다도 훨씬 행복할지도 모르겠어요."

타인에게 이용되는 일도 없고, 악행에 억지로 가담해야만 하는

일도 없었습니다. 분명, 지금까지의 일을 떠올리면 폐촌에서의
생활은 낙원 그 자체일 테지요.

"하지만 최근 들어 주변 여러 나라가 그 나라에 공격을 시도하
려 하는 낌새가 있어요."

루이스 씨는 팔짱을 끼면서 낮게 신음했습니다.

엘프리데 씨는 고개를 숙인 채 그의 말을 이어받았습니다.

"몇 주 전부터 그 나라로 돌아오라는 권고장이 몇 번이나 왔어
요. 또 전쟁이 일어날 테니 우리의 힘이 필요하다면서."

"…………."

"물론, 무시하고 있어요. 우리는 지금의 생활을 포기할 생각이
없거든요."

그녀의 그 말에는 굳은 의지가 담겨 있는 듯했습니다.

그러나 여기서 도망치지 않는 한 몇 번이고 권고장은 날아들 테
지요. 몇 번이고 그 나라로 다시 데려가려 할 테지요.

"……만약 그 나라 사람이 직접 여기까지 온다면──당신들 앞
에 나타난다면, 어쩌실 건가요?"

그는 잠시 고민하듯 고개를 모로 꼬고서 "글쎄요……" 하며 고
민했습니다. 그리고.

"말이 통하는 상대라면, 대화로 끝내겠죠."

"대화가 통하지 않는 상대라면?"

제 말에 그는 웃었습니다.

"글쎄요─? 그 사람도 끌어들여 셋이서 사이좋게 독이라도 먹
고 동반 자살을 할지도 모르겠군요."

농담인지, 아니면 진심인지는 알 수 없었습니다.

그러나 일단 지금 말할 수 있는 것은 한 가지뿐이었습니다.

"……엄청나게 먹기 곤란합니다만."

"약간의 농담이에요. 부디 신경 쓰지 마세요."

마음에는 담아두지 않았습니다.

그저 그의 옆에서 계속해 저와 눈이 마주치지 않도록 고개를 숙이고 있는 엘프리데 씨가 신경 쓰였습니다.

그녀의 눈동자는, 제 손 근처——단 한 번도 손을 대지 않은 접시를 향하고 있었습니다.


잠시 후, 식사가 끝나자 루이스 씨는 "그럼 저는 약 연구를 하러 가보겠습니다"라며 자신의 방에 들어가 틀어박히고 말았습니다.

"아, 일레이나 씨는 느긋하게 쉬고 계셔도 됩니다."

그런 배려도 잊지 않았습니다.

하지만.

"…………."

"…………."

눈앞에 엘프리데 씨가 앉아 있는 상황에서 느긋하게 쉰다고 하는 행위가 과연 가능할까요? 가능할 리가 없습니다.

기묘한 침묵과 갑갑한 긴장감이 공간을 지배했습니다. 무사태평하던 루이스 씨의 부재만으로 이렇게까지 분위기가 무거워질 거라고는 생각도 못 했습니다.

서로 침묵을 맞이한 채, 그 후로 몇 분 정도의 시간이 흘렀습니다.

이윽고 엘프리데 씨는 입을 열었습니다.

"지금, 제가 당신 눈을 보면 당신은 돌이 되어 두 번 다시 원래대로 돌아가지 못할 테죠."

그것은 부드러운 말투와는 약간 어울리지 않는 흉흉한 대사였습니다.

두 번 다시 원래대로 돌아가지 못한다. 그것은 즉, 두 번 다시 원래대로 되돌려놓을 마음이 없다는 뜻입니다.

"협박인가요?"

"아뇨."

천천히 고개를 흔드는 엘프리데 씨.

"저는 그저, 한 가지 질문을 하고 싶을 뿐입니다."

"…………."

저는 조용히 그녀의 말을 기다렸습니다.

엘프리데 씨는 숨을 들이쉬고 내쉰 다음.

"당신은 그 나라에 부탁을 받아 우리를 데리러 온 마법사. 아닌가요?"

그렇게 단적으로 진실을 들이댔습니다.

○

"사람 좋은 루이스 님은 속일 수 있었다고 해도, 저를 속일 수는 없습니다. 일레이나 씨."

추궁하듯 날카로운 말투였습니다.

"…………."

그러나 제가 그녀에게 답하는 일은 없었습니다. 그저 입을 다물 뿐입니다.

"침묵은 긍정이라 여기겠어요."

"좋으실 대로."

딱히 어찌 판단하든 상관없었기 때문입니다.

그런 저를 보며 엘프리데 씨는 한숨을 한 번 내쉬고서 이야기했습니다.

"분명 이제 곧 억지로라도 끌고 가려 할 거라고 생각했어요. ……설마 여행자인 마녀를 보낼 거라고는 예상도 못 했지만."

"……그러게요."

"일레이나 씨. 당신은 우리를 여기에서 또 그 나라로 데려갈 셈인 거죠?"

"…………."

저는 대답하지 않았습니다.

"조금 전에 들려드렸던 이야기대로, 저도 루이스 님도 이 마을에서의 생활을 사랑하고 있어요. 여기서 나갈 생각은 없습니다."

두 사람의 모습을 보고 있자면 그 정도는 절절할 정도로 전해져 옵니다. 머물 곳이 없었던 두 사람에게 있어 이 마을은 유일한 안식처인 것입니다.

"……그래도 우리를 데리고 돌아오도록, 당신이 명령받았다는 것도 알고 있어요. 그 국왕은 도리를 저버린 일도 태연하게 하니까요——."

그녀는 입술을 깨물었습니다.

테이블에 놓여 있던 종이를 꽉 움켜쥐었습니다.

"하지만, 그래도——그렇다고 해도, 일레이나 씨. 당신에게 부탁드리고 싶은 것이 있습니다. 부디, 제발 부탁드립니다——앞으로 며칠만 기다려주실 수 없을까요?"

"……며칠 후에 무언가가 있는 건가요?"

그녀는 고개를 끄덕이면서 꼬깃꼬깃해진 종이로 시선을 떨어뜨렸습니다.

"제 연구가 완성됩니다."

루이스 씨 모르게 연구하고 있는 새로운 마법.

그것이 완성될 때까지 기다려주었으면 한다는 것일 테지요.

"그것이 완성되면 어떻게 되나요?"

"루이스 님이 마법을 쓸 수 없게 됩니다."

그녀는 단호하게 대답했습니다.

"그리고 눈이 보이게 됩니다."

"…………."

즉.

"독 같은 건 만들 수 없는, 평범한 남성이 될 겁니다."

그렇다고 합니다.

아마도 권고장이 보내졌을 때부터——혹은 그보다 훨씬 전부터 그녀는 그 연구를 하고 있었는지도 모릅니다.

마법사이자, 독을 만드는 데 뛰어난 루이스 씨. 나라가 그를 필요로 하는 이유는 독을 만들 수 있는 마법사이기 때문입니다.

즉, 마법만 쓸 수 없게 되면 그는 이제 평범하고 무가치한 한 인간에 지나지 않게 된다는 것일 테지요.

엘프리데 씨는 제게 깊게 고개를 숙이면서 말했습니다.

"저는 어찌 되든 상관없습니다. 또다시 제 눈을 쓰고 싶다고 한다면, 써도 상관없어요. 기꺼이 받아들이겠어요. 그러니 제발—— 부탁드립니다. 저의 소중한 사람만은, 부디, 더는 전쟁에 말려들지 않게 해주세요."

자신의 몸은 어찌 되어도 좋으니 그만은 구해달라고, 그렇게 말하고 싶은 것일 테지요.

그것은 참으로 순수하고 멋진 마음이라고 생각했습니다.

그러나.

"그런가요."

저는 말했습니다.

"안타깝지만 당신의 바람을 들어주는 것은 불가능합니다."

○

"엘프리데 씨는 어떤 사람인가요?"

폐촌을 나아가, 두 사람이 사는 집에 들어서기 직전에 저는 루이스 씨에게 물었습니다.

자료로 읽은지라 어떠한 사람인지는 어느 정도 알고 있었습니다. 그러나 왠지 모르게 이야기의 흐름에 따라 그렇게 물었습니다.

"제가 이 세상에서 가장 사랑하는 사람입니다."

"아뇨, 저는 그녀의 사람됨을 물을 셈이었습니다만⋯⋯."

용케도 그렇게 손발이 오그라드는 말을 아무렇지 않게 하는군요⋯⋯.

"사람됨 말인가요? 음⋯⋯ 성격이 좋고, 밝고, 상냥한 사람, 일까요?"

"⋯⋯뭔가요? 그 지극히 대충대충인 대답은."

그 특징뿐이라면 세상 대부분의 인간에게 해당될 듯한 기분이 듭니다만⋯⋯.

"뭐, 저는 눈이 보이지 않으니 외적인 특징에 관해서는 거의 알지 못한답니다."

가볍게 웃으며 루이스 씨는 말했습니다.

"유일하게 아는 것이라고 한다면, 저와는 다른 의미에서 눈에 병을 앓고 있다는 점일까요?"

"⋯⋯그건──."

"보면 알 겁니다."

루이스 씨는 애매하게 얼버무렸습니다.

물론 저는 자료를 미리 읽은지라 새삼 다시 설명을 들을 것도 없이, 엘프리데 씨의 눈에 관해서는 매우 잘 알고 있었지만 말이죠.

그때, 그는 저를 돌아보았습니다.

"일레이나 씨."

그리고 이렇게 말했습니다.

"앞으로 며칠만 기다려주시지 않겠습니까?"

"……무슨 말씀이죠?"

"당신은 그 나라에 부탁을 받고 온 마녀. 아닙니까?"

다 들켰습니다.

뭐, 이런 인적 없는 곳에 여행자가 일부러 찾아오다니, 이야기가 지나치게 잘 짜인 듯한 느낌이기는 합니다. 아마도 바로 들킬 거라 생각하기는 했습니다만…….

"음, 대략 당신 예상대로입니다."

부정은 하지 않았습니다.

"저는 예의 그 나라 임금님에게 당신들 두 사람을 데려와 달라고 부탁받은 마녀입니다. 참고로 제가 실패할 경우, 강경책으로 나설 모양이더군요."

국왕 폐하는 무슨 일이 있어도 두 사람을 데려오고 싶은 모양이었습니다.

그만큼 궁지에 몰려 있는 것일 테지요.

……고작 두 사람이 없다고 해서 위기 상황에 빠지는 나라라니 어떨까 싶습니다만.

"강경책인가요—— 아아, 분명 병사들이 대거 몰려오겠지요."

루이스 씨는 농담을 하듯 키득 웃어 보였습니다.

"일레이나 씨, 그래도 앞으로 며칠만 기다려주세요."

"……어째서죠?"

"저는 지금 새로운 약의 연구를 하고 있습니다. 눈의 이상을 푸는 약이죠."

"…………."

"앞으로 며칠이면, 저는 그녀의 눈을 치료할 수 있습니다. 그녀를 평범한 마법사로 만들 수 있는 약이, 이제 곧 완성됩니다."

한 호흡을 두고서 그는 말했습니다.

"적어도, 그녀만이라도 못 본 척해주실 수 없겠습니까? 저는 어찌 되는 상관없습니다. 그러니 부디——부탁드립니다."

결국.

그러니까 그런 것입니다.

저는 그의 바람도 그녀의 바람, 똑같이 이뤄줄 수 없었던 것입니다.

상대만 무사하다면 자신은 어찌 되어도 상관없다고 하는 바람을 들어주다니, 처음부터 거절입니다.


○


저는 그럭저럭 성질이 급한 사람이라, 며칠 기다려달라는 말을 들어도 가만히 있지를 못합니다.

"루이스 씨. 조합이 미묘하게 틀렸어요. 여기, 일부 재료가 많아요."

그래서 예를 들면 그의 연구를 돕거나, 혹은.

"엘프리데 씨. 마법에 쓸 마력량이 너무 적습니다. 이래서는 시력이 돌아와도 흐릿하게만 보이게 될 거예요."

그녀의 마법 연구에 참견하며 거들거나 해서, 며칠을 하루로 단축하거나 했습니다.

혹은.

"……편지라도 써둘까요."

이제부터 일어날 수 있는 일을 예견하여 선수를 쳐서 그 나라로 편지를 써 보내기도 했습니다.

일단, 두 사람은 죽었다고 그렇게 보고해두었습니다.

제가 할 수 있는 일이라고 해봐야 결국에는 그 정도였으니까요.

그리고 다음 날.

엘프리데 씨의 마법이 완성되고 동시에 루이스 씨의 약이 완성되었을 때는, 제가 할 수 있는 일은 이제 아무것도 남아 있지 않았습니다.

"……일레이나 씨. 조금 더 계셔도 괜찮습니다만? 아직 답례도 충분히 못 했는데요……."

루이스 씨는 제가 아닌 어딘가를 바라보면서 눈썹을 내리떴습니다.

서로의 연구가 끝나고, 다음은 서로에게 그것을 전하는 일만 남았을 때, 저는 두 사람의 집을 떠나기로 했던 것입니다.

"두 사람의 방해를 하는 건 멋없잖아요. 저도 그렇게까지 분위기를 못 읽는 인간은 아니랍니다."

게다가, 두 사람이 처음으로 얼굴을 마주하는 순간에 제가 옆에 있는 건 왠지 몹시 불편할 것 같았습니다.

무엇보다 눈앞에서 러브러브 해버리기라도 하면 제가 어색해서 견디지 못할 겁니다.

"그렇다면 적어도 돈만이라도 받아주었으면 해요."

약간 가시 돋친 말투로 엘프리데 씨는 제게 금화가 담긴 자루를 내밀었습니다.

저는 자루를 되밀었습니다.

"필요 없습니다."

"어째서죠?"

"당신들, 이제 이 숲을 나가야만 하잖아요? 새로운 나라에서 새로운 생활을 보내기 위한 비용을 빼앗을 만큼 물정 없는 인간은 아니랍니다. 제가."

"⋯⋯⋯⋯."

우으 하고 뺨을 부풀리는 엘프리데 씨.

"안 돼요. 일레이나 씨. 우리로서도 돈을 받아주지 않으면 마음이 편치 않아요."

"아니 그러니까 필요 없다니까요⋯⋯."

"아뇨 아뇨."

"아니 아니."

"⋯⋯⋯⋯."

"⋯⋯⋯⋯."

결국, 저와 그녀에 의한 돈 떠넘기기 응수는 그로부터 몇 분 동안 반복되었습니다.

"아, 정말. 좋아요. 알았습니다. 네네. 받으면 되는 거죠? 정말 필요 없지만."

그렇게 살짝 투덜거리면서 저는 금화를 한 닢 받는다고 하는 절

충안으로 화해를 불러왔습니다.

　모처럼이니 마음껏 멋을 부려볼 셈이었습니다만, 최종적으로는 돈에 눈이 먼 한심한 저였습니다.

　"일레이나 씨는 앞으로 어찌할 셈인가요?"

　루이스 씨는 저희의 말다툼이 끝난 후, 무사태평한 모습으로 그렇게 한마디를 물었습니다.

　저는 당연하다는 듯이 대답했습니다.

　"뻔한 거 아닌가요? 다시 여행을 떠날 겁니다."

　그러니.

　"어쩌면 당신들과도 어딘가에서 다시 만날지도 모르겠네요―."

　라고도 말했습니다.

　지금부터 다시 여행을 시작하는 저와 그리고 지금부터 새로운 고향을 찾는 여행에 나설 두 사람.

　만약 기회가 있다고 한다면, 두 사람과 다시 만날 수 있기를 바라면서 저는 두 사람의 집 문을 열었습니다.

　루이스 씨는 제 등을 바라보면서 헤어지는 순간 웃으며 말했습니다.

　"다음에 다시 만난다면, 그때야말로 처음 뵙겠습니다, 가 되겠군요."


　그리고, 눈을 마주친 모든 사람을 돌로 만드는 나쁜 마법사도, 맛도 냄새도 없는 독을 만들어내는 마법사도, 이 세상에서는 사라지게 되었던 것입니다.

앞으로 두 사람은 그저, 눈으로는 볼 수 없는 것으로 묶여 있는 두 사람일 뿐이니까요.

【숲의 마녀와 재의 마녀의 경우】


『우리나라의 상징인 여신상이 최근 들어 노후되었으니 복원해 주길 바란다.』

　그러한 의뢰가 마법 총괄 협회에 들어온 것은 지금으로부터 일주일 정도 전의 일이었습니다.

　언제나 가난에 시달리는 나는 "뭐? 낡아빠진 조각상을 번쩍번쩍하게 만드는 것만으로 돈을 받을 수 있는 건가요? 식은 죽 먹기네요! 유후!"라며 매우 의욕적으로 그 나라를 찾아갔습니다.

　그곳은 역사를 사랑하는 나라라 불리고 있었고 자칭도 하고 있는 이상한 나라였습니다.

　"어머, 어서 오세요. 환영합니다. 마녀님. 자, 이쪽으로 오시죠."

　역사를 사랑하는 나라답게 역사적인 민족의상을 차려입는 풍습이 있는지, 한여름의 더럽게 더운 시기임에도 저를 안내해준 관리님(여성)도 거리에서 스쳐 지나간 사람들도 전부 빠짐없이 긴 팔에 두툼한 옷을 입고 있었습니다. 역사를 사랑하는 것도 좋지만 몸조심해주기를 바랄 뿐입니다.

　"우리나라에서는 요즘 젊은이의 석고상 이탈이 심각해서 요……."

　역사 자료관의 문을 열면서 미간을 찌푸리고 그리 말하는 관리님도 내 눈에는 아직 충분히 젊은이로서 통용될 듯 보였습니다.

아직 『요즘 젊은것들은』이라며 불평을 하기에는 이르지 않을까 싶습니다. 그보다 석고상 이탈이라니, 뭐죠……?

"제가 젊을 때는 석고상을 끌어안고 자거나, 석고상과 결혼하거나, 석고상의 멋짐과 귀여움을 두고 담론을 나누거나 했었답니다. 그런 석고 여자와 석고 남자가 붐의 중심에 있었죠."

"이 나라는 뭔가요? 위험한 녀석들이 모여드는 곳이었나요?"

"우리 시대에는 그게 글로벌 스탠다드였어요."

"그런……"

"하지만 시대는 변했죠……. 지금은 역사 자료관에 걸음을 해도, 일부러 석고상 코너까지 가보는 사람은 거의 없어요……. 붐이었을 때의 그 활기를, 우리는 되찾고 싶답니다……. 그 무렵은 정말로 좋았어요……."

과거를 그리워하는 관리님의 눈에는 저 먼 고향을 떠올리는 상경한 아가씨 같은 향수가 감돌고 있었습니다.

"그 무렵은 아무튼 석고만 팔면 떼돈을 벌 수 있었는데 말이죠……."

"…………."

아, 아니, 이건 그저 돈의 망자가 된 자의 눈입니다.

혹시 활기를 되찾고 싶은 것이 아니라 돈벌이를 할 수 있던 시기로 돌아가고 싶은 것이 아닌지요? 그렇게 눈치챈 것은 대략 이 무렵쯤이었습니다.

"석고 버블 때는 『네! 이게 여신상과 같은 소재의 석고랍니다!』 같은 말을 하기만 하면 반드시 누군가가 사 갔는데, 지금은 전혀 팔리지 않는답니다."

"석고 버블이라니, 대체 뭔가요?"

그보다, 평범한 석고가 멋대로 팔려나가던 시대가 이상한 거 아닌가요? 그런 물건에 수요가 있는 겁니까?

이 나라 혹시 위험한 사람들만 있는 건?

"참고로 석고 여자 혹은 석고 남자는, 지금은 그림 남자 혹은 그림 여자로 교체되었지요."

"위험한 녀석이 석고에서 그림으로 옮겨갔을 뿐이잖아요?"

"네. 하지만 그림 붐도 지금은 거의 사그라들고 있지요…… 새로운 유행을 만들어낼 필요가 있습니다……."

"…………."

유행이란 음식과 마찬가지로 늘 새로운 것을 도입하고자 하는 경향이 있습니다. 매일 같은 식사만 하다 보면 언젠가 질리고 맙니다.

그런고로, 정기적으로 새로운 것에 손을 댈 필요가 있지요.

"오래전 유행을 다시 꺼내서 이 나라의 새로운 유행으로 삼고 싶다, 그런 말인가요?"

"네. 그러기 위해서도 꼭 마녀님께는 협력을 부탁드리고 싶습니다. 돈을 벌 수 있기 때문이기도 하지만, 저는 석고상에 비할 데 없는 애정을 쏟아왔답니다. 부디 과거의 영화를 되찾고 싶습니다."

"뭐…… 돈을 위한 일이니 협력은 하겠습니다만……."

내가 그렇게 투덜거렸을 때, 예의 석고상 코너에 도착했습니다.

"이번에 마녀님께서 고쳐주셨으면 하는 건 이 조각상입니다."

이 나라에서 가장 인기 있는 시설로 이름 높은 역사 자료관의 한쪽에 그 석고상은 떡하니 놓여 있었습니다.

"…………."

그것은 과거에는 아마도 아름다운 석고상이었을 테지요.

현재 그 아름다움은 흔적도 없었습니다. 석고상의 얼굴과 팔에는 금이 가 있었고, 과거에는 아름다운 흰색이었을 터인 색도 바래 있었습니다. 몸체와 등에 자라난 날개는 아름다운 그 모습을 그대로 유지하고 있었지만, 팔과 얼굴은 전혀 다른 상태였습니다.

그것은 아마도 아름다운 여성을 본뜬 조각상이었을 테지만, 세월에 따른 열화 탓에 인사치레로도 아름답다고는 할 수 없는 상태가 되어 있었습니다. 주로 얼굴과 팔이 거칠거칠해진 탓에 입고 있는 천 조각도 마치 노예가 걸친 천 조각처럼 보였고, 등에서 자라난 날개도 지저분하게 보였습니다. 심지어는 손에 쥐고 있는 창도 흔한 무기점의 매대 세일 상품으로 놓여 있을 법한 싸구려 무기로 보일 지경이었습니다.

과연, 이게 바로——.

"우리나라의 역사 자료관이 설립되었을 때 이웃 나라에서 선물한 여신상입니다. 예전에는 정말이지 아주 아름다워서, 오직 이 석고상을 보기 위해 다른 나라에서도 사람들이 잔뜩 몰려들었을 정도였습니다만…… 지금은 이제, 아무도 이 석고상에 흥미를 보이지 않는답니다."

"…………."

나는 가만히 그 석고상을 바라보았습니다.

그것은 어디선가 본 적 있는 얼굴을 하고 있었습니다. 석고의 색이 탁한 흰색—— 재색으로 보이는 탓일까요? 잿빛 머리카락을 가진, 내가 경애하는 마녀님처럼 보였습니다.

보면 볼수록 얼굴이 비슷했습니다. 똑 닮았습니다. 혹시 그녀가 모델인가? 하는 생각이 들 정도입니다.

이 석고상이 보내진 것은 20년 정도 전이라고 석고상 설명문에 확실하게 쓰여 있으니, 아마도 다른 사람일 테지만——.

"…………."

나는 석고상을 빤히 바라보면서 말했습니다.

"그나저나, 상당히 손상되었네요…… 특히 피부가 심각해요. 버석버석하네요."

"아니, 석고상이니까 피부는 아닌데요……."

관리님은 약간 어이없어하며 내게 답했습니다.

"아무튼, 마녀님에게는 이 석고상 수선을 말이죠, 부탁드리고 싶거든요. 가능할까요?"

"후후후. 맡겨두세요. 내가 이래 봬도 석고 수선의 매지션이라 불리는 여자랍니다. 여유죠. 뭔가 따로 바라는 점이 있으신가요? 내가 완벽하게 재현해드릴게요."

거짓말이지만요.

그러나 관리님은 "어머. 그거 마음 든든하네요"라며 밝은 목소리로 반응했습니다.

"그럼 부탁드립니다. 부디 이 여신상을 갓 태어났을 때와 같은 모습으로—."

"알겠습니다. 캐스트 오프해서 알몸으로 만들면 되는 거죠? 맡겨두세요."

"그런 의미가 아닙니다."

"그럼 어떤 의미인가요?"

"새 물건 같은 모습으로 돌려놔 주세요."

"과연. 즉, 에이징 케어로군요! 맡겨두세요."

"에이징……? 저기, 그게, 네."

관리님은 약간 귀찮다는 듯이 내게 고개를 끄덕여 보였습니다.

아무튼.

이리하여 나의 석고상 수선 이야기(극적 비포 애프터)가 막을 올렸습니다.

○

"……과연. 사정은 알았습니다."

저는 며칠 전에 수선을 받았다고 하는 석고상을 앞에 두고 고개를 끄덕였습니다.

"즉, 이전에 이 나라에 왔던 마녀가 석고상을 대충 만진 끝에 이상한 어레인지까지 해버려 곤란하다는 거로군요."

"바로 그렇습니다."

그 말이 맞다며 관리님은 긍정했고, 저는 석고상을 바라보았습니다.

안타깝게도 저는 이 석고상의 이전 모습을 알지 못하는지라, 대체 무엇이 어찌 되어 이러한 사태로 발전했는가 하는 점을 잘 이해할 수 없었습니다.

그러나 눈앞의 석고상에 쓸데없는 각색이 더해졌으리라는 것은 상상하기 어렵지 않았습니다.

우선 복장. 여신상이건만 어째선지 로브를 입고 있었습니다. 거기에 더해 삼각 모자도 장비하고 있습니다.

머리카락은 길었고, 석고상이기 때문에 색까지는 명확하지 않았지만, 아마도 잿빛일 테지요. 그런 얼굴을 하고 있었습니다. 나이는 10대 후반 정도일까요? 어쩐지 매우 큐트해서 한 번 본 것만으로도 반해버리고 말 것 같을 정도의 외모를 하고 있었습니다.

그런데, 그런 느낌으로 귀여움의 정점에 군림하는 석고상은 누구인가.

그렇습니다. 저입니다.

"…………."

명백하게 저의 얼굴을 아는 자의 범행이었습니다.

구체적인 이름은 대지 않겠지만, 아마도 검은 로브와 삼각 모자를 걸친 검은 머리카락의 여자일 것이 틀림없습니다. 그런 분위기가 납니다. 아니, 그런 분위기밖에 안 납니다.

"보시는 대로, 석고상이 너무나도 달라져 버렸습니다…… 이래서는 전시도 제대로 할 수 없어요."

관리님은 몹시 곤란해했습니다.

"그러네요……."

저는 얌전히 수긍했습니다.

"원래 모습으로 돌아가기는커녕 승천해버릴 정도로 귀여워졌네요……. 이래서는 저—— 석고상을 두고 전쟁이 일어날지도 모르겠어요…… 그렇게 말씀하고 싶으신 거죠?"

"아닙니다."

"여신이라기보다 이것은 천사라 부르는 편이 적절하겠네요. 이름은 개명해두죠."

"안 됩니다."

"……애초에 어째서 겉모습이 이런 식으로 변해버린 건가요?"

"원래대로 복원해달라고 부탁드렸는데, 담당했던 숲의 마녀님이 『석고상을 보고 있었더니 왠지 끓어올라』 같은 말을 하더니 필요 없는 어레인지를 더해버리면서 이런 느낌이."

"과연, 위험한 녀석이로군요."

"게다가 『내 안에서는 대체로 이런 외모가 여신이랄까요?』라고도 진술했답니다."

"어찌 생각해도 위험한 녀석이로군요."

아무래도 이 나라는 위험한 녀석을 접근시킨 불행한 나라인 모양입니다. 그렇다면 저도 위험한 녀석의 동료라는 게 되어버릴지도 모르겠습니다만.

관리님은 저를 향해 섰습니다.

"제발 부탁드립니다. 마녀님. 이런 모습으로는 사람들 앞에 내놓기 매우 곤란합니다. 어떻게든 고쳐주실 수 없을까요?"

그리고 그렇게 말하며 깊게 고개를 숙였습니다.

"…………."

뭐, 딱히 석고상을 원래 모습으로 되돌리는 것쯤이야 마녀에게는 간단한 일입니다만—.

저는 가만히, 저와 매우 닮은 석고상을 바라보았습니다.

"이 석고상은 우리나라에 매우 소중한 것입니다."

제 옆에서 관리님은 말했습니다.

"이건 이 역사 자료관이 생겼을 때 타국에서 보내진 것으로——."

여신상 앞에 적힌 설명문을 그대로 읊듯이 관리님은 거침없이 제게 설명해주었습니다.

"저는 이걸로 한몫 벌었답니다……. 이번에도 이걸로 한방 터뜨려볼 생각입니다만, 이런 모습이어서는…… 아무래도 말이죠."

"…………."

설명문에 더해 시커먼 속내를 슬쩍 내보였지만 저는 애써 모른 척 무시했습니다.

그리고. 관리님이 석고상에 가진 샘솟는 뜨거운 마음(혹은 돈에 대한 집착)을 한바탕 이야기한 다음.

"……하나 물어봐도 되겠습니까?"

깨달았습니다.

저는 빙글 몸을 돌리고, 관리님을 향해 고개를 갸우뚱해 보였습니다.

"당신은——아니, 이 나라의 역사를 사랑하는 분들은, 석고상 붐이 다시 일어나길 바라는 겁니까? 그래서 예전처럼 석고상을 사랑하는 사람으로 나라를 가득 채우고 싶은 겁니까?"

"네…… 그렇습니다만."

그녀는 긍정했습니다.

"덤으로 돈이 손에 들어오면 더할 나위 없지요."

쓸데없는 말까지 내뱉었습니다.

그나저나, 요컨대 일의 발단은 석고상이 전혀 주목을 받지 못하게 된 것이로군요.

"당신들은 예전의 번화함을 되찾고 싶다는 거죠?"

저는 물었고, 그녀는 고개를 끄덕였습니다.

그렇다면.

그렇다고 한다면.

저는 그녀에게 말했습니다.

"그렇다면, 이 석고상을 원래대로 되돌리는 것보다 더 손쉬운 방법이 있습니다."


그날, 전시된 석고상 앞에는 다양한 사람들이 찾아와 온갖 욕설을 퍼부었습니다.

"이런 역사 깊은 석고상에 장난을 치는 고얀 놈이 있다니!"

"정말이지 너무하네! 역사를 업신여긴다고밖에 생각할 수 없어!"

"석고상을 이런 모습으로 만든 놈은 당장 질책해야 해!"

당연한 일이라 할 수 있었습니다.

흥이 올랐던 건지 끓어올랐던 건지는 잘 모르겠지만, 아무튼 신이 난 숲의 마녀님이 만들어내고 만 석고상을 우리는 그대로 전시하기에 이르렀던 것입니다.

그러자 역사 자료관의 석고상 코너는 사람들로 붐비게 되었고, 여러 신문사가 사태를 심각하게 여기며 기사를 썼습니다. 결과적으로 신문 기사가 선전 효과를 가져와 얄궂게도 과거의 번화함을 되찾아갔습니다.

"정말이지……! 역사적인 석고상을 이런 식으로 만들어놓다니!" "대체 어디 사는 누구야?! 이런…… 이런…….""……어라? 이거 좀 귀엽지 않아?""……반대로 이런 취향도 괜찮을지도?"

어디 사는 어느 여행자가 멋대로 만져놓은 석고상을 한 번 보겠다며 젊은이들이 모였고, 과거 석고상 붐이니 하는 것을 직접 경험한 연배의 사람들은 지나간 그리운 날들에 탄식하며 석고상 코너로 집결했습니다.

그런 사람들로 가득해진 석고상 코너에서 관리님은 한숨을 내쉬었습니다.

"……엄청난 인파네요…….."

약간 질리기까지 했습니다. "설마 이런 식으로 주목을 모을 줄이야…… 석고상을 사랑해온 사람으로서 복잡한 기분이에요."

저는 답했습니다.

"계기 같은 건 뭐가 됐든 상관없잖아요? 이 사건을 계기로 흥미를 가지게 되었다고 해도, 어디서 흥미를 가지게 되었다고 해도, 접하는 문화에 변함은 없습니다. 언제 흥미를 가졌든, 어디서 흥미를 가졌든, 그것에 보내는 애정이 가짜가 되는 일은 없으니까요."

적어도 여기에 있는 사람들은 모두 하나같이 과거 주목을 받았던 석고상이 누군지 알 수 없는 제삼자에 의해 엉망이 되었다는 사실에 분개하고 있는 것입니다.

거기에 우열 같은 건 존재하지 않습니다.

"하지만 저 석고상, 숲의 마녀님이 멋대로 만졌다고는 해도, 정말로 완성도가 높아요……."

관리님은 멍하니 사람들을 바라보며 말했습니다.

"저걸로 관련 상품 사업 같은 걸 시작하면 제법 벌 수 있을지도 모르겠──."

"흐음."

과연, 관련 상품 사업이라는 발상은 하지 못했습니다 잘 생각해보면 분명 이 정도의 사람들에게 주목을 받고 있는 지금이라면 새로운 석고상 일러스트를 본뜬 상품을 만들어버리면 틀림없이 각 신문사에서 뭇매를 맞고 비난을 당하게 될 테지만 오히려 그 덕분에 더욱 주목을 받는 것이 가능해지지 않을까요 그렇지 않을까요 아니 그럴 것이 틀림없습니다 이건 혹시 어쩌면 꽤 팔릴지도 아 하지만 저 석고상을 만든 건 사야 씨니까 저작권 관련 문제로 성가시……아니 하지만 고소당하거나 하면 그때는 초상권을 방패로 삼으면──.

"마녀님. 뭔가 나쁜 생각을 하고 계신가요?"

"아뇨 딱히요."

저는 새침하게 고개를 돌려 외면했습니다. 나쁜 짓은 좋지 않지요. 머리를 스쳐 간 생각을 떨쳐냈습니다.

저희의 느긋한 대화와 달리, 역사 자료관은 사람들의 웅성거림이 언제까지고 시끄럽게 계속해서 울렸습니다.

"결국, 저 석고상은 이제 원래대로 돌려놓을 수 없겠네요."

사람들을 바라보며 관리님은 포기한 듯이 중얼거렸습니다.

저는 한 번 고개를 끄덕이고 답했습니다.

"그편이 좋을 것 같군요."

그리고 슬쩍, 저는 관리님에게 가르쳐드렸습니다.

"애초에 저건 이전부터 저런 느낌의 물건이었습니다."

전부터 목부터 아래는 다른 사람이었어요——라고.


【어느 스승과 제자의 경우】


"여신은 이런 얼굴일까."

제가 정형한 석고상을 더듬더듬 만지면서 스승님은 흐으음 하고 신음했습니다.

"아니, 조금 더 귀여운 편이 좋으려나…….."

"스승님. 여신상에 귀여움을 추구하지는 않습니다."

"그럼 뭘 추구하는데?"

"신비한 아름다움……이라든가?"

"과연…… 즉 나 같은 느낌이라는 거네?"

"아닙니다."

"프랑. 여신상의 얼굴은 나를 모델로 하도록 해."

"스승님. 고치는 데 방해가 되니까 좀 비켜주시겠어요?"

제 이름은 프랑이라고 합니다.

갑작스럽지만 여기에 저와 스승님에게 얽힌 죄를 적어두려고 합니다. 듣기 힘든 점도 많을 테지만, 부디 마지막까지 함께해주신다면 기쁠 겁니다.

그날은 분명, 맑은 날이었습니다.

여행자인 저와 스승님은 어느 나라에서 짐을 맡게 되었습니다.

그것은 오래전부터 어느 나라에 있었던 여신상이라고 합니다만, 마침 우리가 그 나라로 향할 때 "근처 나라에 역사 자료관이 생겨서 이걸 기증하려고 합니다"라며 부탁받고 말았던 것입니다. 귀찮은 일을 떠넘겼다고도 할 수 있습니다.

"그쪽 나라는 역사가 길지 않아서 이런 물건이 거의 없는 모양이더군요. 그래서 이번에 역사 자료관을 만들면서 주변 나라의 역사 자료를 기증해줬으면 하고 부탁을 해 왔습니다. 뭐, 우리나라는 애석하게도 그런 것들에 흥미가 깊지 않아 보내기로 했답니다."

역사가 깊지 않은데 역사 자료관을 만들다니, 어째서……? 저는 의문으로 여겼습니다만, 스승님이 "네, 물론이죠. 협력해드리겠습니다"라며 관리님과 악수를 나누고 있었던지라, 결국 우리가 석고상을 나르게 되었습니다.

"아, 마녀님. 배송료 쪽은 선불이었지요……?"

두 사람이 그런 말을 소곤소곤 나누고 있는 것이 보였지만 저는 눈치 있는 제자인지라 못 본 셈 치기로 했습니다.

아무튼, 그러한 사정으로 우리는 뭔지 잘 알 수 없는 석고상을 운반하게 되었던 것입니다.

그리고 나라의 문을 나선 직후.

그럼 이 짐은 어느 쪽이 운반할 것인가? 하는 화제가 되었을 때 제 스승님은 "교대로 나르도록 할까요?"라고 제안했고, 그렇게 하기로 정해졌습니다.

그런고로 우리는 나라에서 나라로 이동하면서, 빗자루에 올라 문자 그대로 교대로 석고상을 운반했습니다. 그런데.

충격적인 사실이 발각된 것은 짐을 운반하기 시작한 지 얼마 안 되었을 무렵이었습니다.

나라와 나라 사이에 딱 좋은 나무 그늘이 있었던지라 그곳에서 한숨 돌리고 가자는 흐름이 되었고, 우리는 빗자루에서 내렸습니다.

그때, 무심코 스승님이 "그러고 보니 여신상이 어떻게 생겼는지 보질 못했네……"라며 짐에 씌워놓았던 천을 벗겼습니다.

"아아, 그러고 보니 저도 못 봤네요"라며 저도 스승님의 뒤에 붙어 서서 함께 여신상의 모습을 구경하려 했습니다.

"…………."

"…………."

우리는 천을 다시 돌려놓았습니다.

"머리가 없어……."

창백해진 스승님.

"그리고 양팔도 없었어요……."

창백해진 저.

잘못 본 것일까요? 잘못 본 것인지도 모릅니다. 그럴 테지요.

설마 여신상이 파손되었다니, 그런 말도 안 되는 일이 있을 리 없지 않습니까.

저는 다시 천을 벗겨보았습니다.

"…………."

"…………."

"박살이 나 있잖아……."

"박살이 나 있네요……."

대체 어떤 이유로 짐이 망가지고 만 것일까요? 우리가 어떻게 짐을 여기까지 운반해 왔는가를 다시 떠올리며 생각해보도록 하죠.

이하, 회상.

"얍." 획 하고 짐을 마법으로 내던지는 스승님.

"핫." 획 하고 짐을 마법으로 내던지는 저.

"에잇." 획 하고 짐을 마법으로 이하 생략.

"영차." 획 하고 짐을 이하 생략.

"으라차." 획 하고 이하 생략.

"어영차." 이하 생략.

이상.

"대체 어째서 부서진 걸까요…… 이유를 모르겠네요."

저는 먼 곳을 응시하며 말했습니다.

"그러게…… 이유가 상상도 안 되네……."

스승님도 저와 나란히 먼 곳을 바라보고 있었습니다.

"…………."

"…………."

홍을 주체하지 못한 탓에 부서진 석고상을 앞에 두고 망연자실한 두 여행자가 있었습니다. 두 사람 모두 마법사이기는 했지만, 마법을 쓸 수 있다는 것만으로는 해결할 수 없는 문제에 직면하고 말았습니다. 그런 연유로 두 사람은 침묵할 수밖에 없었습니다. 안타깝게도 파손된 부분을 찾지 못하면 여신상은 이대로 팔과 머리를 잃은 상태로 있어야만 합니다.

이래서는 역사 자료관에 가져갈 수도 없습니다.

그나저나.

그런 어찌할 수도 없는 사태에 머리를 싸맨 두 사람이란 대체 누구인가.

그렇습니다. 우리입니다.


결국, 우리는 지금까지 거쳐온 길을 되짚어가며 석고상의 머리와 팔이 떨어져 있지 않은지 찾아보았습니다. 그러나 어찌 된 연유인지 어디에도 부속품처럼 보이는 것은 없었고, 고로 우리가 어찌했는가 하면.

"스승님! 석고상 부품을 사 왔습니다."

새로 만들기로 했습니다.

그때 서두와 같은 대화가 펼쳐졌던 것입니다. 혹시 얼굴이 달라서 들키면 어쩌나 하는 불안감이 들기도 했습니다만, 무어라 말하면 "네? 이걸 운반하라는 말을 들었을 뿐인데요?"라고 대꾸하면 괜찮으리라 생각했습니다.

완성된 석고상(리메이크)을 본 우리는 한숨을 내쉬었습니다.

"이건…… 틀림없는 여신이네……."

"아니 그냥 스승님 얼굴이잖아요."

"즉, 여신이네."

"머리에 석고라도 가득 찬 건가요?"

어쨌든 파손되었던 머리와 팔을 훌륭한 수완으로 복원해낸 우리였습니다.

지금의 석고상에 이전의 흔적은 없습니다. 머리부터 위는 아름다운 여성의 모습으로. 파손되었던 손에는 되는 대로 가까운 나라에서 매대 세일로 팔던 창을 들려주어 그럴듯한 느낌을 연출했습니다. 저도 도중까지는 진지하게 여성상을 복원해나갔습니다만, 스승님이 여신상의 얼굴을 멋대로 자기 자신과 닮게 만들었을 때부터 이제 어찌 되든 상관없다고 생각했습니다.

"아마도 이거라면 불만을 들을 일도 없을 테지."

"그러네요완벽하다고생각합니다."

"어때? 나와 닮아서 예쁘지?"

"그러네요완벽하다고생각합니다."

알 수 없는 자신감으로 가득한 스승님과 죽은 생선 같은 눈을 한 저는 그 석고상을 역사 자료관을 만든다고 하는 나라로 가져갔습니다.

그러나.

그러나 유감스럽게도, 우리를 맞이해준 관리님은 여신상을 바라보며 미간을 좁혔습니다.

"이게…… 여신상인가요……?"

의심스러워하는 표정을 지으면서 관리님은 말했습니다.

"여신상은 머리와 팔이 없다고 들었는데요……?"

충격.

천지가 뒤흔들릴 정도의 충격이 우리를 덮쳤다고 해도 과언이
아니었습니다.

나중에 몰래 물어본 바에 따르면 여신상은 전쟁을 겪으며 머리
와 양팔이 분실되어버렸다고 합니다.

즉, 우리는 시치미를 뗀 얼굴로 짐을 운반했으면 그것으로 충
분했던 것입니다.

경솔하게도 쓸데없는 짓을 해버리고 만 우리는 몹시 당황했습
니다.

"저기…… 실은, 이 나라에 오기 직전에 발견해서요. 복원되었
습니다."

당황한 스승님은 잘 알 수 없는 말을 내뱉었습니다.

설마 이런 걸로 속여 넘길 수 있을 거라고는 도저히 생각할 수
없──.

"그게 정말인가요?! 그것참, 아름답네요."

아, 속여 넘겼네요. 쉽군요.

"그렇죠? 그게 여신이니까요."

한결같이 의기양양한 표정을 짓고 있는 스승님.

"고맙습니다. 이걸로 우리나라의 역사 자료관도 사람들로 붐빌
겁니다."

"후후후. 천만에요. 우리는 여행자로서 당연한 일을 했을 뿐입

니다."

의심받지 않는다는 사실을 알자마자 계속해서 의기양양한 표정을 짓고 있는 스승님.

관리님과 스승님, 두 사람을 바라보면서 일단 저는 가슴을 쓸어내렸습니다.

한동안 멍하니 서 있자 "아, 마녀님. 그러고 보니 배송료는 착불이었지요……?"라며 두 사람이 그런 말을 소곤소곤 나누고 있는 것이 보였지만 저는 눈치 있는 제자인지라 못 본 셈 치기로 했습니다.

덧붙여 말하자면 이번 일의 전말에 관해서도 저는 눈치 있는 제자인지라 입을 다물기로 했습니다.

여담입니다만 여신상의 팔과 머리가 복원되었다고 하는 소문은 순식간에 온 나라에 퍼졌고, 게다가 이웃 나라에서는 "전쟁으로 잃었던 팔과 머리가 저절로 자라났다"고 하는 기묘하고 이상한 소문까지 더해져 퍼졌습니다. 다행인지 불행인지 역사 자료관이 있는 그 나라는 공전의 역사 붐을 맞이했다고 합니다.

뭐, 이웃 나라에서 찾아온 사람 대부분이 "아, 이 머리랑 팔, 가짜네……" 하고 깨닫고 떠나갔고, 붐도 간단히 시들해진 모양이지만 말이죠.

오히려 제멋대로 석고상을 이리저리 주물러댄 두 사람의 여행자 이야기만이 그 나라 밖에서는 유명해졌다고 들었습니다만, 저는 아직까지 그 여행자 중 한 사람이 저라는 사실을 남모르게 감춰두고 있습니다.

이 건에 관해서는 무덤까지 가져가고 싶을 따름입니다.

## 제 5 장

제가 그 마을을 찾은 것은 이미 오래전의 일이 되어버렸습니다.

아직 제가 여행을 시작한 지 얼마 안 되었을 무렵에, 저는 빗자루를 타고 숲을 날아 그 마을에 도착했습니다.

당시의 기억은 애매합니다. 솔직히 말씀드려서 대체 어느 지방의 어떠한 곳에 그 마을이 있었는지도 기억하지 못합니다. 마을을 둘러싼 주변의 정경은 정말이지 평범했고, 그저 그뿐인 숲일 뿐이었습니다.

그러나 모조리 애매한 기억 속에서, 그 마을에 대해 유일하게 선명하게 기억하는 것이 하나 있었습니다.

그 마을의 이름입니다.

이렇게 불리고 있었습니다.

미인 마을이라고.

○

"미인 마을에 어서 오세요!"

싸구려 같은 목책으로 된 문 옆에는 아름다운 소녀가 한 명 서 있었습니다. 나이는 저보다 한 살이나 두 살쯤 아래일까요? 미인 마을이니 하는 말을 할 정도니 상당히 자신이 있는 것이기는 할 테지만, 분명 이 소녀는 척 보기에도 미소녀 그 자체였습니다.

제가 순진한 남자였다면 아마도 넋이 나가서 제대로 눈도 마주

117

치지 못하지 않았을까요?

"안녕하세요."

저는 마주 인사를 했습니다.

"여행자인가요?"

미소녀 문지기 씨는 방긋 웃으며 고개를 갸웃거렸습니다.

"여성 여행자는 환영하고 있답니다. 어서 들어오세요!"

문지기 씨는 어서요 어서요 하며 손을 잡아끌었고, 저는 그대로 별다른 반응도 못 한 채 마을 안으로 끌려들어 갔습니다.

아니 아니.

그런데 말이죠.

"저기…… 미인 마을이라니, 뭔가요? 무슨 뜻인가요?"

손을 잡혀 끌려가면서 저는 문지기 씨를 보았습니다. 그녀는 뛰는 듯 들뜬 발걸음을 유지한 채 "응?" 하고 저를 돌아보았습니다. 그리고.

"이 마을에 온 사람들은 다들 입을 모아서 우리 마을을 그렇게 부르더라고. 그러다가 지금의 마을 촌장님이 그냥 마을 이름으로 삼아버리자고 했고, 그래서 이 마을은 미인 마을이라는 이름이 된 거야."

그런 이해하기 어려운 이유를 늘어놓았습니다. 정말이지 자의식 과잉이 상당하군요. 부끄럽지 않은 겁니까? 아니, 부끄럽지 않으니까 그런 이름을 붙였겠지요. 그런 거겠지요.

흥분한 그녀의 뒤에서 저는 마을 안을 둘러보았습니다.

목조 민가가 드문드문 위치한 자그마한 마을이었습니다.

건물들은 전부 오래되고 낡은 폐가들뿐. 이 마을은 상당히 오래전부터 있었던 것일까요?

"…………."

그런 조용한 마을의 정경 속에는 이쪽으로 신기해하는 시선을 보내는 사람들의 모습이 있었습니다. 한창 밭을 갈던 젊은 여성. 채소를 가득 담은 바구니를 짊어진 소녀. 나무 그늘 아래서 놀던 소녀들. 길가에서 심심풀이 정도로 대화를 나누던 여성들.

마을이 총인구는 결코 많지 않은 듯했지만, 보이는 한은 전부 여성들뿐이었고 모두 하나같이 미인이었습니다. 나이가 얼마 안 된 소녀들도 모조리 단정한 생김새를 하고 있었습니다.

과연, 분명히 이곳은 미인 마을인 모양입니다.

"그나저나 여행자님의 이름은?"

"일레이나입니다."

"그래. 일레이나 씨란 말이지? 우리랑 마찬가지로 미인인 여행자님이 찾아온 건 처음이야! 어쩐지 무척 친근감이 느껴져!"

"네에……."

억지로 손을 잡아끌고 있는 문지기 씨는 약간 흥분한 모양이었습니다.

"여행자라면 바깥세상에 관해 많은 걸 알고 있는 거지? 다양한 이야기를 들려줄래?"

"네에……."

"아, 여기가 촌장님 집이야."

그리고 문지기 씨는 걸음을 딱 멈추었습니다. 새삼스럽지만,

문지기로서의 일은 괜찮은 겁니까? 문을 활짝 열어둔 채인데요. 뭐, 이런 숲 깊숙한 곳까지 그리 간단히 사람이 찾아오리라고도 생각하기 어렵지만요.

촌장님 집이라고 지목된 집도 다른 집들과 마찬가지로 낡기만 한 것처럼 보였습니다. 촌장님이라고 해서 딱히 이렇다 할 만큼 사치스러운 생활을 하고 있는 것은 아닌가 봅니다.

"어머나. 여행자님?"

마침 때맞춰 촌장님의 집에서 한 여성이 나왔습니다.

"이 사람이 촌장님."

문지기 씨는 어때? 미인이지? 라며 어째선지 자랑스럽게 이야기했습니다. 뭐, 분명히 이쪽도 틀림없이 젊은 미인이었습니다. 촌장이라고는 해도 그다지 나이를 먹은 것도 아닌 모양입니다. 이 마을에서는.

"안녕하세요. 미인인 여행자라니 별일이네."

우후후, 고상한 미소를 지으면서 촌장님은 제게 손을 내밀었습니다.

정말이지 기묘한 마을입니다. 저는 손을 잡으면서 촌장님을 바라보았습니다.

"……이 마을에는 여성밖에 없는 겁니까?"

미인 마을 같은 이름이니 그렇지 않을까 상상은 했습니다만.

시야에 들어오는 사람은 모조리 여성뿐. 이 마을은 남녀 비율이 몹시 이상한 것 같은 느낌이 들었습니다.

"그 말대로야."

그러나 그 이상한 비율이 마치 당연한 일이라는 듯이 촌장님은 긍정했습니다.

"보는 대로 이 마을은 미인 마을, 젊고 아름다운 여성만이 살 수 있는 비경이지."

분명 젊고 미인인, 혹은 장래에 미인이 될 듯한 사람들밖에 없어 보이기는 합니다.

"그럼 마을이 유지될 수 없지 않나요?"

단순한 의문이라 할 수 있었습니다. 남자 손이 없으면 마을이 마을로서 기능하기 어려우리라 생각됩니다. 애초에 아이가 생기지 않으니까요. 인구는 줄기만 할 테지요.

미인 마을에서 이윽고 노인 마을이 되고, 최종적으로는 고인 마을이 되는 것도 상상하기 어렵지 않습니다.

"──오오! 뭐야? 새로운 여자아이야?"

그때 마침, 촌장님 집에서 목소리가 흘러나왔습니다.

문 뒤에서 나온 것은 남성이었습니다. 산뜻한 외모의 젊은 남성이 "오호라, 이것참……" 하며 감정을 하는 듯한 시선을 제게 던졌습니다.

뭡니까? 무례함을 그림으로 그린 듯한 이 남성은.

"이쪽은 누구시죠?"

여기서 먹고 자는 가축입니까?

촌장님은 싱긋 웃는 표정으로 그를 보았습니다.

"이 마을 유일한 남성이야."

그리고 그렇게 간단히 소개했습니다.

유일한 남성.

과연, 하렘 상태입니까.

그보다.

"남성도 살고 있지 않습니까."

젊고 아름다운 여성만 살 수 있다고 했던 건 대체 뭐였던 것이냐고 따지고 싶어지는군요.

제가 그렇게 묻자 촌장님이 대답했습니다.

"응? ……아아, 딱히, 여기 사는 건 아닌데?"

잠시 기묘한 사이를 두고서 그리 말하고, 촌장님은 살짝 웃으며 그를 다시 바라보았습니다.

그 눈빛은 왠지 모르게 요염했고, 반짝반짝 빛나고 있어 마치 사냥감을 노리는 늑대처럼도 보였습니다.

……육식계 여자입니까.

○

"아니, 실은 말이지 나도 이전에는 여행자로서 이런저런 나라를 다녔었는데──여기는 천국이라고 해도 무방하지 않을까 싶어. 남자의 꿈인 마을이라 해도 과언이 아냐."

"네에."

촌장님의 집으로 초대되어 들어간 저는 남성에게 다양한 이야기를 들어야만 했습니다.

이 남성은 예전엔 여행자로서 세상을 돌아다녔다고 합니다. 그러던 어느 날 이 마을 출신 여성에게 "여자뿐인 마을에 와보지 않겠느냐"며 권유를 받았다고 합니다. "와주면 그 마을 여자랑 얼마든지 놀아도 좋다"라는 달콤한 유혹도 덧붙이면서.

처음에는 그도 무슨 농담이냐고 생각하며, 허울 좋은 말을 늘어놓을 뿐인 사기가 아닐까 하고 의심했을 정도라고 했습니다. 그것도 그렇습니다. 그런 형편 좋은 마을이 평범하게 생각해 있을 리 없습니다.

하지만 있었네요. 놀랍습니다.

"이 마을 여성들은 모두 어른이 될 때까지 마을을 나가는 일이 없다나 봐. 그래서 남자와 제대로 만난 적도 없대. 그래서 심각한 남성 부족으로 고민하고 있는 이 마을을 위한 구세주로서 선택받은 게 나였던 거지."

흐흥 하고 코를 울리는 남성.

"이곳에서의 생활은 매우 좋아. 매일 이집 저집 오갈 수 있고, 매일 여러 여자와 놀 수 있어. 아무리 그래도 어린아이를 상대로 하는 건 안 되지만 말이야. 유일한 단점이 있다고 한다면, 식사와 운동이 제한되어 있다는 점 정도려나! 뭐, 하지만 밤에 운동은 할 수 있으니까 딱히 문제는——."

"아, 죄송합니다. 그런데 이 마을에 숙박 시설은 있습니까?"

"어이 어이, 이야기를 자르지 말아줬으면 하는데."

"죄송합니다흥미가없었던지라."

"이런. 너무하네."

"그래서, 숙박 시설은 있습니까?"

없다면 이제 그만 떠날까 생각했을 정도입니다.

하지만.

"숙박 시설은 없지만, 오늘 하룻밤 정도라면, 잘 곳을 빌려줄 집은 얼마든지 있어──당신, 운이 좋네."

통, 하고 제 어깨에 손을 올려두고서 그런 제안을 해버리는 친절한 분이 계셨습니다.

촌장님이었습니다.

그녀는 제게 싱긋 웃어 보이며 말을 이었습니다.

"내일 있지, 이 마을 수확제가 열리거든. 오늘 밤은 그 준비로 우리 집에 어른들이 모이기로 되어 있어. 아마도 모두 그대로 우리 집에서 자게 될 테니까, 온 마을의 집이 텅 비게 될 거야."

"⋯⋯수확제, 라고요?"

촌장님은 고개를 끄덕였습니다.

"맞아. 정기적으로 열고 있어. 내일은 그가 온 지 반년이 되는 날이거든."

"아아⋯⋯ 벌써 그렇게 된 건가⋯⋯ 아쉽네."

노골적으로 얼굴을 찌푸리는 남성.

대체 무슨 이유인가요? 하고 제가 고개를 갸웃거리고 있으려니, 촌장님이 제 의문에 답을 해주었습니다.

"이 마을은 남성이 머물 수 있는 기간이 사전에 정해져 있어. 이 마을에 초대된 남성은 반년 동안 우리와 함께 지낸 후에 떠나야만 해. 그런 관습이 있어."

"조금 더 머물고 싶은데⋯⋯. 성가신 관습이야."

어깨를 움츠리는 남성을 보며 촌장님은 쓴웃음을 지었습니다.

"정말이라니까——."

그리고 촌장님은 저를 돌아보았습니다.

"뭐, 어찌 됐든 송별회도 겸한 수확제를 여는 게 이 마을의 전통이지."

"수확제에서는 무얼 하시나요?"

"다 함께 음식을 먹을 뿐이야."

그녀는 손을 꼽으며 말을 이어갔습니다.

"맛있는 샐러드에, 빵이랑 쿠키랑 케이크, 그리고 양고기(머튼)."

"요컨대 그냥 식사 모임인가요?"

라인업이 몹시 수수께끼입니다만. 과자와 샐러드와 양고기라니. 조합이 너무 이상하지 않은가요?

"어쩔래?"

"……생각해보겠습니다."

그렇게 답하면서도 저는 내일 아침에는 출발하자고 정해두었습니다.

왠지 모르게, 이 마을은 마음이 편치 않았던 것입니다.

○

"어머나, 묵을 집이 없어? 세상에, 어쩔 수 없네. 그럼 우리 집에서 묵을래?"

촌장님의 집을 나오자 문지기 씨가 "안녕" 하고 태평하게 저를 맞아주었습니다.

아무래도 계속 밖에서 주저앉아 기다리고 있었던 모양인지, 손을 흔들면서 동시에 엉덩이 언저리를 털었습니다.

"촌장님 집에 들어가지 않은 데는 뭔가 이유라도 있는 건가요?"

"응? 아니, 나 일하는 중이잖아. 촌장님 집에서 한가하게 있었다간 혼나지."

"……그런 것치고는 상당히 자유롭게 행동하고 있는 것 같습니다만."

"에이. 일레이나 씨, 이런 숲 깊은 곳에 그렇게 쉽게 사람이 찾아올 리 없잖아."

"당신은 자신의 말을 한 번 반추해보는 편이 좋을 것 같습니다."

"그건 일단 제쳐두고, 어때? 우리 집에서 묵을래?"

"…………."

이 시점에서 일부러 낯선 사람에게 부탁할 마음은 들지 않았으니, 제안은 매우 감사한 일이었습니다만.

"당신 부모님이 허락하신다면, 부탁드립니다."

"아, 괜찮아. 나는 이미 어머니가 없거든."

"…………."

태연하게 웃으며 할 말이 아니라고 생각합니다.

"그럼 아버님은?"

"괜찮아. 얼굴도 모르니까."

"전혀 괜찮지 않은데요……."

반년마다 남성이 새로운 남성으로 바뀐다고 한다면 분명 아버지의 얼굴을 모르는 것도 당연한 이치라고 할 수 있겠습니다.

힘들지는 않은 것일까요?

"뭐, 하지만 아버지의 얼굴을 모른다고 해서 문제 될 건 전혀 없는데."

기우였던 모양입니다.

"어머니도 내가 어릴 때 이 마을에서 나가버렸어. 하지만 이 마을 사람들 모두가 가족 같은 사이니까, 딱히 외롭지는 않아."

천천히, 정처 없이 걷기 시작하면서 그녀는 담담하게 말했습니다.

그저 있는 그대로의 사실을 말하듯, 애써 담담하게.

"이 마을 사람들 모두가 그래. 전통을 따르며 살고 있어. 바깥 세계에 관한 건 아무것도 몰라."

하지만 이건 분명 행복한 일일 거야, 그렇게 말하며 그녀는 웃었습니다.

저로서는 그렇게 생각하는 그녀의 마음이 도저히 이해되지 않았습니다.


그리고 저희는 마을 안을 산책했습니다.

특별히 할 일도 없어 시간이 남아돌았던지라, 시간 죽이기 삼아 걸었습니다.

"뭐, 그렇다고 해도 우리 마을에는 딱히 이렇다 할 재미있는 곳

같은 건 없는데 말이지."

문지기 씨는 자조적으로 웃으면서 저를 안내해주었는데, 역시 그녀가 말한 대로 확실히 재미를 느낄 만한 곳은 딱히 없었습니다.

"우선, 여기가 마을 탁아소야."

그렇게 말하며 그녀가 가리킨 곳은 평범한 민가였습니다.

"태어난 지 몇 년쯤 된 여자아이는 여기에 맡겨져서 이 마을의 전통과 관습을 배우게 돼."

"네에."

저는 멍하니 고개를 끄덕였습니다.

"그리고, 여기가 양계장."

다음으로 찾아간 곳은 옆으로 길기만 한 민가였습니다.

"여기서는 닭을 사육해서 달걀을 얻고 있어."

"그렇군요."

달걀을, 이라는 것은 즉.

"고기는 먹지 않는 건가요?"

"고기?"

그때 그녀는 몹시 이상하다는 표정을 지었습니다.

"마을 밖 세상에서는 닭고기를 먹는 거야……?"

"저기…… 네. 비교적 평범하게 먹는데요……."

"세상에, 야만적이야! 이렇게나 귀여운데!"

요란하게 몸을 비틀면서 문지기 씨는 싫은 내색을 했습니다. 아무래도 문화의 차이가 이러한 인식의 차이를 유발하고 있는 것일 테지만, 닭이 귀여운가요……? 이해할 수 없습니다…….

어느 쪽인가 하면, 저는 양 쪽이 귀엽다고 생각합니다만…….
역시 이해할 수 없습니다.

아무튼, 그 후로도 그녀의 안내는 계속되었습니다.

"여기가 무기 가게야."

"어째서 마을에 무기 가게가 있는 건가요?"

"양을 처리하고 조리하기 위해서는 무기가 필요하잖아?"

요컨대 그냥 주방용품 가게라는 거로군요 알았습니다.

"그리고, 여기가 농부의 집!"

"과연, 척 보기에도 그냥 농가네요."

집 뒤쪽으로는 밭이 있었습니다.

"여기서 밀을 받는 게 오늘 마지막 일이야."

어째선지 그녀는 우쭐대는 표정을 지었습니다만, 딴죽을 거는
것도 귀찮은지라 무시하기로 했습니다.

"그리고 여기는 내 집!"

"요컨대 귀가했다는 거로군요."

"벌써 저녁 시간이니까."

결국 마을을 둘러보는 것만으로 하루가 끝나고 말았습니다.

저희가 이렇게 되는 대로 돌아다니는 사이에도 수확제 준비는
조용히 진행되었고, 마을을 둘러보면 촌장님 집으로 향하는 여성
들의 모습을 여럿 확인할 수 있었습니다.

그것은 예를 들면 밀을 들고 있는 사람이거나, 혹은 갓 딴 채소
와 과일을 손에 들고 있는 사람이거나, 혹은 커다란 식칼을 들고
있는 사람이거나 하는 등 다양했습니다. 그녀들은 지금부터 시작

될 수확제 준비에 하나 같이 마음이 설레는 듯 보였습니다.

마치 연인을 만나러 가는 소녀처럼, 그녀들은 모두가 들뜬 것 같았습니다.

"자자, 일레이나 씨! 어른들은 내버려 두고 우리는 우리끼리 파티를 즐기자고."

마을 안으로 끌고 들어왔을 때처럼, 문지기 씨는 휙휙 제 소매를 잡아 집 안으로 끌어당겼습니다.


그렇게 저는 그녀의 집에서 묵게 되었습니다만.

"아…… 부러워라. 지금쯤 모두 수확제 준비를 하고 있겠지."

그렇게 중얼거리며 저녁 식사로 내놓은 것은 간소한 빵. 이상. 빵뿐인 식사입니다. 검소…….

빵을 베어 물면서 저는 창밖을 바라보았습니다. 멀리로 촌장님 집에 불이 밝혀져 있는 모습이 보였습니다.

"준비라는 건 뭘 하는 건가요?"

우물우물 빵을 씹으며 묻는 저.

"그러니까, 요리의 밑 준비."

"밑 준비?"

"맛있는 음식을 만들기 위해서는 이것저것 절차가 필요하잖아?"

아니, 그건 알고 있습니다만…….

빵도 쿠키도 케이크도, 전날부터 어른들이 전부 모여서 밑 준비를 해야만 할 일이라고는 도저히 생각할 수 없습니다만.

"특히 메인 요리 밑 준비가 큰일이거든. 촌장님이 그렇게 말했었어."

문지기 씨는 말했습니다.

"양고기 조리에는 시간이 걸린대. 머튼은 특히 어른 양이라서 거칠거든. 램이라면 간단히 죽일 수 있지만."

문득, 저는 거기서 무언가 걸리는 느낌을 받았습니다.

오후부터 저는 분명 문지기 씨와 함께 마을 안을 산책했을 터입니다.

이 마을, 양 같은 걸 키우고 있었던가요?

어른 양은커녕, 새끼 양조차 단 한 마리도 없었던 것 같은데 말이지요.

제가 보지 못했던 것뿐일까요……?

"밑 준비라는 건 구체적으로 무얼 하는 건가요?"

머릿속에 스쳐 지나간 의문을 던져두고 저는 물었습니다.

"응? 우선 죽이고——."

"아, 죄송합니다역시됐습니다."

거기서부터인가요? 고기를 만드는 부분부터인가요? 네네, 상당히 큰일이겠군요.

어른 여럿이 모여 밤새 준비를 하는 것도 납득이 되는 이야기입니다.

남자 일손도 이럴 때 분명 활약을 할 테지요——.

"촌장님, 이번 수확제에 무척 의욕이 넘치셔."

문지기 씨는 수다를 좋아하는지 빵을 베어 물면서 멋대로 말을 자아냈습니다.

"수확제가 끝나면 촌장님은 마을을 떠나야만 하니까."

"……? 어째서죠?"

문지기 씨는 "으음" 하고 잠시 생각하는 모습을 보이고서 말했습니다.

"그런 규칙이니까. 촌장이 된 사람은 그 임기 중에 수확제를 열면, 그 후 바로 마을을 나가야 해. 그렇게 촌장님은 짧은 주기로 새로운 사람으로 바뀌고 있어."

과연, 촌장님이 매우 젊은 것은 그런 사정 때문이었던 건가요.

어느 정도 납득은 되었습니다. 그러나 동시에 이해할 수 없는 점도 늘어서 저는 자연스레 고개를 갸우뚱했습니다.

"짧은 주기로 촌장을 바꾸는 이유를 모르겠는데요……."

"? 하지만 그렇게 하지 않으면 새로운 양을 구할 수 없잖아."

"…………?"

양을 구할 수 없다……?

근본적인 부분에서 저희의 대화가 맞물리지 않는 듯한 느낌이 들었습니다.

"촌장님 일은 수확제를 무사히 마치는 것과 새로운 양을 찾는 거야. 그래서 이번 촌장님도 내일 수확제가 끝나면 새로 사육할 양을 찾기 위해 마을을 일단 나가는 거지."

그녀의 말에 저는 한기를 느꼈습니다.

정체를 알 수 없었지만, 밝은 마을 분위기 속에 뒤섞여 있던 것을 저는 이때에 이르러 겨우 깨달았던 것입니다.

"마을 밖에서 맛있어 보이는 양을 찾으면 **마을로 데려와서, 새 촌장에게 그 사육을 맡기는 거야.** 새끼 양은 이 마을에서 태어난 걸 조리해. 그렇게 이 마을에서는 양고기를 먹는 수확제를 정기적으로 열고 있어."

저는 겨우 깨달았습니다.

너무나도 뒤늦게, 이제야 깨닫고 말았습니다.

양고기.

여성밖에 없는 마을. 남자는 단 한 명. 사육. 고기. 식사 제한. 운동 제한. ——수확제.

…………

끔찍한 현실에 놀라 말을 잃은 저에게 문지기 소녀는 눈을 빛내며 말했습니다.

"그러니까 있지, 내일 수확제에서는 아주 맛있는 양고기(머튼)가 나올 거라고 생각해. 그도 그럴게, 촌장님은 시간을 잔뜩 들여서 양을 사육했거든."

결국, 저는 그날, 아침을 기다리는 일 없이, 곧바로 마을을 나섰습니다.

도망치듯이.

무시무시한 현실에서 시선을 돌리듯이.


○


떠올리고 싶지 않은 기억이었습니다.

기억에 뚜껑을 덮고서, 그대로 영원히 닫아두고 싶을 정도입니다. 그래서 저는 여행을 계속해오는 동안 지금까지 한 번도 그 일을 떠올리지조차 않았습니다.

분명 그 마을 여성들에게는 그 마을이 바로 세계 그 자체일 테고, 마을 밖에 어떤 세계가 펼쳐져 있는지 몰랐을 테지요.

세상이 넓다고는 해도, 그토록 끔찍한 풍습을 본 것은 그때가 처음이었다고 생각합니다.

가능하다면 그것이 처음이자 마지막이라 여기고 싶습니다만.

"…………."

그 마을에서 멀리 떨어진 땅에서.

저는 거리를 홀로 걷고 있었습니다.

가능하다면 두 번 다시 그런 기괴한 풍습과는 만나고 싶지 않다고 마음속으로 빌면서——.

"……거기, 아가씨. 어때? 고기 먹고 가지 않을래?"

거리를 걷는 중에 누군가가 말을 걸어왔습니다.

꼬치에 꿴 고기를 파는 노점이었습니다. 그을린 고기 꼬치가 죽 놓인 매대 너머에서는 한 노파가 실실 웃으며 이쪽을 보고 있었습니다.

"어떤가? 응?"

노파는 꼬치를 이쪽으로 들어 보였습니다.

그러고 보니, 그 마을에서는 노인이 눈에 띄지 않았습니다만——.

"…………."

©Azure

저는 말했습니다.

"그거, 무슨 고기인가요?"

노파는 싱긋 웃었습니다.

"양고기야."

지금으로부터 4백 년 정도 전의 어느 날, 이 지방에 있던 나라들의 역사는 크게 변했습니다.

　한 마리의 거대한 고룡이 갑자기 나타나 사람들을 습격하기 시작했던 것입니다.

　달빛을 받은 얼음처럼 희고 푸른 비늘로 뒤덮인 거대한 체구는 민가와 전답을 짓밟았고, 날카롭게 솟은 이빨과 발톱은 가축을 베어 갈랐습니다. 무엇보다도 커다란 날개는 펼치기만 해도 사람들을 날려버렸습니다.

　무엇이 목적인지는 알 수 없었습니다. 그저 날뛰고 있을 뿐인 듯도, 무언가에 화가 나 날뛰고 있는 듯도 보였습니다.

　한바탕 날뛰고, 하나의 나라를 괴멸로까지 몰아넣은 후에 만족한 듯 고룡은 하늘 너머로 사라졌고, 그리고 다시 다른 나라를 습격했습니다.

　갑자기 나타난 그 고룡에 의해 몇 개의 나라가 그간 쌓아 올려왔던 역사의 끝을 맞이했다고 합니다.

　그 시대에 살던 모두가 느꼈습니다.

　이대로는 아무도 살 수 없게 된다——고룡에게 모든 것을 빼앗긴다, 라고.

　그리하여 나라들은 서로 으르렁거리기를 멈추고 침략도 전쟁도 그만두고 서로 결속했습니다. 쇄국을 멈추고 타국과 정보 교환을 하게 되었습니다. 그래도 고룡은 나라들을 모조리 습격했습니다.

어느 나라는 고룡에 대항하기 위한 무기를 만들고, 병사를 긁어모았습니다. 어느 나라는 고룡을 쓰러뜨리기 위해 작물에 독을 탔습니다. 어느 나라는 고룡이 부수지 못하도록 집들과 문, 성벽을 강고하게 만들었습니다.

그러나 강대한 힘을 가진 고룡에게 맞선다는 것은 불가능했고, 역시 나라들은 고룡에게 패하기만 했습니다. 몇 번이고 몇 번이고 대항했고, 그 와중에 몇 번이고 몇 번이고 나라가 엉망이 되어 갔습니다.

사람들은 이윽고 나라들이 손을 잡은 정도로는 고룡을 쓰러뜨릴 수 없다는 사실을 깨달았습니다. 자신들의 힘만으로는 어찌할 도리도 없는 재해에 직면했다는 사실을 알았습니다.

도움을 청할 수밖에 없다고 판단했습니다.

그 지방에 사는 사람들에게는 고룡에 유일하게 대항할 수 있을 법한 사람으로 짚이는 이가 있었습니다.

그것은 나라들에서 멀리 떨어진 곳에 있는 자그마한 숲 깊숙한 곳에서 혼자 조용히 살고 있던 마녀였습니다.

그녀는 강대한 힘을 갖고 있었습니다만, 너무나도 강한 힘 때문에 사람들과 관계 맺기를 저어하며 숲 깊은 곳에서 몰래 살아가고 있었던 것입니다. 사람들은 이제 그녀의 손을 빌리는 것 이외에는 고룡을 쓰러뜨릴 방도는 없다고 여기고, 그녀에게 도움을 구했습니다.

대거 몰려든 여러 나라의 관리들에게 싫은 얼굴 한 번 하지 않고 마녀는 생긋 웃었습니다.

『사정은 알았습니다. 내가 어떻게든 하죠.』

그리고 그렇게 말하며 나서주었습니다.

마녀는 마구 날뛰는 고룡 앞에 섰습니다.

『고룡이여. 어찌하여 인간의 생활을 짓밟는가.』

『아아아아아아아아아아아아!』

『앗. 말이 통하지 않는 타입의 용이구나. 오케이.』

애초에 대화가 성립되었다면 일부러 숲 깊은 곳에서 마녀를 끌고 나오는 일도 없었겠지 하며 마녀는 냉정해졌습니다.

그리고서 마녀는 고룡을 쓰러뜨리기 위해 온갖 마법을 날렸습니다.

그 고룡도 마녀가 가진 압도적인 힘 앞에서는 어찌할 도리도 없었습니다. 인간을, 나라를 간단히 파괴할 수 있는 것이 고룡이라면, 그 고룡을 간단히 쓰러뜨릴 수 있는 것이 마녀였습니다.

『그런데, 이번 건이 정리되었을 때의 사례 말입니다만.』

여러 나라의 관리들을 앞에 둔 마녀는 말했습니다.

『내가 평생 일하지 않고 살아갈 수 있을 정도의 큰돈을 부탁합니다.』

『아아…… 그건…… 큰돈이로군요…….』

떨떠름한 관리.

『네? 모든 나라를 구하기 위한 거라 생각하면 싸지 않은가요?』

화내는 마녀.

돈과 권력에 다소 더러운 일면을 가지고 있는 것이 그녀라는 사람이었습니다.

결국, 마녀에 의해 고룡은 쓰러졌습니다. 몇 번이고 몇 번이고 쓰러졌습니다. 그러나 몇 번을 쓰러뜨려도 죽지는 않았습니다. 마녀의 강대한 힘을 가지고서도 고룡을 죽이는 것은 불가능했습니다. 고룡에게는 그 정도의 생명력이 있었습니다.

『어찌해도 죽지 않는다고 한다면——어쩔 수 없군요.』

오랜 싸움에 지친 마녀는 고룡에게 어떤 마법을 걸었습니다.

그것은 봉인 마법이었습니다.

그녀는 고룡을 바위 속에 가둬두었던 것입니다.

이리하여 마녀는 그 지방을 위협하던 고룡을 사람들 앞에서 없앴습니다.

『4백 년.』

마녀는 고룡이 잠든 바위에 손을 대며 말했습니다.

『내 봉인은 영원히 계속되지 않습니다. 4백 년 후, 아마도 봉인은 풀려버릴 테지요. 그날이 찾아왔을 때, 우리는 손을 맞잡고 다시 고룡과 대치해야만 합니다. 그러니 우리는 지금부터 4백 년 동안 각자의 방법으로 나라를 번영시켜나가야만 합니다.』

그리고 고룡이 봉인된 바위는 그 지방의 숲속에 놓이게 되었습니다.

마녀는 자신의 역할을 마치자 사람들 앞에서 모습을 감추었다고 합니다.

지금도 마녀가 과거 살았던 집 옆에는 고룡이 봉인된 바위가 가만히 놓여 있다고 합니다.

그것이 이 지방에 전해지는 고룡 전설로, 얼마 전에 방문했던 모든 나라들에서 이 우화를 접했습니다.

나라에 따라서 이런저런 각색이 되어 있었지만, 대략적인 흐름은 비슷했습니다. 요컨대, "숲 안쪽에 바위가 있잖아? 거기에 고룡이 봉인되어 있대"라고 하는 거짓말인지 진실인지 의심스러운 풍문을 이 우화에서는 이야기하고 있는 것입니다. 물론 그것만이 아닙니다. 이런 일화가 있는 탓인지 이 지방에서는 어린아이를 야단칠 때 "그렇게 말을 안 들으면 고룡이 되살아난다"라며 묘하게 스케일이 큰 문구를 쓰는 것이 통례라고 합니다. 참고로 그에 대한 아이들의 대꾸가 "괜찮아. 그럼 내가 고룡을 쓰러뜨릴 테니까"라고 합니다. 이 지방은 아이들도 스케일이 큰 모양입니다.

아무튼, 그런 식으로 고룡 전설은 사람들의 생활에 깊숙하게 스며들어 있었습니다.

그러나 실제로 고룡을 봉인해두었다고 하는 바위는 풍문과는 달리 과거에 내몰려 잊히고 말았다고 합니다.

아무도 전설의 정체 따위에는 흥미가 없는 것일 테지요. 4백 년이나 전부터 그곳에 놓여 있을 뿐인 바위는 이끼가 자라고, 습한 숲 깊은 곳에 그저 자리하고 있을 뿐이었습니다. 마녀가 과거 살았던 집이라는 것도 지금은 자취조차 찾을 수 없었습니다. 이미 오래전에 부서져 사라졌을 테지요.

정말로 고룡이 그곳에 있는가는 어찌 되든 상관없었고, 그저 그런 전설이 있을 뿐인 평범한 바위. 그런 식으로, 이 주변 나라 사람들은 생각하고 있을 테지요.

　설령 오늘이 그날이라고 해도.

　고룡이 부활하는 날이었다고 해도.

　"…………."

　전설이란, 우화란 그러한 것이고, 시대와 함께 풍화되어가는 것인지도 모릅니다. 그것이 진실인지 어떤지 같은 것은 그 시대를 살아온 인간밖에 모르니까요.

　이렇게 말하는 저도 실제로 **그것**을 눈으로 보기까지는 이 지방에 전해오는 전설을 의심하던 쪽의 인간이었습니다.

　**그녀**와 만나기까지는.

　"으하하하하! 오랜만이구나, 인류! 답답한 봉인에서 지금! 이 몸은 되살아났느니라!"

　그때, 바위를 마치 달걀처럼 안쪽에서 깨부수고서 한 소녀가 나타났습니다.

　"고룡 루세라, 부활이니라아아아아아!"

　그녀는 자신을 고룡이라 칭했습니다.

　외모로 보이는 나이는 열여덟 살 정도였습니다만, 고룡이라 칭했습니다.

　머리카락은 청백색이었고, 눈동자는 선홍색. 겉모습은 평범한 여자아이였습니다만, 고룡이라고 합니다. 말하는 것을 잊었습니다만, 그녀는 현재 알몸이었습니다.

　"……까!"

　우선 옷을 입어줬으면 좋겠다고 남몰래 생각하면서 저는 눈을 가리고 비명을 질러두었습니다.

○

너무 끈덕진가 싶습니다만, 다시 한번 제가 놓인 상황을 설명하겠습니다.

봉인이 풀리는 4백 년 후인 지금, 숲 깊은 곳에서 고룡이 부활했습니다. 그런데 여자아이였습니다.

너무나도 갑작스러운 전개인 탓에 저는 머리를 끌어안았습니다. 다시 한번 눈앞의 소녀를 보기로 하지요.

날개는 없었고, 꼬리도 없었습니다. 겉모습은 정말로 평범한 인간처럼 보였습니다. 인간과의 차이를 굳이 든다고 한다면 머리에 자그마한 뿔이 자라나 있다는 정도일까요? 그리고 덧니가 살짝 뾰족하게 자라나 있다는 정도일까요?

"어라? 너는 뭐냐? 아까부터 이상한 눈으로 이 몸을 힐끔힐끔 보는구나. 시비를 거는 거냐, 어이. 태워버린다? 알겠냐? 어엉?"

그리고 성격도 날이 좀 서 있는 정도일까요? 아무튼 정말로 평범한 인간의 모습을 하고 있었습니다. 그리고 아무래도 오랫동안 잠들어 있던 탓에 머리가 전혀 돌아가지 않는지, 고룡 씨는 본인 모습의 이변을 깨닫지 못하고 있는 모양이었습니다. 그리고 옷을 입어주었으면 합니다.

고룡 씨는 눈앞에 있는 유일한 인간인 저에게 얼굴을 들이대고 아름다운 눈동자로 노려보며 후우 하고 숨을 불면서 "응? 겁먹었

143

냐? 지금 불을 뿜는 거 아닌가 생각했지?"라며 장난을 치거나, "음, 아아" 하고 입을 크게 열고서 "으하하. 지금 이 몸에게 잡아먹히는 거 아닌가 생각했지? 으하하. 농담이다. 너 같은 작은 계집애는 살도 별로 없고, 맛없어 보이는구나"라며 의기양양한 표정을 짓거나 하며 인류로서는 좀처럼 이해할 수 없는 방법으로 어째선지 도발을 해 왔습니다.

어쩌면 고룡 씨의 머리는 원래부터 잘 돌아가지 않았던 것일지도 모르겠다고, 제가 그렇게 눈치챈 것도 이 무렵이었습니다.

"그나저나 너는 말이 없구나. 뭐냐? 혹시 고룡을 보는 게 처음인 것이냐? 혹시 이 몸이 너무 멋있어서 넋을 잃고 반한 것이냐? 으응?"

귀찮아진지라 이쯤에서 저는 그녀를 향해 손거울을 들어 보였습니다.

"하지만 종족의 장벽을 넘어서 반하는 것도 무리는 아니지. 그게 이 몸은 이렇게나아아아아아아아아아아아아아아아아아!"

"시끄러워요."

"이, 이이이이이이이이이이이이이…… 이건…… 어라? 이 몸? 이거 이 몸?"

덜덜 떠는 루세라 씨라고 하는 고룡 씨.

"진짜? 이 몸이 이거? 어? 날개는? 꼬리는? 비늘은?"

저는 조용히 고개를 저었습니다.

이 땅에 전해지는 전승에서 인용한 것입니다만.

"당신을 봉인한 마녀가 말하길『고룡이 깨어났을 때 다시 날뛰

는 일이 없게 인간 모습으로 부활하도록 바위에 저주를 걸어두었
다」라고 하더군요."

"무어라!"

분노하는 고룡 씨.

"크으으으…… 너! 지금 당장 그 녀석이 있는 곳으로 나를 안내
해라! 지금 당장! 녀석은 어디에 있느냐! 이쪽이냐!"

그리고 고룡 씨는 저를 내버려 둔 채 숲길을 걸어가기 시작했습
니다. 갓 깨어난 고룡 씨는 자다 깬 것이라고는 생각할 수 없을 만
큼 활동적이고 강제적인 분이었습니다. 어찌 되든 상관없지만 안
내하라고 말해놓고 멋대로 혼자 가버리는 건 어떤가 싶습니다만.

그보다 4백 년이나 지났다는 사실을 깨닫지 못하고 있는 겁니
까?

"저기——."

제가 그녀에게 손을 뻗었을 때였습니다.

"너는 무얼 하는 것이냐! 이 몸은 어디로 가면 좋……."

갑자기 망가진 인형처럼 풀썩 넘어져서 움직이지 않게 된 루세
라 씨라고 하는 고룡 씨.

"…………배고파."

수백 년분의 공복이 단숨에 밀려든 것일까요? 그녀는 떨리는
목소리로 희미하게 그런 말을 내뱉었습니다.

"…………."

저는 잠시 망설인 후 입을 열었습니다.

"일단 밥, 드실래요?"

"............."

그녀는 벌떡 일어나더니.

"지금 당장 이 몸을 맛있는 밥집으로 데려가라!"

그렇게 말하며 울었습니다.

"그 전에 옷, 입어주시겠습니까?"

"……응."

루세라 씨는 훌쩍이며 눈물을 훔쳤습니다.

갑작스러운 일이라 뭐가 뭔지 잘 모르겠으나 그녀는 이 땅을 위협했던 고룡 씨였고 그렇게 자칭하기도 했습니다. 하지만 겉보기에는 옷도 입지 않고 쓰러져 있는 나이 어린 소녀인지라 그냥 내버려 둘 수도 없었습니다. 그래서 저는 우선 그녀에게 옷을 입히고서 가까운 나라로 향하기로 했습니다.

"어디가 좋은가요? 저, 이 주변 나라는 일단 한 번 돌아봐서 어느 정도는 잘 아는데요."

저도 너무 갑작스러운 전개에 머릿속이 정리되지 않았던 모양입니다. 이때의 저는 흔쾌히 그녀를 빗자루 뒤에 태웠고, 그녀도 "진짜냐?"라며 흔쾌히 제 빗자루에 걸터앉았습니다.

무엇이 어찌 되었든, 저와 그녀의 며칠에 걸친 여행은 이렇게 막을 올렸던 것입니다.


○


자칭 봉인된 고룡이라는 루세라 씨.

"당신 정말로 고룡인 거죠?"

"그러니라."

"쉽게 믿기지는 않는데요⋯⋯."

"뭐, 믿지 못하는 것도 무리는 아니지. 이 몸도 눈을 떠보니 이런 조그마한 몸이 되어 있을 줄은 생각도 못 했으니 말이다. 뭐, 믿으라고 말할 수밖에 없구나."

그렇다고는 해도 분명 바위에서 나왔으니, 그녀는 의심할 여지 없는 고룡일 테지요. 우선 머릿속으로 그렇게 처리해두지 않으면 정리가 안 될 것 같았습니다.

그러나 그녀가 진짜 고룡이라고 한다면.

"⋯⋯⋯⋯⋯."

그렇다면 기회가 있을 때 그녀에게 아부해두면, 이 지방에 전해지는 전승을 고룡 본인의 시점으로 들을 수 있겠군요.

요컨대, 생생한 묘사를 곁들여 전승에 새로운 해석을 할 수 있게 된다는 뜻이기도 하군요.

⋯⋯갑자기 돈 냄새가 나기 시작했습니다.

"너, 왜 그러느냐? 음흉한 얼굴을 하고 있구나."

"원래 이런 얼굴입니다."

"엑⋯⋯ 기분 나빠⋯⋯."

"실례로군요."

그녀가 훌륭하게 부활을 이뤄낸 그날.

저는 숲에서 가장 가까운 곳에 있는 나라를 찾아갔습니다. 제 옷으로 몸을 감싼 그녀에게 "뭔가 먹고 싶은 게 있나요?"라고 묻자 "맛있는 거!"라는 답이 돌아온지라, 일단 적당히 레스토랑으로 걸음을 옮기기로 했습니다.

"너! 이 몸은 맛있는 것을 먹고 싶다고 했느니라! 적당히 레스토랑을 고르다니 어찌 된 것이냐! 얕보는 것이냐!"

자리에 앉은 제가 적당히 주문을 하자 테이블을 탕탕 내려치면서 꺅꺅 소란을 피우는 자칭 고룡 씨. 저는 그녀의 모습에 이런이런 하고 어깨를 으쓱일 수밖에 없었습니다.

"이 나라의 요리는 대체로 맛있답니다."

"엉? 너는 으스대는 얼굴로 무슨 소리를 하는 것이냐."

"…………."

"…………."

얼마 지나지 않아 요리가 나왔습니다.

저는 적당히 주문한 음식들을 테이블에 죽 늘어놓고, 이곳의 단골인 양 그녀에게 요리 설명을 해드렸습니다. 물론 으스대는 얼굴로.

"이건 이 나라 특제 피자. 매운 소스가 뿌려져 있죠."

"과연. 어쩐지 전체적으로 붉구나."

"그리고 이쪽은 이 나라 특제 빵. 매운 소스가 뿌려져 있죠."

"과연. 새빨갛구나."

"이쪽은 이 나라 특제 수프. 물론 매운 소스가 들어가 있습니다."

"이 나라에는 매운 것밖에 없는 것이냐?"

"이 나라다운 요리라고 하면 바로 이거랍니다."

요리에 관한 토막 상식을 펼쳐 보이는 동안에도 으스대는 표정은 빼놓을 수 없습니다.

"그런데, 당신이 고룡이라면——오랜 옛날 당신과 싸우기 위해 음식에 독을 탔던 나라가 있었던 걸, 기억하고 있나요?"

"음? 기억이 나는 듯도 하고 아닌 듯도 하고…… 애매하구나."

"그게 여기입니다."

"무어라?"

"요리에 뿌려진 빨간 소스는 이 나라 사람들이 고룡에게 주었던 독을 개량한 것이죠."

참고로 이 나라에 전해지는 고룡 전승은 『고룡은 미식가인 탓에 다양한 나라에서 음식을 모조리 먹어 치웠다. 그런 중에, 고룡이 유일하게 입에서 불을 뿜을 만큼의 맛을 가졌던 것이 우리나라의 요리이다』라는 식으로 개정되었습니다. 아마도 어른의 사정일 테지요.


"그럼 뭐냐? 이 나라 녀석들은 독을 먹은 것이냐? 바보냐?"

"뭐, 당시에는 먹을 게 없어 곤란했던 거겠죠."

그리고 저는 테이블 맞은편에 앉은 그녀를 빤히 바라보며 "당신이 진짜 고룡이라면, 이 정도의 음식은 먹을 수 있겠죠?" 하고 고개를 갸웃거렸습니다.

"으하하하하! 가소롭구나!"

아무래도 도발하고 있다고 판단한 모양입니다.

"이 몸이 과거 먹었던 독이라면, 이미 옛날에 이 몸의 혀가 극복했을 것이다!"

그리고 그녀는 기세 좋게 요리에 손을 대고.

먹었습니다.

울었습니다.

"우에에에에에에에에에에에에에엥."

눈에서 닭똥 같은 눈물을 뚝뚝 흘리는 루세라 씨.

"너는 악마인 것이냐……! 이런 요리를 이 몸에게 먹이다니……!"

과거 사람들을 괴롭게 했던 고룡에게 듣고 싶지는 않은 말이로군요…….

보아하니 아무래도 인간의 외모로 변하면서 과거의 고룡다움은 거의 잃어버린 모양입니다. 그렇다면 과거와 같은 힘은 현재 흔적 정도밖에 남아 있지 않은지도 모릅니다.

"…………."

저는 배가 고프지 않았던지라 눈물을 흘리며 새빨개진 얼굴로 호쾌하게 식사하는 그녀와 마주 앉은 채, 지극히 평범한 빵과 곁들여 나온 치즈를 먹었습니다. 이 나라 독자적인 매운 음식은 조금 맛보기만 했습니다.

반면 루세라 씨는 땀을 훔치면서 우물우물 우걱우걱 식사를 계속했습니다. 그 후로도 그녀는 매운 음식에 그치지 않고 몇 번이고 다양한 요리를 주문해서는 빈 접시와 잔해를 만들어냈습니다.

이윽고 한바탕 요리를 다 먹은 다음, 그녀는 가슴께를 손으로 부채질하며 말했습니다.

"그나저나 이 옷은 조금 작구나. 특히 가슴——."

콰앙! 그 순간 주먹이 테이블을 내려쳤습니다.

"히익…… 너는 무얼 하는 것이냐? 놀랐느니라……."

누구의 주먹인가 했더니 제 주먹이었습니다.

"후후…… 딱히 아무것도 아닙니다."

일단 식사도 마쳤으니 다음은 그녀의 옷을 사러 가기로 했습니다.

일면식도 없다고 할까, 방금 만났을 뿐인 사람과 평범하게 데이트를 하고 있는 것만 같은 느낌이 되었다는 사실을 이 무렵 깨달았습니다만, 저는 현실에서 눈을 돌리며 식사비를 지불했습니다.

"…………."

살짝 맛을 보는 정도로만 먹었던 매운 음식 때문에 살짝 열이 올랐던 몸에서 단숨에 핏기가 사라질 정도의 금액이 저를 기다리고 있었습니다.


"훗…… 어떠냐? 이 몸은 귀엽지 않으냐?"

부티크로 왔습니다.

피팅룸 커튼 너머에서 짠, 하고 나타난 것은 의심할 여지 없는 미소녀였습니다. 뿔을 감추기 위해 검은 베레모를 장착한 그녀. 옷도 오프숄더와 치마라고 하는 나름대로 심플하면서도 가벼운 차림으로 변신. 제 옷의 잔해는 근처에 벗어 던져져 있었습니다. 가슴께도 답답하지 않은지 자랑하듯 가슴을 활짝 펴고 있었습니다. 후려치고 싶었습니다.

"어머! 손님 정말 잘 어울리시네요!"

점원은 아낌없이 입에 발린 말을 선사했습니다.

"에헤헤."

입에 발린 말에 훌륭하게 직격당한 루세라 씨는 칠칠치 못하게 표정을 풀었습니다.

"너. 이 몸은 이걸 사겠다."

"네네."

샀습니다. 자기주장이 강한 그녀의 몸에 제 옷이 져서 늘어나는 것은 참을 수 없었으므로, 어쩔 수 없는 지출입니다.

그 후로도 부티크 몇 곳을 더 돌면서 저는 그녀에게 최소한의 갈아입을 옷과 속옷을 준비해주었습니다.

"그럼, 숙소를 찾아볼까요?"

루세라 씨를 데리고서 걸었습니다. 이런 때에도 이 나라 전문가인 저는 뻐기는 표정을 빼놓지 않았습니다.

"이 나라는 지금 의식주의 나라라고 불리고 있거든요. 요리도, 옷도, 숙소도, 온갖 것들이 최첨단이랍니다. 그야말로 여행자를 위한 나라라고 해도 지장이 없을 테죠."

"오호라……."

짐을 양손에 들고서 그녀는 거리를 둘러보았습니다.

"……이 몸도 전에 이 나라에는 왔던 적이 있을 터인데, 그다지 눈에 익지 않구나."

"……그럴 테죠."

시간이 상당히 흘렀고——무엇보다 4백 년 전에 완벽할 정도로 괴멸 상태에 빠졌었으니까요.

이전과는 다른 나라라고 해도 문제없을지 모릅니다.

©Azure

그녀가 고룡으로 살았던 시대의 자취는 이 나라에는 거의 남아 있지 않을 터입니다.

"……이 몸은 대체 얼마나 되는 세월 동안 잠들어 있었던 것이냐?"

낯선 거리를 아주 조금 쓸쓸히 바라보면서, 그녀는 중얼거렸습니다.

너무나도 오랫동안 잠들어 있던 탓에 기억나지 않는 것이라고 생각한 것일 테지요.

잠에서 깨어나 찾은 거리에서 느껴지는 위화감이 그녀 안에서 시대에 뒤처졌다는 불안으로 바뀌었고, 마음 답답해하고 있다는 것을 저는 느꼈습니다.

"……이 마을이 낯선 것은, 당신이 잠든 사이에 상당히 긴 시간이 흘렀기 때문이라는 이유도 있을지 모르지만."

저는 그녀에게서 시선을 돌리고, 거리를 올려다보았습니다.

"하지만 그저 보이는 경치가 다르기 때문이기도 할 거라고 생각합니다."

오래전에는 고룡으로서 이 마을 전체를 내려다보았을 테지요. 멀리에서 그저 바라보았을 뿐일 테지요. 발 디딜 곳도 없어 분명 답답하기만 했을 테지요. 마을 안에 있다고 실감했던 적이 없을 테죠.

그러나.

"지금의 당신이라면, 예전보다 훨씬 더 마을 안에 있다는 사실을 실감할 수 있을 테니까요."

그야말로 오랜 옛날보다는 제대로 땅에 발을 디디고서 거리를 걸을 수 있을 터입니다.

그날, 숙소에 도착한 그녀는 "이 몸 샤워라는 걸 해보고 싶다!" 같은 말을 하며 방에 들어가자마자 옷을 벗어 던지고서 샤워실로 뛰어 들어갔습니다. 안에서 "아아아아아아! 기분 좋구나아아 아아아" 하는 단말마와도 같은 외침이 들려온 것은 그 직후였습니다. 옆방에서 항의가 들어오지는 않을지 내내 안절부절못하면서 저는 그녀가 나오기를 기다렸습니다.

이 지역에 전해지는 전승을 읽으면서 기다렸습니다.

"…………."

나라에 따라, 혹은 출판사에 따라 제각기 어른의 사정이나 뭐 그런 것들로 각색된 탓에 전승은 이야기 전개 방식이 미묘하게 달랐습니다.

예를 들면 어느 출판사의 전승에서는 고룡이 마지막에 살해당해 버렸고, 다른 출판사의 전승에서는 고룡과 마녀가 동시에 당합니다. 고룡이 갑자기 나타나서 사람들을 괴롭히고, 마녀가 그것을 응징한다고 하는 구도는 달라지지 않았지만, 시대의 변화와 사람들의 변화가 이야기에 다양성을 만들어냈습니다.

그 결과 진실을 알 수 없게 되어버렸습니다.

"샤워를 마쳤느니라."

루세라 씨가 나온 것은 제가 전승에 관한 책을 거의 다 읽었을 때쯤이었습니다.

젖은 긴 머리카락에서 물을 뚝뚝 떨어뜨리며 그녀는 나왔습니다.

"…………."

원래가 고룡인 탓에 인간다운 생활이 익숙하지 않은 것일 테지요.

"샤워를 하면 수건으로 머리의 물기를 닦아야 합니다."

저는 그녀의 머리카락에 수건을 가져다 댔습니다.

과연 저는 언제부터 그녀의 사용인이 된 것일까요……?

저의 의문을 무시한 채 그녀는 "으음" 하고 기분 좋은 듯이 눈을 가늘게 떴고, 이어서 "이 폭신폭신한 천은 무엇이냐?" 하며 시선을 돌렸습니다.

제가 방금까지 앉아 있던 침대가 그곳에 있었습니다.

"이건 이불이랍니다."

"이브울."

"틀렸어요. 이불."

"이브울."

"…………."

머리카락을 다 말렸습니다.

"영차!"

직후에 그녀는 제 곁에서 멋대로 뛰쳐나가 침대로 몸을 날렸습니다. 데굴 이불을 몸에 말고 애벌레로 변했습니다.

"하아아아아아아…… 기분 좋으니라……."

배시시 하고 야무지지 못하게 표정을 푸는 루세라 씨. 저렴한

숙소라고는 해도 의식주의 나라. 이불에는 거부하기 어려운 마력이 숨겨져 있습니다.

침대 위에서 몸을 동그랗게 만 그녀는 이어 "흐아아아암······" 하고 크게 하품을 하더니, 금세 그대로 잠 속으로 빠져들어 버릴 듯한 분위기를 내기 시작했습니다. 하지만 이불 위에 쌓여 있던 저의 책들이 후두둑 이불 위에서 미끄러져 떨어졌고 그녀의 의식은 다시 현실로 끌려 나왔습니다.

"무, 무무무무슨 일이냐! 적습이냐!"

매우 민첩한 움직임으로 이불의 마력에서 벗어난 루세라 씨.

저는 "아, 죄송합니다······ 제 책이에요"라며 바닥에 떨어진 책들을 주웠습니다.

"······호오."

그녀의 손이 저와 같은 방향으로 뻗어왔습니다.

"이 몸이 아니냐."

그녀가 주워 든 것은 이 지방에서 산 우화 중 하나. 표지에 거대한 고룡이 건물을 짓뭉개는 모습을 그려 넣은 것이었습니다.

"············."

제가 조용히 지켜보는 가운데, 한껏 악당의 모습을 한 고룡이 그려진 책 표지를 그녀는 손가락으로 살며시 쓰다듬었습니다.

"그립구나."

지나간 나날을 그리워하듯이, 어린 날에 적은 일기를 다시 읽어보듯이, 그녀는 책을 넘기며 조용히 중얼거렸습니다.

"옛날에는 자는 것도 마음 편히 할 수 없었다. 언제 어디서 쉬려 해도, 이 몸에게는 머물 곳이 없었다. 어디에 있든 이 몸은 방해꾼이었느니라."

책 속에서도 이 몸은 방해꾼인가 보구나——라며, 손에 든 책을 끝까지 읽지 않고 도중에 탁 덮어버린 그녀는 그것을 제게 건넸습니다.

"……감사합니다."

저는 그녀에게서 받아 든 책을 그대로 침대 사이드 테이블에 올려놓았습니다.

"그렇지. 이 몸은 대체 몇 년 잠들어 있었던 것이냐?"

"…………."

"낮에는 잘도 얼버무렸다만, 아무리 긴 시간이 흘렀다 해도 이 몸은 충격을 받거나 하지 않는다. 사양은 필요 없느니라. 답하거라."

"…………."

그렇게까지 말씀하신다면.

"4백 년입니다."

"……그런가."

상당히 오랫동안 잠들어 있었구나——라며 그녀는 나지막이 중얼거렸습니다.

"이 몸이 마을에 왔던 당시의 일을 기억하는 자는 아무도 남아 있지 않겠구나."

라고도 말했습니다.

그래도 그녀에 관해 잊지 않고 악당 낙인을 찍어대고 있는 지금 시대에 복잡한 마음을 느꼈는지도 모릅니다.

그녀는 조금, 쓸쓸한 표정을 짓고 있었으니까요.

"그 자료들 어딘가에 진짜 과거의 당신이 있나요?"

저는 고개를 갸웃거렸습니다.

"너는 이 몸에 관한 연구라도 하고 있는 것이냐?"

저와 동시에 그녀도 마찬가지로 고개를 갸웃거렸습니다.

"낮에 이 몸에게 밥을 사주거나, 이런저런 곳에 데리고 다녀준 것은 고맙다만——네 목적은 대체 무엇이냐?"

단순히 의문스러웠던 것일 테죠. 루세라 씨는 의아하다는 듯이 눈을 가늘게 떴습니다.

"…………."

저는 잠시 망설이다 입을 열었습니다.

"이 지방 나라들에 전해지는 전승은, 다들 그것이 진실이라고 말하지만 나라에 따라서 지역에 따라서 이야기되는 내용에 커다란 차이가 있죠. 저는 그것들의 발상에 흥미가 있답니다. 다양한 설이 너무 많이 이야기되어서 실제로 과거에 무슨 일이 있었고 어찌 되었는지를 정확하게 파악하고 있는 인간은 이 4백 년 후의 시대에는 거의 없을 겁니다."

그런고로 잘되면 그것을 밑천으로 돈벌이라도 할 수 있지 않을까 하는 생각도 하고 있습니다만, 그것은 일단 제쳐두고.

뭐, 요컨대.

"저는 당신에게 흥미가 있습니다."

그렇다는 겁니다.

제 말에 루세라 씨는 아주 살짝 표정을 풀었습니다.

"……너는 이 몸이 지금까지 만났던 인간 중에서 가장 제대로 된 성격을 갖고 있구나."

그리고 그렇게 말했습니다.

"그렇습니까? 변변치 못한 인생을 걸어왔군요."

그녀는 코웃음을 쳤습니다.

"책을 읽었으면 알 것 아니냐."

●

아주 먼 옛날.

오랜 옛날.

태어난 그녀를 본 고향 사람들은 그녀를 기분 나쁘게 여겼습니다.

"뭐야 이 애……?" "기분 나쁘네……." "……꺼림직한 아이야."

모두가 비슷한 겉모습인 중에 그녀만이 도저히 같은 종족이라고는 생각할 수 없는 색을 띠고 있었던 것입니다. 그녀는 고향에서도 그녀만이 갖고 있는 색을 지니고서 태어났던 것입니다.

모두가 그녀를 꺼리고 싫어했습니다.

불길하다고 여겼던 것일 테지요.

그녀가 그러한 특별한 특징을 가지고서 태어나고 만 것은 그저 그녀의 모친이 다른 종족과 불장난을 하다 그녀가 태어났기 때문── 그저 그 정도의 이유였습니다만, 그녀가 고향 사람들에게 몹시 미움을 받는 데는 충분하고도 남을 이유이기도 했습니다.

그녀의 고향에서는 타 종족과의 교제를 금지했습니다. 종족이 사라지는 일이 없도록, 같은 종족 사이에서만 아이를 갖도록 했던 것입니다.

규율을 깬 그녀의 모친은 고향에 있을 수 없게 되었습니다.

그래서 고향을 떠났습니다. 사라지고 말았습니다.

다만 그녀를 버려둔 채.

모친은 도망쳤던 것입니다. 태어난 그녀에 대한 모든 책임에서도, 고향에서도.

갓 태어난 어린아이를 죽일 수도 없어 그 후로 그녀는 친족들 사이를 전전했고, 그들은 그녀를 이리저리 떠넘겨가며 마지 못해 맡아 키웠습니다.

아무도 그녀를 사랑해주지 않았습니다.

혼자만 겉모습이 다른 그녀가 혼자만 나쁜 의미에서 특별한 취급을 받고 마는 것도 당연한 일이었을지도 모릅니다.

폐쇄적인 환경은 그녀가 성장해서도 달라지지 않았습니다.

"짐승이야. 기분 나빠."

그들은 그녀를 짐승이라고 불렀습니다.

"어머…… 다른 데로 가주겠어?"

그들 중에 그녀와 사이좋게 지내려는 자는 없었습니다.

"짐승 주제에 쳐다보지 마!"

폭력을 휘두르기도 했습니다.

"아아, 어찌나 꼴불견인지! 짐승에게는 잘 어울리는 모습이네."

그들은 때로 즐거운 듯이 그녀를 괴롭혔습니다.

밖에 나가 걸으면 때리고, 차고, 두들겨 팼습니다.

매일같이 그녀는 상처투성이가 되어 집으로 돌아왔습니다.

고향 사람들은 아무도 그녀의 편이 되어주지 않았습니다.

그녀는 줄곧 고향에서 혼자, 학대당했습니다.

"……어째서?"

어째서 자신만 이런 꼴을 당해야 하는지. 어째서 아픔을 견뎌야만 하는지. 매일같이 너덜너덜해져서, 매일같이 상처투성이가 되면서 그녀는 혼자 울었습니다.

부끄러움을 참으며 친족에게 도움을 청한 일도 있었습니다.

그러나.

"미안하구나…… 너와 함께 있으면 나까지 거절당한단다."

도와주지 않았습니다.

"알잖아? 너는 방해꾼이야. 이제 내 앞에 나타나지 마."

손을 뻗어주지 않았습니다.

"네 얼굴 같은 거 두 번 다시 보고 싶지 않아. 알았으면 썩 꺼져."

모두가 그녀를 거부했습니다.

아무도 도와주지 않는 하루하루를 보내고, 몇 년이 흘렀을 때였을까요?

그녀는 괴로운 현실에 견딜 수 없게 되었고, 고향을 나왔습니다.

머물 곳을 찾아, 고향을 떠났던 것입니다.


○

"붉은 비늘 용만 살던 고향에서 이 몸 말고는 청백색 비늘의 용 같은 건 없었으니, 기분 나빴을 테지."

의식주의 나라에서 빗자루로 날며 그녀는 제 뒤에서 옛날이야 기처럼 과거의 자기 자신에게 일어났던 일들을 내내 어찌 되든 상관없다는 투로 이야기했습니다.

"고향의 이들에게 있어 이 몸은 이단자일 뿐이었던 것이지. 그 래서 이 몸은 고향을 뒤로하고 방랑 여행에 나섰다. 이미 오래 전──그야말로 이 몸이 이 부근에 오기 훨씬 전의 이야기지."

갑자기 이 땅에 나타난 고룡.

그것이 이 땅에 전해지는 전승의 단서이기는 했습니다만, 당연 하게도 우화에 쓰이지 않은 부분에도 고룡은 살아 있었고, 이 땅 에 오게 된 요인이 분명 있으리라 생각했습니다. 삐뚤어진 자의 사고방식이지만, 저는 옛날이야기에 나오는 악역분들에게도 제 각기 그러한 과거와 생각이 있으리라 여겼습니다.

악역은 그저 악역인 것이 아니라, 하나의 입장에서 보았을 때 악역으로 보인 것에 지나지 않으니까요.

"나는……."

빗자루 위, 어딘가 먼 곳을 바라보며 루세라 씨는 혼잣말처럼 중얼거렸습니다.

"이 몸은 말이지, 이 몸이 안심하고 살 수 있는 곳을 원하느니라."

저는 그저 나아가는 방향을 바라보며 대답했습니다.

"그렇게 말씀하신들……. 뭔가 바라는 점은 없나요?"

"이 몸으로서는 평화롭고, 사람들이 친절하고, 이 몸을 받아들여 줄 법한 곳이 좋을 듯하다만."

그래그래 하며 혼자 납득하고 고개를 끄덕이는 루세라 씨.

"그리고 무엇보다 안심하고 잠들 수 있는 곳이 제일이지!"라고도 했습니다.

"그럼 오늘 아침까지 있었던 의식주의 나라는 어떤가요?"

그녀가 코웃음 치는 기척이 느껴졌습니다.

"거긴 틀려먹었다. 그런 곳에 있다간 이 몸은 못쓰게 될 게다. 특히 혀가."

"매운 음식이 마음에 안 드셨나 보군요……."

그런 말을 하면서 저는 문득 떠올렸습니다.

어젯밤 저는 상당히 늦게까지 깨어 있었습니다만, 결국 저는 졸음과 피로에 패하여 그녀보다도 먼저 잠들어버렸습니다.

제가 아침에 눈을 떴을 때, 그녀는 이미 일어나 있었습니다. 어쩌면 루세라 씨는 지난밤 제대로 자지 못했던 것인지도 모릅니다——.

"다음 나라는 어떠하냐?"

그리 물으며 고개를 갸웃거리는 루세라 씨.

저는 고개를 저었습니다.

"아마도 이쪽도 마음에 안 들어 하실 것 같네요."

평화롭고 안심하고 잠들 수 있을 만한 나라를 원하신다면, 특히.

그곳은 이렇게 불리고 있으니까요.

무기와 마법의 나라라고.

○

　과거 고룡과 대치한 마녀의 이름은 나타샤라고 합니다만, 이 나라에서는 『영웅 마녀 나타샤 님』이 그녀를 가리키는 정식 명칭이며, 그 이외의 명칭으로 부를 경우 반드시 차가운 시선을 받게 됩니다. 그 정도로 무기와 마법에 유례가 없는 애정을 쏟고 있는 이 나라에서 마녀 나타샤는 숭배받고 있으며, 이제 그녀는 단순한 옛날이야기 속 존재가 아니라 신앙의 대상이라고, 이 나라 사람들은 그렇게 생각하고 있는 모양이었습니다.

　그런고로 거리 곳곳에 영웅 마녀 나타샤 님의 조각상이니 책이니 하는 관련 상품이 놓여 있었습니다. 『영웅 마녀 나타샤 님이 사랑했던』이라는 수식어가 붙은 찻집은 큰길가에만 해도 수십 곳. 비슷한 느낌의 선전 문구로 손님을 끌고 있는 숙소와 노점, 그리고 옷 가게와 무기점과 마법 도구점과 생필품점 등등. 셀 수 없을 만큼의 가게에 영웅 나타샤의 이름이 새겨져 있었습니다. 대체 마녀 나타샤는 얼마나 많은 가게에 사랑을 뿌리고 다녀야 만족하는 것일까요. 이래서는 온갖 곳에 사랑을 뿌리고 다니는 신종 테러가 아닌가요? 애초에 엉덩이가 지나치게 가볍지 않은가요? 같은, 제대로 된 의견을 말하는 자는 이 나라에 없는지, 영웅 나타샤는 이곳에서 심볼 같은 취급을 받고 있는 모양이었습니다.

　그런 상황을 본 고룡 루세라 씨는.

　"히익…… 이 나라는 뭐냐…… 질리는구나……."

165

질려 하고 있었습니다.

완전히 질려 하고 있었습니다.

그런 그녀를 무시한 채 시종 으스대는 얼굴로 설명을 하는 마녀가 바로 옆에 있었습니다.

그것은 누구인가.

그렇습니다. 저입니다.

"이 나라의 역사는 깁니다. 오랜 옛날, 고룡인 당신이 이 지방에서 날뛰기 시작했을 때, 당신에게 어느 나라보다도 빠르게 반발한 곳이기도 하지요. 날마다 무기와 마법을 강화하여 당신에게 맞섰던 나라가 있었던 것, 기억나지 않으시나요?"

"아니, 전혀."

제 옆에서 걸으며 루세라 씨는 시원스레 고개를 저었습니다.

"애초에 그 마녀와 만날 때까지 이 몸은 공격다운 공격을 받았다고 여긴 적이 없다. 환영하지 않는다고 하는 분위기만은 느꼈다만."

요컨대, 눈곱만큼도 효과가 없었던 모양입니다.

"당시의 이 나라 사람들이 들으면 울고불고할 법한 이야기네요……."

"…………."

그 순간, 루세라 씨는 걸음을 딱 멈추었습니다.

"뭐, 이 나라 녀석들도 이 몸을 그다지 좋게 기억하지 않는 것 같으니, 피장파장이겠지."

그녀의 눈앞에는 서점이 있었습니다.

그곳에 진열되어 있던 것은 마녀 나타샤의 전승들. ……이 틀림없었습니다만, 그 종류가 지나칠 정도로 풍부했습니다.

아동용으로 발랄한 그림과 함께 쓰인 마녀 나타샤와 고룡부터 어른용으로 제작된 극화 그림체인 것까지 다양했습니다. 무엇보다 이상했던 것은 진열되어 있는 책에 그려진 고룡의 모습에 통일성이 없다는 점이었습니다. 백은색 비늘이거나 붉은색이거나 검은색이거나, 크기도 겉모습도 전부 다 달랐습니다.

"저 녀석에 관한 것을——저 마녀에 관한 것을 이 나라 녀석들은 제대로 기억하고 있구나."

책 표지를 가볍게 쓰다듬으며 루세라 씨는 눈을 가늘게 떴습니다.

마녀 나타샤의 외모는 기호화라도 되어 있는 것처럼 통일되어 있었습니다.

검은 로브, 검은 삼각 모자, 머리카락은 귤색.

"어머, 어서 오세요. 관광객분들이신가요?"

가게 앞에 멈춰 서 있는 저희가 눈에 띄었는지, 점원분이 가게 안에서 불쑥 얼굴을 내밀었습니다.

"우후후, 우리 서점을 주목하다니, 눈이 높으시네. 손님들은 역시 나타샤 님의 팬인가요? 아아, 괜찮아요! 말하지 않아도 알아요! 보면 아는걸요! 당신들은 이제 막 팬이 된 풋풋한 분위기가 흘러넘치네요!"

"…………."

뭐, 아마도 대부분의 경우 팬이 아니라면 이런 나라에는 오지 않을 테죠.

"……뭔가 추천하는 책이라든가, 있나요?"

"우후후. 이상한 걸 물으시네요. 제 가게에는 추천하는 책밖에 두지 않아요!"

"…………."

묘하게 흥분한 점원을 보며 제가 약간 짜증을 느끼기 시작했을 무렵에 루세라 씨가 입을 열었습니다.

"그래, 자네. 이 몸은 이 여자에 관해 알고 싶구나. 그런 책은 없느냐?"

"우후후. 그렇다면 이걸 추천해요. 나타샤 님을 아주 잘 아는 데는 이게 제일이에요."

그렇게 말하면서 점원분이 건넨 책의 제목은.

『노 머니였던 내가 초속으로 억만장자가 된 방법~나타샤 분투기~』

루세라 씨는 책을 내던졌습니다.

"돈의 망자인가!"

"어머. 죄송해요. 이 책은 상급자용이었네요……."

"상급자용이라니 무슨 소리냐……."

"아마도 따지고 들며 지는 부류의 그런 거라고 생각해요."

저희는 얼굴을 찡그렸습니다.

한편 마이 페이스인 점원분은 개의치 않고 말을 이었습니다.

"초심자에게는 이 책을 추천해요."

점원분은 어흠, 하고 일부러 헛기침을 하고 나서 다시 책을 건 넸습니다.

그것이 바로 이것.

『고룡 살인 사건~진실은 언제나 하나~』

루세라 씨는 책을 내던졌습니다.

"어째서 그 마녀가 탐정인 게냐!"

"그게, 실은 고룡을 쓰러뜨린 후에 소식을 알 수 없게 돼서……
아마도 탐정이라도 하고 있을 거라는 한결같은 소문이……."

책을 주워 들면서 우후후 하고 웃는 점원분.

그녀가 말하길, 나타샤 씨가 모습을 감추면서 그녀의 열광적인
팬들이 망상을 부풀릴 수 있는 여지를 주게 되었고, 그로 인해 최
근 들어서는 나타샤 씨가 상당히 혹사당하고 있다고 합니다.

"이쪽 작품에서는 나타샤 님이 현대에 나타나 최강의 마법으로
무적이 되죠. 현대의 마법사는 당시의 마법사보다 상당히 뒤처져
있다……라는 걸로 되어 있거든요."

"요컨대 그 녀석이 수준 낮은 곳에 자리를 잡고서 밥벌레가 되
는 작품이라는 게로구나."

과연, 하고 고개를 끄덕이는 루세라 씨.

"이쪽 작품에서는 반대로 주인공이 나타샤 님 시대에 타임슬립
해서 현대의 요리를 대접하거나 현대의 지식과 기술을 살려서 무
적이 됩니다."

"그건 이제 그 녀석이 테마가 아니어도 되는 것이 아니냐?"

"나타샤 님을 등장시키면 팔리니까요……."

"이 나라 녀석들은 정말로 그 녀석을 사랑하고 있는 것이냐……?"

"…………."

마이 페이스인 점원분은 갑자기 먼눈을 했습니다.

"인기가 너무 많으면 몇백 년이 지나도 혹사당하는 법이랍니다……."

요컨대 이 나라 사람들에게 큰 인기인 나타샤 님이라는 것은 이제 이 나라의 창작물에서 제멋대로 다뤄지는 저작권 프리인 존재가 되어 있는 모양이었습니다.

인기가 지나친 것도 생각해볼 일입니다.

"어찌 된 것이냐……. 그 녀석이 어떤 인간이었는지 알고 싶건만, 이래서는 도무지 짐작할 수가 없구나……."

루세라 씨는 머리를 감싸 쥐었습니다.

"이해할 수 없다…… 어째서 이 시대의 녀석들은 오랜 옛날 인간을 하나같이 장난감 삼아 노는 것이냐……."

실제로 과거에 살았고, 그녀와 대치했던 적이 있는 루세라 씨로서는 현재의 나타샤 씨의 취급은 분명 이상하게 느껴질 테지요.

너무나 진실과 멀어졌다는 것에 위화감밖에 들지 않을 테죠.

그러나.

"옛날 일의 진실 같은 거, 이 시대를 사는 인간의 대부분에게는 어찌 되든 상관없는 일이죠."

저는 그녀의 어깨에 손을 올려두며 말했습니다.

"그저 눈앞의 일이 진실이 될 뿐입니다."

본래의 나타샤 씨가 어떠했든, 재미있으면 그것으로 된 것입니다.

그곳에 진상의 유무는 끼어들 여지가 없는 것일 테지요.

그래서 제멋대로 할 수 있는 것이라고도 말할 수 있습니다.

"결국, 그 녀석은 어떤 마녀였던 것일꼬."

서점을 뒤로하고서, 숙소를 찾는 제 옆에서 그녀는 중얼거렸습니다.

"지금의 당신에게는 어떤 식으로 보이나요?"

제가 고개를 돌리자 그녀는 "으음" 하고 짧게 신음하고 입을 열었습니다.

"타임슬립 하거나, 미래인을 상대하거나, 성전환하거나, 이세계에 떨어지거나, 탐정을 하거나 하는 등, 이런저런 다양한 일을 떠맡아 고생하는 사람."

"새삼 들어보니 정말로 심하다 싶을 만큼 마구 각색되었네요……."

"그러하니라……."

루세라 씨는 숨을 한 번 내쉬고, 잠시 사이를 둔 다음 말했습니다.

"하나, 이 몸의 취급은 전부 똑같더구나."

포기한 듯한 말투로, 혹은 전부 다 알고 있었던 것처럼, 말했습니다.

"이 몸은 어느 책에서든 악당이로구나."

무척이나 쓸쓸한 듯이.


그날도 그녀는 제대로 잠들지 못했습니다.

제가 아무리 말해도.

"선잠만 잘 수 있어도 충분하니라."

그렇게 대꾸하며 웃기만 했습니다. 그리고 그녀는 줄곧 마녀 나타샤에 관한 책을 읽었습니다.

안심하고 잠들 수 있는 곳을 찾는 그녀에게 있어, 이 나라는 역시 그렇지 못했던 것일 테지요. 본래 모습의 고룡이었던 과거와는 달리, 연약한 인간의 몸이 된 지금의 그녀로서는 평범한 졸음조차 이기지 못하고 연신 눈을 가늘게 뜨며 크게 하품을 했지만, 그래도 이불 속으로 들어가는 일은 없었습니다.

결국, 몇 번을 말해도 그녀가 침대에 눕는 일은 없었고, 저는 이내 포기했습니다.

"⋯⋯분명 다음 나라는 마음에 들 겁니다."

일시적인 위안 정도일 뿐인 말을 던지고서 저는 잠에 빠져들었습니다.

"⋯⋯그렇다면 좋겠구나."

까무룩 잠이 들던 중에 포기한 듯한 그 목소리는 희미하게 울렸습니다.

○

다음 날.

저희가 방문한 나라는 벽의 나라라고 불리는 곳이었습니다.

오랜 옛날, 아직 이 땅에 고룡 루세라 씨가 나타나기 전에는 커다란 벽을 세우고 이웃 나라와의 외교를 전부 거절했던 탓에 그러한 이름으로 불리게 된 모양입니다만, 지금은 그 흔적도 찾을 수 없습니다.

찾아오는 이를 거절하듯 위압하던 커다란 벽은 그 몸이 깎여나 갔고, 지금은 평범한 문 정도의 높이까지 줄어들어 있었습니다. 줄곧 닫혀 있던 문은 지금은 늘 열려 있었습니다.

이 지방에서, 오랜 옛날과 비교해 모습이 가장 많이 바뀐 것이 이 나라라고 합니다.

과거에는 엘프라고 불리는 종족만이 이 나라를 지배하고 있었습니다. 적당히 배타적이고 그럭저럭 폐쇄적인 나라였습니다. 마법을 쓰지 못하는 종족인 탓에 외적에게서 몸을 지킬 방법이 그 것밖에 없었던 것일 테지요.

그러나 지금에 이르러서는 그것도 과거의 이야기입니다.

지금, 이 거리에는 많은 종족이 오가고 있습니다. 사람이 있고, 엘프가 있고, 마법사가 있고, 수인이 있고, 마족의 모습도 보였습니다. 지금은 온갖 종족이, 온갖 사람이 사는 것이 이 나라이고, 그곳에 종족의 벽 같은 건 존재하지 않게 된 것입니다.

단적으로 말씀드리자면.

그것은 무척이나 멋진 나라였습니다.

다시 방문한 저 역시도 다시 같은 감정을 품고 말 정도로 말이지요.

"여행자님, 환영합니다! 이거 받으세요!"

길을 걷고 있던 저희에게 귀가 길고 금발을 가진 자그마한 여자아이 2인조——엘프가 달려와 갓 구운 쿠키를 건넸습니다.

"우리 가게에서 구운 거예요! 맛있으면 우리 가게로 사러 오세요!"

그리고 엘프들은 바람처럼 멀어져갔습니다.

"으, 으음……?"

갑작스레 떠넘겨진 쿠키를 보며 루세라 씨는 당혹스러워하더니 저를 바라보면서 물었습니다.

"이거 실은 엄청나게 맵거나 한 것은 아닐 테지……?"

"평범한 쿠키입니다."

저는 곧바로 쿠키를 우물거리며 그녀에게 아무렇지 않다는 것을 보여주었습니다.

"그냥 선전용으로 아르바이트생이 나눠주고 다니는 겁니다. 신경 쓰지 마세요."

태연하기만 한 저와 달리 루세라 씨는 내내 의아해했습니다.

"아르바이트생이라니…… 방금 그 아이들은 열 살 정도였느니라. 이 나라에서는 저렇게 작은 어린아이들에게 일을 시키는 것이냐?"

"저 지난번에도 그 아이들과 만났었는데, 그 둘은 성인이라고 했어요."

"뭐라?"

"엘프는 성장이 느리거든요. 성인이 되는 데 대체로 50년. 그리고 수백 년은 여유로 산다고 해요. 장수하는 엘프에 이르러서는 천 년 살기도 한다던가요?"

"…………."

루세라 씨는 눈을 동그랗게 떴습니다.

"그럼 그 두 사람은 대체 몇 살이라는 것이냐?"

"서른 살이라더군요."

"열 살처럼 행동하는 서른 살이라니…… 죄가 깊구나……."

그저 먼눈을 하는 루세라 씨였습니다.

그녀들도 열여덟 살인 척을 하는 수백 살 고룡에게 그런 말을 듣고 싶지는 않으리라고 생각했지만, 귀찮았으므로 잠자코 있었습니다.

"하나, 장수하는 종족인 것치고는 수가 적구나. 이 나라의 대부분이 외부에서 온 종족이 아니냐."

거리를 둘러본 바로는 털이 북슬북슬한 수인과 마법사를 비롯한 평범한 인간, 그리고 노골적으로 날개와 송곳니가 자라난 마족들이 넘쳐났습니다. 본래 엘프만의 나라였던 것치고는 선주민의 모습은 거의 눈에 띄지 않았습니다.

하지만 그것도 그럴 만합니다.

"벽이 무너진 후, 공포에 질린 대부분의 엘프는 이 나라에서 도망치고 말았답니다. 그들은 마법도 쓰지 못했고, 그래서 벽 안에서 살았는데 그게 무너졌으니 도망칠 수밖에 없는 일이죠──지금 이 나라에 있는 것은 그 당시에 이 나라에 남기를 선택한 갸륵한 분들과 그들의 자손일 겁니다."

"……그런가."

"적어진 국민 수를 보충하는 형태로 이 나라는 다양한 종족의 머물 곳 같은 모양이 되었습니다. 지금은 이런 식으로 번성했지만, 오늘에 이르기까지는 여러 가지 분쟁도 많았다더군요."

뭐, 저도 이야기를 들어 아는 정도라 자세히는 알지 못하지만 말이죠.

"그렇다면 이 몸을 원망하는 인간도 이 나라에는 많겠구나."

한숨을 한 번 내쉬고서 루세라 씨는 말했습니다.

"결국 어디를 가도 마찬가지구나. 머물 곳을 찾아 떠돌고 있었는데, 나라들을 돌며 안 것은 이 몸에게 머물 곳 같은 건 없다는 현실뿐이야."

"⋯⋯⋯⋯⋯."

그 말은 『분명 다음 나라는 마음에 들 겁니다』 같은 말을 가볍게 했던 저에 대한 규탄처럼도 들렸습니다.

"이 몸에게 있어 인간의 세계만큼 눈부신 곳은 없었다."

눈을 가늘게 뜨고 루세라 씨는 사람들의 일상을 바라보았습니다.

"고향을 나온 후로 이 몸은 줄곧 혼자 여행을 했다. 이 주변 나라들을 방문한 것도 그것이 원인이니라."

그리고.

이어서 그녀가 그리운 듯 이야기한 것은 여기에 이르게 된 이유였습니다.

"이 몸은 그저 사람과 사이좋게 지내고 싶었으니라."

●

고향에서 누구에게도 사랑받지 못했던 그녀는 머물 곳을 찾아 고향을 떠났을 터였습니다.

그러나 결론부터 말씀드리자면, 그녀는 자신이 머물 곳을 찾지 못했습니다.

그것은 그저 그녀를 받아들일 수 있을 정도의 도량을 가진 나라가 없었다고 하는 의미이기도 했고, 그 이전에 그녀 자신이 환영받지 못한다는 사실을 눈치챘기 때문이기도 했습니다.

그녀는 머물 곳을 찾아 다양한 나라를 다녔습니다만, 어디를 가도, 누구와 만나도, 종족과 모습의 차이 때문에 그녀에게 다가오려 하는 자는 누구 한 사람도 없었던 것입니다.

다가오기는커녕, 어디서나 그녀는 거부를 당하고 말았습니다.

"꺼져! 이 짐승!"

때로 사람들은 돌을 던지고 욕을 퍼부었습니다.

"더는 우리나라에 발을 들이지 마!"

혹은 무기를 들이대며 마법을 날렸습니다.

역시 그녀는 외톨이, 고독한 짐승이었습니다.

그녀가 환영받는 일은 없었습니다. 머물 곳이 없었습니다. 결국 바깥 세계도 그녀의 고향과 아무런 차이가 없었던 것입니다.

줄곧 그녀는 괴로워하며 자기 자신을 받아들여 줄 곳을 찾았습니다.

그러나 끝내 발견하지 못했습니다.

오랫동안 방랑하며 깨달은 것은 그녀가 제아무리 발버둥 쳐도 고독하게 살아가는 것 이외의 방법은 없다는 현실뿐이었습니다.

그 시대는, 그곳에 사는 사람들은, 도저히 그녀를 받아들일 수 없었던 것입니다.

그런고로 아무도 그녀를 사랑해주지 않았습니다.

동시에 그녀 역시 아무도 사랑할 수 없었습니다.

그녀는 분명 너무 일찍 태어났던 것일 테죠.

그녀는 이윽고 모든 것을 포기했습니다.

그 후로는 모두가 알고 계신 대로.

전승대로.

숲속.

그저 줄곧 혼자 고독하게 머물러 있을 수밖에 없었던 것입니다.

○

"이 몸은 몇 번이고 인간과 사이좋게 지내려 했다. 하나 말도 통하지 않는 관계에서 그런 일을 하려 해본들 의미가 없었던 게지."

메마른 웃음이 제 옆에서 흘러나왔습니다.

그녀가 몇 번이고 이 주변 나라들에 걸음을 했던 것은 그저 사람과 사이좋게 지내고 싶었기 때문이었고, 그저 단순히 그뿐이었던 것입니다. 도시에 빈번하게 나타났던 것도, 사람을 이해하기 위해 노력했던 것일 뿐이었습니다.

하지만 그녀가 사람을 이해할 수 없었듯이, 인간도 그녀를 이해할 수 없었습니다.

인간들이 보기에 그녀는 그저 괴물일 뿐.

그녀가 보기에 인간들은 그저 공포에 질린 눈으로 무기를 들이대는 존재일 뿐이었던 것입니다.

"녀석만이, 이 몸을 다른 눈으로 보고 있는 듯이 느껴졌었다."

마녀 나타샤 씨.

그녀만이 루세라 씨를 두려워하지 않고 당당하게 맞섰습니다. 그녀의 눈은, 어쩌면 루세라 씨에게 대등한 위치에 선 인간처럼 보였을지도 모릅니다.

"결국 그 녀석이 무슨 생각을 했었는지도 알지 못한 채 끝났구나. 어제 갔던 나라에서도, 끝내 녀석에 관한 건 아무것도 알 수 없었다."

그것은 그저 그녀에 관한 다양한 일들이 묘하게 수정되어 있기 때문이라고 생각합니다만······.

"나타샤 씨에 관해 알아서 어쩌실 셈인가요?"

"너는 이 몸에 관해 알아서 어찌할 셈이었느냐?"

"앗. ······저기, 그게, 딱히 어찌하겠다는 생각은 없는데요. 흥미가 있었을 뿐입니다."

돈 냄새가 났기 때문이라고는 입이 찢어져도 말할 수 없습니다.

"이 몸도 그러하니라. 이 몸도, 그 마녀에게 흥미가 있었을 뿐이니라."

"············."

그리고 그녀는 침묵으로 답하는 저에게 희미하게 웃어 보였습니다.

"어쩌면 녀석도 이 몸과 마찬가지로 사이좋게 지내고 싶다고 생각했을지도 모른다고, 아주 조금 기대했단만 말이다──."

그러나 루세라 씨와 나타샤 씨가 맞이한 결말은 결국 4백 년이나 되는 침묵이었습니다.

"이제 와서는 그 녀석이 무슨 생각을 하고 있었는가 하는 건 알 수 없겠지."

나타샤 씨에게 일방적으로 버림받은 듯한 기분인 것일까요? 시간에 뒤처져 홀로 남겨진 기분을 품고 있는 것일까요.

오래전의 일이 어떠하든, 그녀의 진의는 결국 인간과 사이좋게 지내고 싶을 뿐인 쓸쓸한 존재였던 것입니다. 예전 모습은 어떠했든, 지금의 그녀는 그런 쓸쓸한 한 명의 소녀일 뿐이었습니다.

"너에게는 신세를 졌구나."

그리고 루세라 씨는 걸음을 딱 멈추었습니다.

"이제 충분하다. 아무래도 4백 년이 지난 지금도 세계는 이 몸은 혼자서 살아가는 편이 좋다고 말하고 있는 모양이구나──여기까지 함께 여행해준 것에 감사한다. 하나, 이제 충분하다."

"…………."

"네게는 폐를 끼쳤구나. 뭔가 답례를 하고 싶다만──안타깝게도 이 몸은 아무것도 갖고 있지 않다. 보는 대로 무일푼이다. 뭐, 여기에 오기까지 몇 번인가 이야기해주었던 옛날이야기를 선물 대신으로 삼아다오. 이 몸의 체험담을 책으로라도 쓰면 조금은 돈이 될 테지?"

"그러네요……."

저는 애매하게 답했습니다.

"하지만 당신에게 사준 옷이라든가, 식사비라든가, 숙박비를 생각하면, 그게 말이죠……."

"아앗, 무엇이냐. 지금 부족하다고 말하는 것이냐? 아무것도 없는 이 몸에게서 무얼 더 빼앗겠다는 말이냐!"

"아뇨 아뇨. 그럴 마음은 없거든요? 다만, 이대로 헤어지기엔 말이죠…… 뭔가 조금 부족하지 않은가 싶어서요."

우후후 하고 저는 웃음을 흘렸습니다. 어쩌면 그녀의 눈에는 제법 못된 표정을 짓고 있는 것처럼 보였을지도 모르겠습니다.

"뭐라? 그럼 뭐냐? 너는 무얼 원하는 것이냐?"

몹시 자포자기한 투로 그녀는 제게 물었습니다.

그래서 저는 대답했습니다.

"원하는 것은 없습니다."

단적으로.

"하지만 그 대신에, 헤어지기 전에 마지막으로 한 번만 더 함께 쇼핑을 가주시겠습니까?"

그리고 저는 그녀의 손을 잡고서 걷기 시작했습니다.

며칠 동안 함께해온 상대와 길 한복판에서 작별이라니, 멋이 없으니까요.


"……무엇이냐. 너는 대체 얼마나 책을 좋아하는 것이냐."

다소 무리하게 제가 루세라 씨의 손을 끌고서 도착한 곳은 거리 한쪽 구석에 있는 서점이었습니다. 노포라기보다는 그저 낡았을 뿐인 그 서점에는 그다지 새롭다고는 말하기 어려운 책이 책장에 주르륵 꽂혀 있었습니다.

지극히 평범하고, 나쁘게 말하자면 인상에 잘 남지 않을 그런 서점이었습니다.

전에 방문했던 서점과 마치 정반대에 위치하고 있는 듯한 가게라고도 말할 수 있겠습니다.

"당신과 작별을 한다면 여기가 적당할 거라고 생각했습니다."

저는 조용히 답했습니다.

"운치가 없구나……."

황당해하며 루세라 씨는 가게 안으로 발을 들였습니다.

"이런 곳에 온들, 그 마녀에 관해 알 수 있을 리도 없는데 말이다."

그 말투는 어딘가 자포자기한 듯했고, 마녀 나타샤 씨를 포기하고 있는 듯 들렸습니다.

혹은 이 나라에서 사는 것을——인간 세계에서 살아가는 것조차 포기한 듯도 했습니다.

"…………."

저는 그저 조용히 루세라 씨의 뒤에 서서 책장들이 어깨를 기대듯이 다닥다닥 늘어서 있는 서점 안을 나아갔습니다.

낡은 자료집들이 늘어서 있었습니다. 지난번에 방문했던 서점처럼 심심풀이에 안성맞춤인 소설류는 전혀 놓여 있지 않았고,

서점 안은 어려운 문자로 채워져 있었습니다.

평범한 관광객이라면 절대로 들어오지 않을 법한 초라한 서점이라고도 말할 수 있었습니다.

동시에 지역 사람들조차 흥미를 갖지 않을 정도로——잊히고 말 정도로 지루한 서점이라고도 말할 수 있었습니다.

머물기에 마음이 불편하다든가 한 것은 아닙니다. 그러나 분명, 불쑥 들른 손님이라면 그대로 불쑥 나가 버리고 말 정도로 존재감이 없는 가게였습니다.

"…………."

그런 가게 안에서, 제 앞을 걷던 루세라 씨는 걸음을 딱 멈추었습니다.

멈춰 서서, 가게 안——그곳에서 나온 한 명의 가게 주인에게 시선을 빼앗기고 말았습니다.

"어머나, 어서 오세요."

가게 주인인 노파는 싱긋, 사람 좋아 보이는 웃음을 띠더니 "너는 외지에서 온 아이로구나?"라며 전부 꿰뚫어 본 것처럼 말했습니다.

아시겠나요? 하고 제가 되묻는 일은 없었습니다. 말하지 않아도 그녀는 알 수 있을 테지요.

제 앞에 있는 그녀가, 어디의 누구인지도.

"……너는……."

그리고 루세라 씨도 마찬가지로 눈앞의 그녀가 어디의 누구인지를 이해했을 테지요.

색이 바래 새하얘진 머리카락. 과거의 자취는 아주 조금밖에 남지 않은 주름투성이인 얼굴. 과거의 엄격함은 조금도 남아 있지 않은 복장.

그곳에 서 있던 것은 평범한 노파, 그 이상도 그 이하도 아니었습니다.

그러나 루세라 씨는 그녀를 본 순간 한눈에 그녀가 누구인지를 이해했습니다. 이치를 도외시하고, 직감으로 알아챘습니다.

눈앞에 있는 노파가 누구인지를.

"제가 어제 말했을 겁니다."

분명 다음 나라는 마음에 들 겁니다――라고.

그 말에 거짓은 없었습니다. 제가 한 말은 틀림없는 진심이었습니다.

이 나라에는 마녀 나타샤 씨가 여전히 살아 계시니까요.

●

제가 이 나라에 처음 왔을 때의 일이었습니다.

신기한 노인이 제 앞에서 신기한 이야기를 해주었습니다.

고룡이 이 주변 나라들에서 날뛰었고.

마녀가 그것을 퇴치했다고 하는, 오래전부터 전해져온 이야기.

할머니는 제가 읽던 자료보다도 훨씬 상세하게, 마치 보기라도 한 것처럼 당시의 상황을 이야기해주었습니다.

책에 쓰여 있는 것보다 훨씬 생생하게 그 전승을 가르쳐주었습니다.

"……어째서 그렇게 상세히 아시는 거죠?"

제가 고개를 갸웃거리며 묻자 할머니는 슬쩍 웃고서 답했습니다.

"당연히 내가 나타샤니까 그렇지."

마치 당연하다는 듯이 말했습니다.

고룡을 봉인한 다음, 마녀 나타샤는 한동안 방랑 여행을 떠났습니다. 행방을 감추고 혼자 시간을 보냈습니다. 넓은 세계를 보고, 다양한 문화를 접했습니다.

그리고 얼마 후 벽의 나라에서 살게 되었다고 합니다.

마녀이기를 그만두고, 평범한 한 사람의 여성이 되어. 그리하여 이 나라에서 남모르게 살고 있었던 것입니다.

그렇다고는 하나 고룡과의 격렬한 전투로 대부분의 주민이 떠나버린 탓에 루세라 씨를 봉인한 직후에 이 나라는 거의 괴멸 상태였다고 합니다.

그녀는 나라를 재건하는 데 온 힘을 쏟았습니다.

동시에 다양한 종족이 살 수 있도록, 이 나라의 벽을 부수고 종족 사이의 장벽을 없앴다고 합니다.

그녀 자신은 몸을 감출 셈은 아니었던 모양입니다만, 그러나 다양한 종족이 뒤섞여 살게 된 이 나라 안에서 그녀의 존재는 가려졌고, 주변 나라의 사람들에게는 그녀가 실종된 것처럼 보였을 테지요.

나타샤 씨가 이 나라를 새롭게 다시 만든 데에는 이유가 있었습니다.

"나는 있지, 당시의 일을 떠올릴 때마다 마음이 아팠어."

그녀는 한창 추억 이야기를 하다가 그렇게 말했습니다.

"그때 나는 고룡과 대치하고 봉인하는 것밖에는 할 수 없었지. 그렇게라도 하지 않는 한은 세상의 여론이 고룡을 용서하지 않았을 테니까. 그렇게라도 하지 않는 한은 소동이 수습되지 않을 것 같았으니까."

그러나——그녀는 말을 자아냈습니다.

"나는, 아무리 해도 그 고룡이 나쁜 존재라고는 여겨지지 않았단다. 그 고룡은 어쩌면 우리와 사이좋게 지내려 했던 게 아닐까 싶었어. 그저 우리와 함께 지내고 싶었던 게 아닐까 싶었지."

그래서 이 나타샤 씨는 고룡을 죽이는 것이 아니라 봉인했다고 말했습니다.

그와 동시에 바위에서 나왔을 때 두 번 다시 도시를 밟아 부수는 일이 없도록, 다시 고룡의 모습이 되는 일이 없도록 마법을 걸었다고 합니다.

신체의 구조를 근본부터 다시 만드는 그런 대규모의 마법이 정착되려면 어마어마한 시간이 걸린다고도 했습니다.

그야말로 4백 년 정도의 시간이.

"그 고룡이 그렇게 되기를 바랐는지 어땠는지는 알 수 없지만——이건 그저 나의 희망일 뿐이지만——그 고룡은 인간이 되기를 바랐던 듯한, 그런 느낌이 들었어."

말을 나누기는커녕, 그저 줄곧 서로 으르렁거렸을 뿐이건만.

그러나 어디선가 두 사람의 마음이 통했던 것일 테죠.

"여행자 마녀님. 부디, 그 고룡의 진의를 알아내 줄 수 없을까?"

결국 나타샤 씨가 "옛날이야기를 들려줄게"라며 저를 가게 안쪽으로 데려간 것은, 이 부탁을 하기 위해서였을 테지요. 낯선 사람을 간단히 따라가고 만 제가 물렸습니다.

"보수라면 어느 정도 주지. 나는 죽을 때까지 돈에 곤란하지 않을 만큼 안정적인 저축이 있으니까."

그런 달콤한 말로 나타샤 씨는 저를 유혹했습니다.

"……고룡은 어디에 있나요?"

그리고 유혹에 간단히 넘어가고 만 저의 한심함.

그러나 저는 여기서 한 가지 의문을 품었습니다.

"고룡에게 상당히 집착하고 계신 것 같은데——어째서인가요? 전승을 들은 바로는 의심할 여지 없이 단순히 사람들에게 폐를 끼치는 재해 같은 존재라고만 여겨지던데요."

"그러네……."

제 말에 나타샤 씨는 단적으로 답했습니다.

이렇게.

"그 고룡이 나와 같은 눈을 하고 있어서, 려나."

나타샤 씨는 그리고 저에게 옛날이야기를 하나 더 들려주었습니다.

그것은 한 사람의 짐승이 고향에서 학대당한 이야기였으며, 쫓겨나고, 또 다른 고향을 찾아 여러 나라를 방랑한 이야기이기도 했습니다.

마지막에는 결국, **숲속에서 홀로 지낼 수밖에 없게 되고 만 슬픈 이야기였습니다.**

결국.

그녀들은 처음부터 끝까지. 하나부터 열까지 똑같았던 것입니다.

짐승이란, 분명.

나타샤 씨이기도 했고.

그리고 루세라 씨이기도 했던 것입니다.

○

"나는 원래 이 나라에서 태어났거든——지금은 완전히 머리카락도 세월을 맞아 색도 바랬지만 옛날엔 예쁜 주황색 머리카락이었어."

나타샤 씨는 자신의 귀에 걸쳐진 머리카락을 손가락을 잡아 들었습니다.

엘프의 특징인 긴 귀가 드러났습니다. 엘프의 나라에서 태어난 그녀는, 그러나 인간과의 사이에서 태어났다는 이유로 동족들에게 미움받고, 두려움을 샀습니다.

무엇보다 엘프도 인간도 아닌 어중간한 외모는 이 나라에서도, 다른 나라에서도 받아들여 주지 않았습니다.

그런 이유로 그녀는 오랫동안 혼자서 살아왔습니다.

그런 그녀에게 전환기가 찾아온 것은 4백 년 전이었습니다. 숲으로 대거 몰려든 여러 나라의 관리들이 그녀에게 필사적으로 고개를 숙이며 고룡을 퇴치해달라고 부탁했던 것입니다.

당시의 나타샤 씨는 그것을 기회라고 생각했습니다. 여기서 은혜를 베풀어두면 분명 사람들과 사이좋게 지낼 수 있게 되리라 생각했던 것입니다.

하지만.

"당신의 눈을 봤을 때, 나는 생각했어."

나타샤 씨는 루세라 씨의 머리에 살며시 손을 올려두고서 말했습니다.

"나와 마찬가지로, 분명 이 고룡도 혼자 괴로워하고 있는 거라고. 그런 눈을 하고 있었거든."

고독함에 괴로워하는 눈을 하고 있었으니까──라고.

그래서 나타샤 씨는 고룡을 봉인한 다음에 태어난 고향인 이 나라를 4백 년에 걸쳐 바꾸었던 것입니다.

어떠한 종족이든 받아들이는 신기한 나라로.

설령 사람들의 기억 속에서 나타샤 씨의 존재가 흐릿해졌다고 해도.

고룡이 평범한 전승으로서 잊혔다고 해도, 그녀만은 잊는 일 없이 4백 년의 시간을 기다려왔던 것입니다.

"너, 정말로 엄청난 멍청이로구나……."

루세라 씨는 자신의 머리 위로 손을 뻗어──주름투성이가 된 나타샤 씨의 손을 잡아 뺨에 가져다 댔습니다.

그 감촉을, 인간의 피부로 확인하듯이.

"오로지 이 몸을 위해서, 이런 무모한 짓을 한 것이냐. 이 몸을 계속 기다리며, 이렇게 주름투성이가 되고 만 것이냐."

이 멍청한 녀석——이라고.

그런 그녀에게 나타샤 씨는 웃으며 고개를 저었습니다.

"너를 위해서만 한 건 아니야."

그리고 그녀는 부드럽게 말을 건넸습니다.

"전부 **나를 위해** 한 거야."

자기 자신을 거울에 비춘 듯한 루세라 씨를 향해서, 그렇게.

○

"으음, 부족한데……."

한 출판사에서.

제가 그날 투고용으로 제출한 원고를 한차례 읽어본 편집자는 떨떠름하게 신음하며 테이블에 원고를 던져놓더니 가슴 앞에서 양손을 조급하게 움직이며 말을 이었습니다.

"그러니까, 우선 있지? 4백 년 후의 세계에서 고룡이 부활한다는 전개는 재미있거든? 좋다고 봐. 하지만 말이지…… 어째서 미소녀인 거지? 이거 남자여도 괜찮잖아? 그리고 마녀 나타샤 님이 평범한 노파가 되었는데, 이것도 리얼리티가 없네. 전혀 없어. 그게 이미 한참 전에 죽었을 거 아냐. 그리고 주인공이 마녀인 여자아이인 것도 말이지……."

"네에……."

"우리 출판사에서 책을 내고 싶으면 우선 고룡은 미소녀가 아니라 옛날 그대로의 모습으로 하고, 그리고 나타샤 님은 과거에서 현대로 타임슬립 하는 걸로 하자고. 주인공은 여자아이가 아니라 꽃미남으로 하고. 그리고 히로인 여자아이를 최소 세 명은 준비하도록 해. 전원 주인공에게 호감도 맥스로."

"아니, 하지만 그래서는 리얼리티가……."

"어이 어이, 자네가 지금 나한테 읽게 한 원고도 상당히 리얼리티가 부족하거든?"

"…………."

"마녀 나타샤를 다루는 소설 같은 건 지금까지 썩어날 정도로 나왔다고…… 지금은 신선한 설정이 사랑받는단 말이지……."

"…………."

현실은 소설보다 더 기이하다고 말하지만, 실제로 기이함이 지나치면 그저 변변찮은 허구와 다를 바 없는 모양입니다. 몇 곳이나 되는 출판사를 돌며 이번 일의 전말을 정리한 메모를 소설로서 보여주었지만, 누구 한 사람 이 이야기에 공감하는 자는 없었습니다.

이 이야기는 분명 단 두 사람만이 함께 나눌 수 있는, 그런 이야기인 것입니다.

"그렇지. 차라리 주인공은 마녀 나타샤의 환생인 걸로 하자고. 그리고 처음부터 고룡을 압도할 수 있을 정도의 힘을 갖고 있는 거야. 어때? 신선하지 않아?"

"아뇨오히려낡아빠진걸레와같은수준으로이미써먹을대로써먹

191

은설정이라고생각합니다."

저는 적당히 인사를 한 번 하고서 원고를 정리해 들고 출판사를 뒤로했습니다.

루세라 씨와 헤어진 후 며칠이 지났습니다.

변함없이 인종 사이의 벽을 잊은 벽 없는 나라에서는 분주하게 시간이 흘러갔습니다. 사람이 있고, 엘프가 있고, 마법사가 있고, 수인이 있고, 마족의 모습도 보이는 이 거리에서는 모든 것이 새롭고, 모든 것이 그립게 느껴졌습니다.

"⋯⋯⋯⋯."

다시 여행으로 돌아가기 위해 혼자 문으로 향하던 중에 저는 문득 걸음을 멈추었습니다.

자그마한 서점이 눈에 들어왔습니다.

그것은 관광을 온 대부분의 여행자가 흥미를 보이지 않을 법한 아담한 서점이며, 혹은 이 나라에 사는 사람들조차 잊고 있을 만큼 존재감이 희미한 가게였습니다.

저는 그 가게로 발을 들였습니다.

그리운 냄새가 감돌았습니다.

가게 안쪽에서는 상냥한 표정을 한 노파가 "어머나, 어서 오세요"라고 미소를 머금고서 기다리고 있었습니다. 자세 바르게 정좌를 하고서 기다리고 있었습니다.

너는 외지에서 온 아이로구나? 하고 다 안다는 투의 말이 들려오기 전에 저는.

"이거, 받으세요."

원고지 다발을 건넸습니다.

"…………?"

원고를 받아 들며 그녀는 "이건?" 하고 고개를 갸웃거렸습니다.

"아무래도 오락거리로는 적당하지 않았던 모양인지라, 이 가게에 기증하기로 했습니다."

그렇게 딱 잘라 대답했습니다. 소설로서는 재미없지만, 그러나 딱딱한 책만 놓여 있는 이 서점에는 그럭저럭 어울리지 않을까요?

그녀는 원고를 훑어보고 바로 고개를 들었습니다.

"……이걸 팔라고?"

"아뇨, 원하는 대로 해주세요. 버리든 팔든 상관없으니, 맡기겠습니다."

그저 저는 잊히지 않기를 바랄 뿐입니다.

도시의 사람들이 잊어버렸다고 해도, 이 지방 사람들 사이에서 그저 전승으로서 계속 이야기되게 되었다고 해도, 이 도시에서 사는 두 사람을 분명히 기억하고 있는 인간이 있다는 것을.

설령 어느 한쪽의 수명이 다하는 일이 생긴다 해도, 그래도 고독으로 돌아가는 것이 아니라는 것을.

……그렇게.

그런, 은혜를 베푸는 것만 같은 생각은 가슴속에 묻어두고.

"뭐, 당신에게 받은 사례가 너무 많았으니까, 조금은 보답을 하고 싶어졌을 뿐입니다."

그렇게 저는 농담처럼 말했습니다.

"……그래."

나타샤 씨는 제 원고를 소중한 듯 끌어안으며 답했습니다.

"그렇다면 이건 버릴 수 없겠네"라고.

그나저나.

"……루세라 씨는 어디 계신가요?"

저는 시선을 좌우로 돌려보았지만, 찾고 있는 또 한 사람——고룡 루세라 씨의 모습은 어디서도 찾을 수 없었습니다.

저와 헤어진 후 루세라 씨는 나타샤 씨 가게에서 일하게 되었다고 들었습니다만…….

보이지를 않는군요.

"그녀라면 여기 있어."

나타샤 씨는 검지로 자신의 무릎 쪽을 가리켰습니다.

"…………."

그곳에는 분명히 루세라 씨의 모습이 있었습니다.

나타샤 씨의 무릎에 머리를 얹고, 눈을 감고, 마음 편한 듯이 그녀는 깊게 잠들어 있었습니다.

"……기분 좋아 보이네요."

자연스레 제 목소리가 작아지고 말 정도였습니다.

"……그래."

그녀는 루세라 씨의 머리를 쓰다듬으며 조용히 고개를 끄덕였습니다.

머리에 손길이 닿자 루세라 씨는 "……으응" 하고 자그맣게 신

©Azure

음하며 몸을 뒤척였지만, 그래도 잠에서 깨지는 않았습니다.

　분명 한동안은 줄곧 이대로 깨어나지 않을 테지요.

　지금, 안심하고 잠들 수 있는 곳에 있는 그녀는.

　마치 부모가 읽어주는 이야기를 들으며 잠들고 만 어린아이처럼, 조용하고, 편안했으니까요.

## 제 7 장

전부터 나는 마법사를 무척이나 동경했습니다.

그것은 어릴 때 들은 책에 나왔던 마법사가 강하고 멋있었다든 가, 뭔가 편리해 보인다든가, 마법사가 실제로 어떤 자인지는 잘 모르겠지만 왠지 멋있다든가, 그러한 꿈많은 소녀가 빠질 법한 흔한 동경이었지만, 여덟 살이 되던 생일날을 경계로 그저 단순 한 동경이었던 꿈은 하나의 목표가 되었습니다.

나의 인생을 뒤바꾼 사건이 있었던 것입니다. 만남이 있었던 것입니다.

내가 마법사가 되고 싶다고 말했을 때, 아버지는.

"그런 일이 있었는데, 무슨 소리를 하는 거야아!(사투리)"

그리 말하며 맹렬하게 반발했고, 어머니는.

"뭐어……? 왜 그러니이? 머리 다쳤어어?(사투리)"

그렇게 말하며 내 머릿속을 걱정하는 지경에 이를 정도였습니 다. 그러나 그것도 그럴 만했습니다. 내가 마법사를 목표로 하게 된 원인이라는 것은, 시골 출신인 우리 가족이 내 여덟 살 생일을 축하하기 위해 도시로 여행을 떠났던 일에서 시작되었습니다.

뭐? 외동딸 생일에 도시 여행을 선물하다니, 대체 뭐야……? 라고, 당시에는 생각했습니다. 그러나 관광 자체는 그럭저럭 즐 거웠습니다.

처음 보는 도시의 거리에는 높다란 건물이 죽 늘어서 있었습니 다. 보통은 단층, 기껏해야 2층 건물이 기본인 우리 고향을 기준으로 한다면 이곳은 부자 셀럽의 집락이 아닐까 하고 착각할 정도였습니다. 대단하다, 저렇게 높은 건물에 살아도 무너지거나 하지 않는 걸까? 그렇게 안절부절못하면서 부모님에게 이끌려 걷는 내가 그곳에는 있었습니다.

"얘, 아르테. 좀 보렴. 저게 도시의 부자들이 사는 집이에요.(시골 출신이라는 사실을 주변에 들키지 않도록 높임말)"

그렇게 말하며 근처 건물을 가리키는 마이 대디.

직후에 주변 일대의 건물이 날아갔습니다.

"…………."

"……아빠, 마법 쓸 수 있었어어?(사투리)"

나는 아버지를 의심스러운 눈초리로 바라보았습니다만, 당연하게도 그럴 리가 없었습니다.

나중에 들은 이야기입니다만.

그날, 우리가 방문했던 도시, 라트리타 공화국에서는 글쎄 마족이 날뛰고 있었다고 합니다.

그 탓에 멀리서 얼음 기둥이 날아오거나, 건물이 무너지고 날아가 산산조각이 나서 쏟아지거나, 마을 곳곳에서 폭발이 일어나거나 했습니다만, 이 상황은 도시의 일상 풍경이거나 한 것이 아니었고, 모든 원흉은 나쁜 짓을 벌이는 마족 씨에게 있었던 모양입니다.

나와 부모님으로 말하자면, 건물이 날아간 것을 본 순간 "히이익 도시 무서워!"라고 외치며 허둥지둥 도망쳤습니다. 정말이지 다급하게 도망쳤습니다. 불꽃과 얼음, 부서진 건물과 화살이 날아다니는 거리의 무시무시함은 필설로는 다 설명하기 어려울 정도였습니다. 어찌나 무서웠던지.

부모님은 내 손을 잡았고, 나도 부모님의 손을 꽉 맞잡고서 도망쳤습니다. 인파에 뒤섞여 정신없이 달렸습니다.

하지만.

"——꺄아!"

필사적으로 도망치는 수많은 사람들은 우리 가족을 서로 떼어놓았습니다. 정말이지 뻔하게도 나는 도망치던 도중에 넘어지고 말았던 것입니다.

내 이름을 부르는 아버지와 어머니의 목소리가 상당히 멀리서 들렸습니다. 다리에서 날카로운 통증이 내달렸고, 힘을 주는 것만으로도 아파서 참을 수 없었습니다. 아아, 이래서는 달릴 수도 없을 것 같습니다.

그러나 나에게 찾아든 불행은 거기서 그치지 않았습니다.

건물 잔해가 쏟아져 내렸던 것입니다.

마족과 마녀가 벌이는 전투의 폐해일까요? 후두둑 무너진 건물의 영락한 모습이 바로 내 위에 있었던 것입니다.

죽음을 각오할 여유도 없이, 도망칠 노력도 하지 못한 채 나는 그저 그 자리에서 닥쳐드는 잔해를 바라보며 그저 망연히 있을 수밖에 없었습니다. 몸이 의지를 전혀 따라주지 않았던 것입니다.

그리고, 잔해가 내 시야를 뒤덮은 직후에.

——콰직 하고 날카로운 소리가 울렸습니다.

"어……?"

그때 본 광경은 지금도 잊을 수 없습니다.

한 사람, 마법사가 홀로 서 있었습니다.

마법으로 잔해를 베어 가른 것일까요? 그녀의 옆에는 두 동강 난 덩어리가 굴러다니고 있었습니다.

마법사인 그녀는 내 쪽을 돌아보았습니다.

생명의 은인이라고도 할 수 있는 그 사람의 얼굴도, 머리 모양도 잘 기억나지 않습니다.

"＿＿."

그때 그녀가 나에게 어떤 말을 건네주었는지조차, 내 기억 속에는 남아 있지 않습니다.

얼굴도, 머리카락도, 키도, 몸집조차 어렴풋한 기억뿐인 그녀에게, 그러나 나는 강한 동경을 품었습니다.

진심으로 멋있다고 생각했습니다.

이런 사람이 되고 싶다고 생각했던 것입니다.

마법사를 동경하게 되었던 것입니다.

그리고 그녀는 그저 멍하니 있는 나에게 손을 뻗어 머리에 올리고 다정하게 쓰다듬어주었습니다.

나는 어쩌면 그때, 마법사라는 존재를 사랑하게 되었는지도 모릅니다.

생각은 바로 행동으로 옮기라는 말이 있습니다. 맹렬하게 돌진하는 소녀로 분류되는 나는 이날을 기점으로 마법사가 되기 위해 공부를 시작했습니다.

여행에서 돌아온 직후에 마을에 하나뿐인 도서관에 매일같이 틀어박혔습니다. 들은 바에 따르면, 내가 부모님과 함께 갔던 라트리타 공화국에는 마법 학교가 있다고 합니다. 그곳에서는 마법을 배울 수 있는 모양입니다.

그런고로 나는 그 학교에 다니기 위해 아무튼 훈련에 훈련을 거듭했습니다. 가르쳐주는 사람은 아무도 없었습니다만, 그래도 연습했고 최저한의 마법을 쓸 수 있게는 되었습니다. 나에게는 의외로 조금이나마 마법의 소양은 있었던 모양입니다.

부모님에게는 "마법사? 그만둬"라며 반대당했지만, 그래도 공부했습니다. 도시에서의 사건에 말려든 이후로 "역시 시골이 제일이야"라는 사고방식을 공고히 한 부모님을 설득하는 것은 무척이나 고생스러웠지만, 학비를 스스로 감당하겠다는 조건을 붙임으로써 겨우 납득해주셨습니다. 걱정하는 부모님 앞에서.

"뭐어, 지켜봐아. 나, 훌륭한 마법사가 될 테니까아.(사투리)"

흐흥, 하고 밤색 머리카락을 휙 넘기면서 나는 단언했습니다.

그것이 지금으로부터 약 반년 전의 일.

"당신, 이대로는 퇴학이에요."

그리고 이것이 오늘은 이야기.

인적이 사라진 교사 안. 바깥 경치는 꼭두서니 빛. 평소 수십 명의 학생이 꽉꽉 들어차 마법을 배우는 교실에는 저 외에 한 명의 학생과 한 명의 교사만이 자리하고 있었습니다.

며칠 전에 치러진 시험에서 전 과목 낙제점이라고 하는 의미불명의 공적을 남긴 나를 보며 선생님은 어이없다는 듯이 커다란 한숨을 내쉬면서 그렇게 말했습니다.

"네? 퇴학이라니……. 정말이요……?"

그때의 내 반응이 바로 이랬습니다. 멍하니 입을 벌리고서 분명 그렇게 말했습니다.

"그도 그럴 게 이 성적으로는……."

어깨를 으쓱이는 선생님. 이제 손쓸 도리도 없다며 포기한 듯한 기색조차 느껴졌습니다.

"그렇게 심각한가요……?"

"특히 일반 과목 성적은 괴멸적이라고 해도 지장이 없을 정도예요."

"우으으……."

나는 울상이 되었습니다.

그러나 내가 이렇게나 성적이 안 좋은 데에는 분명한 이유가 있었습니다.

이번에 치러진 시험 과목 중 전문 과목은 네 과목. 그에 비해 일반 교과는 전부 해서 여덟 과목. 라트리타 국립 학원은 어째서인지 일반 과목의 레퍼토리가 쓸데없이 풍부했습니다. 학생이 많았던 예전에는 일반 과정과 전문 과정이 나뉘어 있었고, 그 영향으로 일반 과목이 매우 많은 것이라고 합니다.

"전문 과목만이었다면 전 과목 낙제점이라는 성적은 안 받았을 텐데…… 일반 교과가 너무 많은 게 잘못된 거예요……."

불만 한마디라도 내뱉고 싶은 기분이었습니다. 완전히 부루퉁해졌습니다.

"애초에, 일반 과목을 공부하는 이유를 잘 모르겠어요……. 수

학 같은 거 장래에 도움이 되지도 않을 법한 계산과 공식을 외우게 할 뿐이고, 철학 같은 건 머리가 굳은 어른들이 생각하지 않아도 알 만한 걸 꼬고 또 꽈서 돌려 말하면서 머리가 좋아 보이는 척을 할 뿐이고, 역사 수업 같은 건 이 나라의 역사를 그저 줄줄이 주문처럼 나열할 뿐이잖아요. 동기부여가 안 된다고요…….”

요약하면, 나는 훌륭한 마법사가 되고 싶어요! 일반 교과 같은 건 흥미 없어요! 라는 뜻입니다.

선생님은 그런 식으로 그저 한결같이 생떼를 부리는 나를 보며 미간을 찌푸렸습니다.

“여기서 배운 것은 반드시 장래에 어딘가에 도움이 될 겁니다. 쓸모없다고 생각하기 때문에 쓸모없어지는 겁니다.”

그리고 그렇게 말하며 한숨을 내쉬었습니다.

“알겠나요? 학교를 그저 공부하기 위한 곳이라고만 여기고 있기 때문에 좋지 않은 겁니다. 학교는 공부에 그치지 않고, 세상의 온갖 것들을 배우는 곳이기도 합니다. 여기서 다양한 분야를 가르치는 것은 공부 방법을 배워야 하기 때문이기도 합니다.”

“공부 방법이요……?”

잘 이해되지 않아 고개를 갸웃거렸습니다.

이해력이 부족한 내게 선생님은 검지를 세우며 말했습니다.

“과목에 따라서 공부 방법이 다르잖아요? 수학은 공식을 이해하며 문제집을 읽어 풀고, 역사는 이야기를 좇아가죠. 철학은 철학자의 말과 생각과 의미를 곱씹을 필요가 있어요. 교과목에 따라서 학생은 노력 방식을 자연스레 바꾸고 있을 겁니다. 분명 공부한 지식은 장래에 도움이 되지 않을지도 몰라요. 하지만 노력하는 방법을 깨우쳐가죠. 학생 시절 책상 앞에 앉았던 경험은 어른이 되어 새로운 지식에 손을 뻗기 위한 마중물이 됩니다. 즉, 공부란 미래를 개척하기 위한 무기인 거죠."

그리고 선생님은 말했습니다.

"공부가 필요하냐고 묻는다면 저는 분명 필요하다고 답할 겁니다──학원 생활 중에 쓸데없는 일은 하나도 없어요. 아르테 씨."

요컨대 "일반 과목도 못 하는 그런 네 앞에는 잿빛 인생이 기다리고 있답니다"라고 말하고 싶은 모양입니다.

무척이나 평탄한 음색으로 담담하게 고해진 선생님의 그 말에 나는 깜짝 놀라며 전율했습니다. 내가 겁먹었다는 것이 전해졌는지 선생님은 그 직후에 부드럽게 웃으며 말을 덧붙였습니다.

"그리고 학교는 인간관계를 배우는 곳이기도 하죠."

그리고 "당신, 친구는 있나요?"라고도.

"네? 갑자기 무슨 소리세요?"

"공부만 하고 있어서는 장래가 평탄하지 않을 거라는 뜻입니다……."

선생님은 살며시 미소를 머금고서 먼눈을 하며 그렇게 말을 이었습니다. 어쩐지 잘 이해되지 않았지만 "좋은 성적에 안주하고 있다간 주변에서 멀리할 겁니다…… 인간 사회에서 살아남으려면 애교를 부려대고 남에게 알랑거리는 일도 필요하죠…… 공부밖에 할 줄 아는 게 없는 인간은 사회에 나간 후에 고생한답니다……"라고 투덜거렸습니다. 아무래도 과거에 무슨 일이 있었던 모양입니다. 깊이 파고들 수는 없었습니다.

아마도 이것은 선생님의 어두운 부분일 테지요.

"아, 그러고 보니 지난 반년 동안 상당히 오래 보충 수업을 받았죠? 보충 수업에서 친구 같은 게 생기거나 하지는 않았나요? 그러면 함께 보충 수업을 받는 친구끼리 서로 가르쳐주거나 하는 것도 좋은 공부가──."

이런, 무슨 말씀을 하시나 했더니.

"선생님, 애초에 보충 수업 친구 같은 건 없습니다."

나는 선생님의 말을 자르며 말했습니다.

오늘 보충 수업은 방과 후 교실을 이용하여 열리고 있지만, 실제로 이곳에서 선생님과 공부를 하고 있는 것은 나뿐입니다.

평소 방과 후 보충 수업은 학교 병설 도서관에서 하는 것이 일반적이었지만, 며칠 전 한밤중에 도서관에 누군가가 숨어들어 반출 금지인 책을 훔쳐 간 탓에 학교 측은 도서관을 일시적으로 폐쇄하기에 이르렀습니다. 도서관이 일시 폐쇄되면서 서고에 보관된 여러 유익한 자료 서적을 볼 수 없다고 하는 피해를 보고 있는 학생이 많을 테지요. 이렇게 말하는 나도 그렇습니다.

아무튼, 결론은 같은 교실에 있다고는 해도 또 한 명의 학생은 나처럼 보충 수업을 받고 있는 것이 아니라는 뜻입니다.

또 한 사람의 학생.

힐끔 하고 나는 고개를 돌렸습니다.

"…………."

보라색 머리카락을 머리 뒤에서 하나로 묶은 여학생이 책상 앞에 앉아 조용히 공부하고 있었습니다. 의젓한 파란 눈동자는 내 시선을 깨닫지 못했고, 미동도 하지 않았습니다.

그곳에 있는 이는 유명한 학생이었습니다.

이름은 리나리아.

내가 전 과목 낙제를 받은 예의 그 시험에서 전 과목 거의 만점을 받은 우등생입니다. 시험 종료 후에 복도에 나붙는 성적표에서 언제나 나와 정반대에 자리하고 있는 것이 바로 그녀였습니다.

즉 두뇌 명석, 성적 우수. 거기에 좋은 집안의 아가씨. 그리고 재색 겸비라고 하는 완벽하다고밖에 말할 수 없는 여학생으로, 요컨대 나와는 애초에 인연이 먼 사람이었습니다.

아무튼, 높은 절벽 위의 꽃인 셈입니다.

"…………."

격의 차이를 확인한 듯한 마음에 나는 멋대로 풀이 죽었습니다.

"아르테 씨."

선생님은 그런 내 어깨에 손을 올리며 다정하게 말했습니다.

"그나저나, 다른 이야기인데요. 보충 수업이 끝나면 쓰레기 버리는 걸 부탁해도 될까요? 실은 다른 선생님이 떠넘겨서요……."

"…………."

혹시 격려라도 해주는 걸까 하고 한순간 기대한 내가 어리석었습니다. 낙담한 내게 가차 없이 타격을 날린 것이 선생님이라는 사람이었습니다. 왠지 모르게 선생님이 과거에 공부만 한 것을 후회하게 된 이유를 엿본 듯한 기분이 들었습니다.

"저기, 선생님. 그건 그냥 땡땡이치고 싶을 뿐인 게—"

"뭐, 이것도 공부라고 생각해주세요."

"아니그냥땡땡이치고싶을뿐인게——."

"알겠나요? 학원 생활 중에 쓸데없는 일은 하나도 없답니다……."

"…………."

그 대사만 뱉으면 뭐든 일단 용서받을 수 있다고 생각하는 겁니까……?

결국 선생님의 "대신해주면 보충 수업을 일찍 끝내줄 수도 있지요"라는 유혹에 굴한 나는 선생님의 태업에 가담하기에 이르렀습니다.

●

이 학원에서 쓰레기 버리기란 학교 안에 있는 쓰레기통의 내용물을 회수하여 교사 뒤에 있는 소각로에 던져 넣을 뿐인 간단한일. 물론 마법을 써서 쓰레기를 단숨에 대량으로 나르거나 할 수있다고는 해도 귀찮은 일이라는 점에는 차이가 없습니다. 그런고로 선생님도 학생도 기본적으로는 하기 싫어합니다.

"그래…… 공부 방법을 배우는 거라고 생각하는 거예요……."

나는 스스로에게 그렇게 말하면서 지팡이를 휘두르고, 모은 쓰레기를 소각로에 던져 넣었습니다.

빨려 들어간 쓰레기는 차례차례 불길에 휩싸였습니다. 마법의불꽃이 멋대로 쓰레기를 태워 숯덩이로 만들었습니다. 어디서 마력을 공급하고 있는지 의문이었습니다만, 이 학원 내에는 이러한 기묘한 시설이 몇 개 존재했습니다.

휙휙 던져지는 쓰레기. 활활 타오르는 쓰레기. 그런 모습을 그저 바라보는 쓰레기 같은 성적의 나. 갑자기 허무함이 나를 덮쳤습니다.

"나는 대체 이런 데서 뭘 하는 걸까요……."

한숨을 섞어가며 나는 소각로에 말을 걸었습니다. 미적지근한 한숨은 소각로 안의 불꽃을 아주 살짝 흔들고 이내 사라졌습니다.

큰소리를 치며 시골에서 뛰쳐나와 일부러 도시의 학교에 다니고, 마법을 공부하고 있건만, 어느 틈엔가 퇴학 직전에까지 몰려 있는 지경이라니. 나는 도시 학교의 수업에 완전히 뒤처지고 있었던 것입니다.

이런 꼴로는 어엿한 마법사 같은 게 될 수 있을 리 없습니다. 언젠가 목숨을 구해주었던 마법사처럼 되겠다니, 멀고 먼 꿈같은 이야기인 것은 아닐까요?

현실은 그리 녹록하지 않았습니다.

그저 하염없이 한숨이 흘러나올 뿐.

한심한 자신을 걱정하듯 나는 어두워진 하늘을 올려다보았습니다.

"앞으로 어떻게 하면 좋을까요——."

그때였습니다.

따악! 하는 제법 격렬한 소리와 함께 내 이마에 무언가가 직격했습니다.

"아파아아아아아아아아앗!"

©Azure

날카로운 통증에 머리를 꿰뚫리고 눈꼬리에 눈물을 매달며 웅크리고 앉아 나는 "우으으으으……!" 하고 양손으로 이마를 감쌌습니다. 직후에 내 발밑에 무언가가 떨어졌습니다.

눈물로 흐려진 시야에 들어온 것은 은색 회중시계였습니다.

이미 구렁텅이에 빠져 있던 나에게 추가 타를 날린 것은 이 회중시계였던 모양입니다. 짜증 나!

"정말! 누구야! 이런 못된 짓을 하는 녀석이!"

회중시계를 주워 들면서 몸을 일으킨 나는 목소리를 높이며 교사 쪽을 노려보았습니다. 그러나 화내는 시골내기에게 답을 돌려주는 사람 같은 건 나타나지 않았습니다.

애초에 교사에는 거의 아무도 없었고요.

"…………."

허무함이 다시 밀려들었습니다.

손에 쥔 회중시계는 무척이나 오래된 디자인의 물건이었습니다. 앤틱이라 부르는 것이 적당하겠다 싶을 정도였습니다.

…………

팔면 그럭저럭 돈이 될 것 같군요…….

"아르테 씨."

그때, 희미하게 웃고 있던 나를 찌르는 목소리가 등 뒤에서 들려왔습니다.

"쓰레기 버리느라 고생 많았어요. 고마워요."

선생님이었습니다.

"아, 뭐야. 선생님이셨어요……?"

"음? 방금 뭔가 주머니에 넣지 않았나요?"

"네? 안 넣었는데요?"

거짓말입니다.

회중시계는 내 주머니 안으로 들어갔습니다. 반사적으로 찔러 넣고 말았던 것입니다.

"……? 그런, 가요…… 뭐, 상관없지만요……."

선생님은 유리색 눈동자로 나를 빤히 바라보았습니다.

"그나저나, 아르테 씨. 지금 시간 있나요?"

"네? 또 뭐가 있는 건가요……?"

경계하는 나. 그러나 선생님은 "아, 딱히 일을 부탁하려는 건 아니에요"라며 고개를 저었습니다.

"실은 말이죠, 내일부터 도서관 재개관이 결정되었어요. 그래서 오늘 청소를 위해 도서관을 개방했거든요."

내가 쓰레기를 버리는 사이에 선생님은 도서관을 청소한 모양입니다. 그저 단순히 땡땡이를 치려던 게 아니었군요…….

"그래서 지금 막 청소가 일단락되었는데——어떤가요? 혹시 괜찮다면 책을 몇 권 빌려 가겠어요? 지금이라면 도서관에는 거의 아무도 없으니까, 뭐든 원하는 대로 빌릴 수 있을 거예요. 물론 반출 금지인 책도 지금이라면 마음껏 읽을 수 있죠."

"정말인가요?!"

더할 나위 없이 감사한 제안입니다. 그러나.

"하지만, 괜찮은 건가요……? 나만 특별 대우 같은 걸 받아도…….”

약간 죄악감도 들었습니다. 그보다 청소 명목으로 도서관을 이용하다니, 평범하게 규칙 위반 아닌가요?

“뭐, 쓰레기 버리는 일을 대신해준 답례예요.”

선생님은 살짝 웃으며 말했습니다.

“쓸데없는 일은 하나도 없다고 말했죠?”

●

“여기는 지금부터 한 시간 후인 오후 여덟 시에 닫힙니다. 그러니 빌리고 싶은 책이 있으면 그때까지 제게 가져오도록 하세요. 참고로 오늘 일은 다른 선생님에게는 비밀로 부탁할게요?”

선생님은 검지를 입술에 대고서 키득 웃은 다음 도서 대출대에 앉더니 책을 읽기 시작했습니다.

“그럼 각자 자유롭게 행동하기로 하죠.”

그리고 적당한 말도 덧붙였습니다.

각자라는 건 즉, 그다지 좋지 않은 비밀을 공유하고 있는 사람이 나 이외에도 있다는 뜻이기도 했습니다.

“알았습니다.”

간단명료하면서도 담백한 대답만을 하고 곧바로 서가로 향하는 리나리아 씨. 실로 쿨한 대응이었습니다. 멋있어.

조금 전 교실 뒤쪽에서 공부하던 그녀도 아무래도 나와 마찬가지로 방과 후의 일에 말려든 모양입니다.

올려다보아야 할 만큼—— 빗자루를 쓰지 않으면 도저히 닿지 않을 만큼 키 큰 책장이 규칙적으로 놓인 도서관 안, 그녀의 모습은 금세 보이지 않게 되었습니다.

나도 "알았습니다!"라며 선생님에게 경례를 한 번 한 다음 발길을 돌렸습니다.

책장 사이를 안쪽까지 쭉 나아가자 문이 잠겨 있는 방이 몇 개 보였습니다. 오래된 도서관 안에서도 한층 더 곰팡내 나는 그곳에는 나름대로 야단스러운 내용을 기록한 마도서와 혹은 학교 창설 시대부터 지금에 이르기까지의 온갖 자료, 혹은 상당히 위험한 부류의 마법약 만드는 법을 기록한 서적이 보관되어 있었습니다.

나는 그중 하나 『사료실』이라는 간판이 걸린 문을 열고 들어갔습니다. 과거에 실시되었던 시험 문제와 경향은 학교에 관한 역사 자료와 함께 이곳에 보관되어 있습니다.

이러한 자료는 대부분이 반출 금지인 데다, 평소 다른 학생이 먼저 읽고 있는지라 좀처럼 볼 수가 없습니다. 이런 기회가 아니면 말이지요.

나는 작은 방 네 귀퉁이에 빼곡히 들어선 책의 책등을 쓰다듬으며 목적하는 책을 찾았습니다.

『얼마 전 봉인한 마족에 관한 보고서』

아, 이건 아니고.

『라트리타 국립 학원의 마력 공급 시스템에 관하여』

좀 신경 쓰이지만 이것도 아니고.

『기출 문제(수학)』

아, 이 부근의 책입니다.

곧바로 책장에서 과거의 기출 문제라는 제목이 책등에 쓰인 책을 모조리 뽑아서 작은 방 한가운데에 있는 책상에 올려놓았습니다.

"⋯⋯⋯?"

보니 작년 문제──최신 기출 문제 딱 두 권이 없었습니다. 아직 준비되지 않은 것일까요⋯⋯?

아무튼 지금 있는 만큼의 자료를 읽고, 또 읽고, 옮겨 적었습니다. 다음 시험부터는 낙제 같은 건 받지 않을 겁니다. 적어도 예습은 철저하게 해야만 합니다.

그래서 나는 시간이 허락하는 한 계속해서 썼습니다.

그리고 도중에 문득 깨달았습니다.

"⋯⋯어라? 그러고 보니 여기, 시계가 없네요⋯⋯."

주변을 둘러보아도 시곗바늘 소리는 들리지 않았습니다. 한 시간 후에 닫는다고 했으니, 어느 정도는 시간을 조절하며 자료를 읽어야 할 듯합니다만──.

곤란하네요⋯⋯.

"⋯⋯아."

그러다 문득 나는 자신의 이마를 슬쩍 문질렀습니다.

"⋯⋯그러고 보니 아까 주운 게 있었죠⋯⋯."

으헤헤 하고 자그맣게 웃음을 흘리면서 나는 주머니에 손을 찔러넣었습니다.

고풍스러운 회중시계가 주머니 안에서 안녕하고 나왔습니다.

설마 주운 물건이 이렇게나 일찌감치 도움이 될 줄이야…….

선생님의 말을 빌리자면, 역시 쓸데없는 일은 하나도 없는 모양입니다.

"…………."

그런데 회중시계 뚜껑을 연 그 순간, 나는 자신의 인식을 새롭게 할 수밖에 없었습니다.

"못…… 못 읽겠어……."

고풍스러운 시계는 애초에 문자판을 읽는 방식을 잘 알 수 없게 되어 있었습니다. 문자판도, 바늘 수도 이상하게 많았습니다. 이상하군요…… 내가 아는 시계는 보통 문자판 하나에 바늘이 두 개일 터입니다만…….

게다가 살펴보니 측면에는 묘한 단추니 태엽이니 하는 것들이 달린 상황입니다. 일단 움직이기는 하는 모양인데, 어느 문자판이 현재 시각을 표시하는 것인지 전혀 모르겠다는 느낌이었습니다. 제작자의 자아와 나르시시즘이 이렇게나? 싶을 만큼 전해져 오는 회중시계였습니다.

"저기……? 어……? 모르겠네…… 뭔가요? 이건……."

당황하며 나는 회중시계를 빛에 비춰보거나, 흔들어보거나, 노려보거나 하는 등, 이것저것 해보았지만 그래도 역시 시계를 읽는 방식은 알 수 없었습니다.

그리고.

"그러니까……?"

취급법을 몰라 곤란해하던 끝에 내 눈꼬리에 눈물이 배어 나오기 시작했을 때.

"……앗."

나는 측면의 단추를 찰칵하고 눌렀습니다.

──키이이이이. 그런 소리를 내며, 그 순간 회중시계의 문자판 중 하나가 푸른빛을 발했습니다.

"아, 으아아아아아."

나는 갑작스러운 일에 허둥대며 빛을 발하는 회중시계를 휙 놓아버렸습니다. 푸르게 빛나면서 데굴데굴 책상 위를 굴러가는 회중시계.

폭발? 폭발이라도 하는 겁니까? 나는 크게 놀라 방 한쪽 구석으로 도망갔고, 그리고 책장에서 사료를 뽑아 들고 얼굴을 보호하기도 했습니다. 하지만 딱히 이렇다 할 일은 아무것도 일어나지 않았습니다.

그러나, 경계하는 나를 내버려 둔 채.

──화아악. 그저 단순히 푸른 빛은 사라졌고, 작은 방은 어둠에 휩싸였습니다.

"…………."

혹시 지금 내가 누른 단추는 평범한 라이트였던 걸까요? 그런 생각에 이른 것은 이때였습니다.

홋…… 놀라게 하기는…… 깜짝 놀라지 않았습니까.

그렇게 마음속으로 투덜거리는 나.

그런데, 이 순간을 기점으로 내 주변에 이상한 일이 빈번히 발생하게 되었습니다.

"······어라?"

내가 방패로 삼았던 책이 작년 기출 문제였던 것입니다.

"······조금 전까지는 없었을 텐데······."

책상에 내려놓으려 하던 순간, 또다시 위화감이 들었습니다.

그곳에 있었을 터인 과거 기출 문제의 산이 사라지고 없었던 것입니다.

"대체, 어떻게 된······."

뒤를 돌아보니 지금 내가 들고 있는 두 권을 제외하고는 모두 책장에 잘 꽂혀 있었습니다.

게다가.

애초에.

내가 있던 작은 방이 어두워져 있었습니다.

도서관 자체가 어둠에 휩싸여 있었습니다.

모든 것이 기묘했습니다.

한 시간 후에 닫습니다──라던 선생님의 말을 떠올렸습니다. 체감상으로는 아직 30분도 지나지 않았을 터입니다만······.

"뭐가 어떻게 된 건가요······?!"

나는 회중시계를 주머니에 다시 찔러 넣고 서둘러 사료실에서 뛰쳐나갔습니다. 어둠 속, 나를 내려다보는 책장들 사이를 지나 도서관 입구에 다다랐습니다.

그러나, 역시.

문은 이미 닫혀 있었고, 그곳에는 아무도 없었습니다. 선생님도, 리나리아 씨도, 그 누구도. 마치 처음부터 이곳에 있던 것은 나 혼자였던 것처럼.

나는 무엇 하나 이해하지 못한 채, 그저 그곳에 서 있을 수밖에 없었습니다.

그리고.

그때, 주머니 안에서 회중시계가 찰칵하고 소리를 낸 것을 분명히 느꼈습니다.


"아르테 씨. ……문 앞에서 뭐 하는 건가요?"

순식간에 도서관의 불빛이 돌아왔습니다. 입구 옆에 있는 도서 대출대에는 미간을 찌푸린 선생님의 모습이 있었습니다.

어두웠던 도서관의 기억이 꿈이었던 것일까요? 환상이었던 것일까요?

"그게…… 저기…… 선생님?"

도저히 이해되지 않는 괴이한 현상에 당황하며, 나는 선생님을 바라보았습니다. 도움을 바라듯이.

"……?"

선생님은 여전히 의아하다는 표정을 한 채 나를 바라보다가 "아아" 하고 손을 통 쳤습니다.

"그거, 빌리려는 건가요?"

그리고 그리 말하면서 내 손을 가리켰습니다.

조금 전 방패로 썼던 책이 그대로 내 손에 있었습니다. ……당황한 탓이 깨닫지 못했습니다만, 나는 아무래도 책을 그대로 손에 쥔 채 여기까지 와버리고 만 모양입니다.

"아, 아뇨…… 그런 건…… 아닌데요……."

여전히 머릿속이 정리되지 않은 채 나는 더듬더듬 말을 내뱉었습니다.

"……어머나."

선생님은 그런 나를 보는 눈을 날카롭게 빛내며 가늘게 떴습니다. 그리고 말했습니다.

"……아르테 씨. 그거, 반출 금지인 책이네요. 안 돼요. 가지고 가면 제가 혼난다고요."

여전히 그 시선은 내 손가로 향하고 있었습니다.

"아, 네. 죄송합니다…… 서두르다 그만…… 딱히 빌리고 싶은 건 아니에요……."

"…………."

선생님은 딱히 타박하진 않았지만, 여전히 책 표지를 바라보면서 "그거, 어디서 찾았나요?"라며 고개를 갸웃거렸습니다.

"네? 사료실에 평범하게 있었는데요……?"

무아지경이 되어 책을 뽑았을 뿐입니다. 어디서 찾았냐고 물은들 곤란할 따름입니다.

"이 책에 무슨 문제라도?"

선생님과 마찬가지로 나도 고개를 갸웃거렸습니다.

그러자 선생님은.

"음."

검지를 입에 대고서 생각에 잠기더니, 담담하게 말했습니다.

"그게, 실은——."

●

오후 여덟 시를 맞아 우리는 해산하게 되었습니다.

"그럼 두 사람 다 조심히 가세요."

완전히 어둠에 휩싸인 밤. 선생님은 손을 흔들며 나와 리나리아 씨를 배웅해주었습니다.

우리는 선생님에게 인사를 하며 귀갓길에 올랐습니다.

"…………."

참고로 여담입니다만, 우리 학교에는 학생 기숙사가 있습니다. 먼 지역 출신의 학생들에게 있어 귀가라는 것은 즉, 학원 부지 밖에 있는 기숙사까지의 거리를 걷는다는 뜻입니다.

나도 그녀도 먼 지역 출신으로, 바꿔 말하자면 나도 리나리아 씨도 돌아갈 곳이 같다는 의미입니다.

요컨대 엄청나게 어색한 침묵이 우리 사이에 자리 잡았다는 말입니다. 리나리아 씨와는 대화한 적도 없고 눈을 마주친 적조차 없으며, 애초에 그녀 옆을 걷는 것 자체가 소심한 나에게는 너무나도 긴장되는 일이었습니다.

나에게 있어 리나리아 씨는 그렇게나 먼 존재였으니까요.

이제 이대로 말을 걸어오기라도 한다면 그대로 죽어버릴 것만 같은 지경입니다.

"저기, 당신. 이름이?"

"힉."

바로 죽게 생겼습니다. 갑자기 새어 나온 이상한 목소리를 얼버무리듯이 헛기침을 하면서 나는 "아, 저기…… 아, 아르테예요"라고 답했습니다.

"그래. 나는 리나리아."

나는 그녀에 관해 알고 있었지만, 그녀는 그렇지 않았던 모양입니다. 아마도 그럴 거라고는 생각하고 있었지만요.

"잘 부탁해."

그녀는 걸으면서 가볍게 고개를 숙였습니다.

"아, 네…… 잘 부탁해요."

긴장한 상태로 나도 그녀를 따라 고개를 숙였습니다.

학원에 다니기 시작한 지 약 반년. 지금까지 아르바이트와 공부 양립으로 고심하는 하루하루를 보내온 탓에 친한 사이라고 부를 만한 인간은 아직까지 제로. 이대로는 졸업 후에 "학원 생활의 추억은 뭔가요?"라는 질문을 받으면 가장 먼저 "그러네요…… 쓰레기 버리기……일까요……?"라고 대답하는 꼴이 될 것 같습니다. 그런 스스로를 사랑할 자신이 내게는 없었습니다.

그러나, 그렇다면, 이건 어쩌면 기회가 아닐까? 하고 나는 문득 생각하기에 이르렀습니다.

이것을 기회로 약간의 대화라도 나누어 그녀와 친해지는 것도 좋지 않을까요? 그게, 옆에 있는 그녀는 학원 제일의 우등생이잖아요? 친구 만들기와 공부 동료 만들기가 한꺼번에 되잖아요? 일거양득이잖아요! 그렇게 내 머릿속에서 또 한 명의 내가 속삭였습니다.

"저기⋯⋯."

나는 주저하다 그녀를 바라보았습니다.

"리, 리나리아 씨는 언제나 이렇게 늦게까지 남——."

"아, 나 잠깐 뭘 좀 사러 가야 하거든. 여기서 헤어지자."

부리나케 가버리는 리나리아 씨. 그 지나치게 노골적인 쿨한 대응은 행동으로 "나, 당신이랑 친해질 마음 없어"라고 말하는 것처럼도 보였습니다.

"⋯⋯흐에엥."

그녀의 뒷모습을 바라보며 혼자 우는 나.

삼가 아룁니다.

아버지, 어머니.

도시에서 친구를 만드는 것은 매우 어렵습니다⋯⋯.


학생 기숙사로 돌아간 나는 그대로 방으로 직행했고, 침대에 가방을 휙 던져놓은 다음 문을 잠갔습니다. 침대 옆에 걸어놓은 일력이 살짝 흔들리며 펄럭였습니다. 문을 잠그지 않아도 친구 하나 없는 내 방을 찾아올 사람 같은 건 있을 리도 없습니다만, 조심에 또 조심을 해야만 합니다.

"⋯⋯⋯⋯."

나는 문에 등을 기대며 주머니에서 회중시계를 꺼냈습니다. 은색의 고풍스러운 회중시계를 열자, 여전히 잘 알 수 없는 많은 문자판 속에서 조용히 시간이 새겨지고 있었습니다.

오늘, 갑자기 이마로 떨어져 내린 뭔지 잘 알 수 없는 이 물건을 바라보며 나는 도서관에서 있었던 일을 떠올렸습니다.

『아뇨, 실은——.』

선생님은 내가 손에 들고 있던 두 권의 책을 이상하다는 듯이 바라보며 말했습니다.

『그 두 권, 얼마 전에 도서관에서 갑자기 사라졌던 책이거든요. 이게 도난당했다며 소동이 돼서 도서관은 일시 폐쇄되는 상황이 되었던 거고요.』

선생님이 말씀하시길, 반출 금지인 책은 전부 하루가 지나면 학원 내에 펼쳐진 신비한 마법의 힘에 의해 강제적으로 책장에 돌아오게 되어 있다고 합니다. 그런데 이 두 권만은 돌아오지 않았다고 합니다. 반출 금지인데 매일 누군가가 가지고 나가는 것이냐며 소동이 벌어졌고, 그 탓에 도서관을 폐쇄하여 돌아오기를 기다렸다고 합니다. 그러나 그래도 쭉 돌아오지 않았던 모양입니다.

마치 이 세상에서 사라져버린 것처럼.

『결국, 이 두 권은 포기하고 도서관을 재개할 준비를 시작하게 되었는데——이상한 일이 다 있네요.』

어깨를 으쓱이며 웃고, 그리고 선생님은 책을 책장에 다시 돌려놓았습니다.

"…………."

어쩌면, 하고 이때 나는 생각했습니다.

가정의 이야기를 해보죠. 만약, 회중시계 단추를 눌렀을 때 체험한 기묘한 일이 꿈도 환상도 아니라, 그저 현실이었다고 한다면.

어두운 도서관이 진짜였다면.

그것은 즉, 하나의 결론에 다다르는 것이 아닐까요?

『아르테 씨. 다시 한번 묻겠는데, 이 두 권을 어디서 발견했나요?』

책을 만지며 선생님은 그때 농담처럼 말했습니다.

이렇게.

『혹시 과거의 도서관에라도 다녀온 건가요?』

아니 아니 설마 과거로 돌아가다니 그런.

그런 일이 가능할 리 없지 않습니까. 우후훗. 선생님도 참 무슨 말씀을 하시는 건지. 그런 편리한 도구가 있다면 나는 시간을 마구 돌려서 엄청나게 우수한 슈퍼 엘리트 마법사의 길을 곧장 나아갈 겁니다!

그렇게 마음속으로 웃어넘기고, 나는 문에 등을 기댄 채 회중시계를 바라보았습니다.

변함없이 의미를 알 수 없는 문자판들 속에서 바늘이 멈추지 않고 돌고 있었습니다.

분명, 도서관 안에서 나는 시계 옆의 단추를 눌렀을 터였습니다.

"……설마."

반신반의하면서도 들뜬 마음으로 나는 일단 그 단추를 다시 눌렀습니다.

그 직후였습니다.

──키이이이이. 또다시 희푸른 빛이 회중시계에서 퍼져 나왔습니다.

"…………."

그리고 회중시계에서 빛이 사라졌을 때.

나는 다시 기묘한 광경을 보았습니다.

침대에 던져놓았을 터인 가방이 사라지고 없었습니다. 대신에 침대 위에는 마음 편히 잠들어 있는 한 학생의 모습이.

"……헤헤…… 뭐라고오? 정마알…… 헤헤……."

의미불명의 잠꼬대(사투리)를 하면서 입가를 우물거리는 얼빠진 학생의 모습이 그곳에는 있었습니다.

어디를 어떻게 보아도 그냥 나였습니다.

"……아니 아니 아니."

이런 말도 안 되는. 헛것인가? 하고 머릿속의 나는 당황했습니다. 시험 삼아 나는 뺨을 꼬집어 보았습니다.

"헤헤…… 아퍄……."

단, 침대에서 자는 쪽의 내 뺨이지만요.

꿈과 환상 종류는 아닌지, 내 손에는 분명하게 온기가 전해져 왔습니다.

"……진짠가요?"

즉 이건, 현실인 겁니다.

내가 주운 이 회중시계는 과거로 날아갈 수 있는 회중시계였던 것입니다. 그렇게밖에 생각할 수 없는 일이 일어났고, 그렇게밖에 생각할 수 없는 광경이 눈앞에 펼쳐져 있었습니다.

"진짜네요……."

그래도 반신반의였던 내 등을 밀듯이.

침대 옆에는 며칠 전 날짜를 나타내는 일력이 조용히 자리하고 있었습니다.

●

세상에 기묘하고 편리한 물건을 우연히도 손에 넣고 만 일반인이 빠질 전개는 대략 둘 중 하나입니다.

우선 첫 번째. 그 도구의 유용성과 특성을 어느 정도 확인한 후에 "싫어! 이런 무서운 건 쓸 수 없어!" 하고 버려버리는 패턴. 대체로 성실하고 현명한 인간 중에 많습니다.

두 번째. "이런 편리한 도구가 있다니! 만세! 마음껏 써버려야지!"라며 깝죽거리는 패턴. 대체로 멍청한 인간 중에 많습니다.

그럼 신기한 회중시계를 주운 나는 어느 쪽이었는가 하면.

"에잇!"

다음 날 아침. 학교에 도착하자마자 단추를 누르는 내가 그곳에는 있었습니다. 압도적으로 슬플 만큼 나는 후자 쪽 인간이었습니다.

대체로 이런 편리한 물건에 손을 댄 인간은 후에 호된 꼴을 당하는 것이 정해진 전개입니다만, 지금은 그런 태평한 생각을 하고 있을 여유 같은 건 없었습니다.

나는 애초에 전 과목 낙제를 받는 그런 인간이라는 것을 잊어서는 안 됩니다. 구석에 몰린 상태입니다. 지푸라기라도 잡을 기세입니다. 시계를 써서 과거로 돌아갈 수 있다면, 누를 수 있는 만큼 누르는 게 당연합니다.

그날을 경계로 나의 학원 생활은 장밋빛이 되었다 해도 과언이 아니었습니다.

이 학원에서는 시간표를 학생 개인이 정하고, 교사가 기다리는 교실로 이동하게 되어 있습니다.

회중시계를 써서 과거로 돌아간 사이에 현재의 시곗바늘은 거의 움직이지 않는지, 예를 들면 수업 직전에 회중시계를 눌러보면 과거의 교실로 날아가고, 거기서 돌아와도 아직 수업은 시작되지 않은 상태였습니다. 요컨대, 체감적으로는 하루를 늘릴 수 있다는 것입니다. 편리!

신이 난 나는 시계를 이것저것 만져보기 시작했습니다.

어디까지 돌아갈 수 있는지, 과거에 얼마나 머물 수 있는지. 편리한 도구의 편리함을 확인하듯이 이것저것 만져보았습니다.


"──자. 그럼 여기, 아는 사람 있나요? 지난번 수업 중에 다룬 부분입니다만."

역사 수업 중에 선생님이 칠판을 지팡이로 탁탁 치며 말했습니다.

7년 전 이 나라에 나타난 마족의 명칭과 특징, 이 나라를 습격한 이유는 무엇인지가 적혀 있었습니다. 주변 학생 몇 명인가가 노트를 팔락팔락 넘기는 중에 나는 맨 먼저 손을 들었습니다.

"골렘입니다! 온몸에서 뿜어져 나오는 마력을 이용해서 마법을 날리는 성가신 느낌의 마물입니다! 이 나라를 습격한 이유는 불명입니다만, 폭주한 탓에 그러한 비극이 일어났다고 여겨지고 있습니다!"

나는 의기양양하며 뺨을 누그러뜨렸습니다.

"정답입니다."

조용히 고개를 끄덕이는 선생님.

"지난번 수업 내용을 확실하게 머릿속에 넣어둔 모양이네요."

뭐, 조금 전에 듣고 왔으니까요!

나는 흐흥 하고 노골적일 만큼 의기양양한 표정을 지었습니다.

"방금 학생이 말한 대로 골렘은 여전히 수수께끼에 싸여 있는 부분이 많습니다. 그리고 그 골렘 탓에 일어난 피해는 막대하죠. 사망자가 나오지 않은 것이 신기할 정도로——."

수업이 순탄하게 진행되는 사이에, 나는 그 후에도 한동안 그 표정을 풀지 않았습니다.


혹은, 예를 들면 이런 때도 회중시계의 힘은 도움이 되었습니다.

"아무래도 하루를 몇 배나 늘리다 보니 좀 지치네요……."

어깨를 톡톡 두드리는 나. 하루 동안 몇 번이고 과거로 돌아갔다 오니 체감적으로는 며칠을 단숨에 보낸 듯한 기분이었습니다. 그러나 아직 하루는 끝나지 않았습니다. 이제부터 근처의 빵 가게(식사 가능한 공간 있음)에서 아르바이트를 해야만 합니다.

그러나 이대로는 피곤해서 일이 안 됩니다.

하지만 문제없습니다!

"에잇!"

나는 회중시계를 눌러 과거로 돌아갔고, 과거의 도시에서 휴식을 취한 다음에 아르바이트를 하러 갔습니다. 회중시계에는 이런 사용법도 있었습니다.

이날은 평소보다 척척 일을 해냈습니다.

"어머나. 아르테 씨. 오늘은 상당히 일을 잘하네."

점장님에게 칭찬을 받았을 정도로 말이죠.

"에헤헤. 그렇죠?"

그도 그럴 게 푹 자고 일어난 참이거든요!

평소와 전혀 다르게 빠릿빠릿하게 일하며 이리저리 가게 안을 오가고, 손님의 주문을 처리해가는 나. 피로감과 영원한 이별을 고한 지금의 나에게 이제 사각은 없습니다.

그런데, 그날은 낯익은 손님도 있었습니다.

"안녕하세요. 아르테 씨."

딸랑, 딸랑, 방울을 울리며 열린 출입구에는 익숙한 얼굴의 학생이 있었습니다.

리나리아 씨였습니다.

"아, 어서 오세요!"

과거로 거슬러 올라갈 수 있는 지금의 나에게 열등감이라는 것은 가장 인연이 없는 감정이 되어 있었습니다.

"리나리아 씨는 지금 돌아가는 길인가요?"

그런고로 나는 환한 영업 스마일을 지었습니다. 이전의 나라면 이러지는 못했을 겁니다.

그녀는 꾸벅 고개를 끄덕였습니다.

"가끔은 빵 가게에서 공부할까 싶어서."

그리고 그렇게 답했습니다. 자리로 안내하자 그녀는 익숙한 모습으로 메뉴판을 펼치더니 "블렌드 커피 한 잔"이라며 나를 바라보았습니다.

주문은 그것으로 끝인 모양입니다.

"주문받았습니다."

나는 여전히 영업 스마일을 짓고 있었습니다.

그녀와는 특별히 이렇다 할 대화를 나누지 않았지만, 그래도 나로서는 커다란 한 걸음을 내디딘 듯한 기분이 들었습니다.

그 이후의 일을 말하자면, 나는 아무리 정신없이 놀아도 무얼 해도 과거의 세계니까 별 상관없다는 정도로 여기며 행동할 수 있게 되었습니다.

무엇이든 할 수 있는 기분이었습니다. 저는 종일 회중시계를 만지작거렸습니다.

과거에 듣지 못했던 수업을 듣기 위해 단추를 누르고, 한숨 돌리고 싶어지면 단추를 누르고, 도서관에서 공부하고 싶어지면 단추를 눌렀습니다.

시계의 크라운을 조작해 시곗바늘을 움직여본 바로는, 돌아가는 날짜 수 혹은 년 수, 과거에 머무는 시간까지 조작할 수 있다는 사실을 알았습니다. 여러 개의 문자판이 있었던 것은 이러한 시간을 지정하기 위해서였던 모양입니다.

여기까지 판명되고 나니 나는 이제 무적에 가까웠습니다.

"자. 그럼 문제입니다. 이 쓰러진 골렘은 대체 어떻게 되었을까요?"

역사 수업 중. 선생님이 칠판을 탁탁 쳤습니다. 다른 학생들의 머리 위로 "?"가 떠오르는 와중에 역시 나는 가장 먼저 손을 들었습니다.

"모래가 되었습니다! 지금으로부터 3년 전까지는 도시 교외에 골렘 잔해로 된 모래터가 있었고, 골렘 사구(砂丘)라고 불리며 친숙해졌지만, 관광객이 기념품으로 가져가는 일이 계속된 탓에 지금은 평범한 공터가 되었습니다!"

"정답입니다."

선생님은 조용히 고개를 끄덕였습니다.

"3년 전에 이 모래에서 상품 가치를 발견한 사람이 있었는지, 병에 담아서 팔기 시작했습니다. 그 탓에 이 나라에서 관광지가 하나 사라지고 말았습니다."

괘씸한 사람이죠——라며 선생님은 탄식을 내뱉었습니다.

선생님의 말씀대로, 3년 전의 이 나라로 돌아가 보니 골렘 모래를 병에 담아서 『대박 레어! 골렘 모래!』라는 간판을 내걸고 노점을 연 사람의 모습이 있었습니다.

"어서 옵쇼! 유명한 골렘 모래 어떠십니까?"

그게 실은, 나였지만요! 수업 중에 즉답할 수 있었던 것도 당연하다 하겠습니다. 그게, 당사자니까요!

이 부분에서 판명되었습니다만, 아무래도 거슬러 올라가는 년 수가 길면 길수록 돌아왔을 때의 시간도 많이 경과하는 모양이었습니다. 3년 거슬러 올라간 결과, 몇 시간 머물고 돌아왔을 때는 30분 정도의 시간이 흐른 상태였습니다. 역시 만능일 수는 없는가 봅니다.

뭐, 그렇다고는 해도 이 정도는 오차 범위 내지만 말이죠!

"아르테 씨. 알아? 골렘의 모래에는 특수한 마력이 깃들어 있다나 봐."

"정말인가요?"

리나리아 씨는 자주 빵 가게에 얼굴을 비추게 되었습니다. 아무래도 가게 분위기가 마음에 들었는지 "공부하기에는 딱 좋아"라고 합니다.

그녀는 폐점 직전까지 있었기 때문에, 이렇게 수다를 꽃피우는 일도 종종 있었습니다.

"최근에 도서관 문헌을 조사해봤는데, 3년 전까지 있던 골렘 사구 주변에서만 묘하게 마법사들의 힘이 강해지는 일이 있었대."

"호오……."

"3년 전에 관광객들이 몽땅 사 가버렸으니, 아마도 이제 두 번 다시 확인할 길은 없을 테지만."

안타까워, 라며 그녀는 어깨를 으쓱였습니다.

"골렘에 관해 상당히 잘 아네요."

그렇게까지 흥미를 끌 만한 주제인가요?

"안타깝게도 잘 알지는 못해."

그녀는 천천히 고개를 저었습니다.

"아무리 조사하고 조사해도, 이 골렘에 관해서는 알 수 없는 점이 너무 많아. 7년 전의 사건도, 아직까지 어디에서 골렘이 나타났는지조차 모르고 있는걸. 갑자기 나타나서, 갑자기 날뛰었다는 것밖에 몰라. 어쩌면 다시 나타날 가능성도 있어."

"그건 위험하겠네요."

나는 응응하며 고개를 끄덕였습니다.

아버지, 어머니, 나 지금 도시에서 여자아이다운 토크를 하고 있어요! 그것도 학원 제일의 우등생과! 대단해!

"맞아. 그래서 조사하는 거야."

혼자서 멋대로 감격하는 나와 달리 리나리아 씨는 매우 평탄한 어조를 유지한 채 말했습니다.

"나, 모르는 게 싫거든."

그녀는 역시 기본적으로 언제나 쿨했습니다.


회중시계를 계속하여 조작한 결과 판명된 것은 여러 가지로 나뉩니다.

우선 돌아갈 수 있는 년 수는 3년은커녕, 훨씬 더 길었습니다. 수십 년도, 수백 년도 돌아갈 수 있습니다. 과거에서 머물 수 있는 시간은 최대 열 시간 정도. 그 이상은 아무래도 힘든 모양입니다.

하루에 한 번, 사흘 전으로 돌아가 열 시간 체재하니, 체감적으로는 하루가 34시간 정도가 되었습니다. 그렇다고는 해도 회중시계의 사용에는 제한이 없는지라, 34시간은 물론이고 수백 시간으로도 만들 수 있습니다.

과거로 돌아가는 년 수를 지나치게 늘리면 미래로 돌아왔을 때의 오차가 커지니, 가능한 한 가까운 날짜로 돌아가는 편이 현명하리라고 봅니다.

그 외에도 이런저런 규칙이 있는 모양이었습니다.

내가 처음 이 회중시계를 사용했을 때처럼, 과거로 갔을 때 구한 것은 미래로도 가져올 수 있습니다. 처음 썼던 그날은 과거로 갔다는 사실을 깨닫지 못한 채 내가 미래로 책을 가져오고 말았고, 그 결과 도서관은 일시 폐쇄라는 사태에 빠졌던 모양입니다.

과연, 그렇군요. 즉, 현재는 판매되지 않는 것들도 그럴 마음만 먹으면 구할 수 있다는 뜻이지요? 머릿속의 내가 싱긋 웃은 듯한 느낌이 들었습니다.

"어서 옵쇼! 유명한 골렘 모래 어떠십니까?"

그런고로, 저는 3년 전에서 골렘의 잔해를 회수했습니다.

엄청나게 팔렸습니다. 이제 아르바이트를 하지 않아도 괜찮은 거 아냐? 하는 생각이 들었을 정도입니다.

이리하여 돈 문제와 시간 문제를 단숨에 해결했습니다.

"아르테 씨, 어쩐지 요즘 상당히 상태가 좋은가 보네요."

유감스럽게도 몇 번 과거로 돌아가든 지난 시험에서 딴 심각한 성적은 바꿀 수 없었던지라, 나는 회중시계를 손에 넣고서도 얌전히 보충 수업을 받고 있었습니다. 그런데 선생님이 가진 나에 대한 인상이 180도 달라진 모양입니다.

"요즘은 상당히 열심히 공부하고 있는가 보더군요. 다른 선생님들께도 들었답니다. 뭔가 사람이 달라진 것처럼 생기가 넘친다고요."

"네에? 그런가요? 에헤헤……."

"아르테 씨, 분명 아르바이트하면서 학교에 다니고 있었죠? 괜찮은 건가요?"

"여유예요. 지금의 나는 뭐든 다 할 수 있을 정도로 기세가 넘치거든요."

에헴, 하며 가슴을 활짝 폈습니다.

선생님은 그런 나를 보며 표정을 바꾸는 일 없이, 힐끔 내 손가로 시선을 보냈습니다.

"그런데 그 모래, 뭔가요?"

레어 물품인 골렘 모래를 담은 작은 병이 내 손에 있었습니다. 3년 전에서 회수해 온 것입니다.

"네? 실은 말이죠……."

그러나 사실을 있는 그대로 늘어놓은들 믿어줄 리도 없고, 여러 가지로 이야기하기 곤란한 사정이 나오게 되는지라 "친구한테 받았어요. 이 모래, 마력이 깃들어 있대요"라며 얼버무렸습니다.

"흐응── 혹시 이게 정말로 진짜라면 대단한 일이라고 생각하지만 말이죠……."

선생님은 내 손에서 그 병을 집어 들더니 "최근 들어 골렘 모래를 팔고 다니면서 돈을 버는 나쁜 사람이 출몰하고 있다나 봐요.
아르테 씨도 주의해주세요"라고 말했습니다.

"나는 이미 갖고 있으니 걱정하지 마세요."

그도 그럴 것이, 내가 그 장본인입니다……라고는 입이 찢어져
도 말할 수 없었습니다.


다음 날, 빵 가게에 리나리아 씨가 찾아왔습니다. 요즘 들어 그
녀는 거의 매일 같이 나와 얼굴을 마주하고 있는 느낌입니다.

"어서 오세요!"

평소처럼 그녀에게 꾸벅 고개를 숙이는 나. 그녀도 자리에 앉
자마자 "늘 마시는 걸로 부탁해"라고 답했습니다.

나는 블렌드 커피를 준비해 그녀가 있는 곳으로 돌아갔습니다.

"언제나 공부만 하면 지치지 않나요?"

달그락, 하고 테이블에 커피잔을 내려놓았습니다.

그녀는 나를 올려다보더니.

"당신은 언제나 아르바이트만 하는 거 같은데 피곤하지 않아?"

그렇게 질문에 질문으로 답했습니다.

"음……."

나는 망설인 후 대답했습니다.

"피곤하기는 하죠. 하지만 재미있기도 하니까, 딱히 고생스럽
지는 않아요."

골렘 모래를 팔아서 돈을 벌 수 있게 된 지금, 아르바이트를 할
필요성은 거의 없는 것이나 마찬가지입니다. 그래도 여전히 나는

빵 가게에서 웨이트리스 일을 하고 있습니다.

시간이 없을 때는 너무 힘들고 피곤했지만, 시간에 여유가 생긴 지금은 이렇게 몸을 움직이는 일에서 일종의 충실감을 느끼고 있는지도 모르겠습니다.

게다가 여기에서라면 그녀와 수다도 떨 수 있으니까요.

나는 그녀와 더욱 친해지고 싶었습니다.

"그래. 나도 마찬가지야."

리나리아 씨는 키득 웃었습니다.

나, 모르는 게 싫거든——하고 그녀가 전에 했던 말을 떠올렸습니다. 리나리아 씨에게는 공부하는 것도, 지식욕을 채우는 것도, 전부 충실감을 느끼는 일인 것일 테지요.

"…………."

만약 그런 그녀를 도울 수 있다면, 그녀와 더욱 사이좋아질 수 있지 않을까요? 그렇게 머릿속의 내가 속삭인 듯한 기분이 들었습니다.

"저기, 리나리아 씨. 이거——."

나는 테이블 위에 작은 병을 톡 올려두었습니다.

골렘 모래입니다.

"전에 리나리아 씨가 이야기했던 거, 기억하나요? 실은 우연히 구해서요——."

괜찮다면, 받으세요.

나는 그렇게 공손하게 그녀에게 그것을 건넸습니다.

그녀는 "어머" 하며 눈을 살짝 크게 뜨더니 "상당히 귀한 걸 우연히 구했네" 하고 말했습니다. 그리고 이어서.

"그런데, 하나 물어도 괜찮을까?"

파란 눈동자로 나를 들여다보았습니다.

"네? 뭔가요?"

그녀의 시선에 움찔하며 나는 고개를 갸웃거렸습니다.

그리고.

"이걸로 몇 번째?"

리나리아 씨는 나를 똑바로 바라보며.

말했습니다.

"몇 번 과거로 돌아갔어?"

식사 가능한 공간이 딸린 빵 가게라고 하는 잘 알 수 없는 콘셉트의 공간에서 저는 혼자 멍하니 앉아 있었습니다.

퇴근길 휴식을 위해 이 가게를 자주 이용하고 있습니다.

갓 구운 맛있는 빵을 먹을 수 있는 데다 커피까지 마실 수 있는 좋은 가게입니다.

이 학원에서 교편을 잡게 된 후로 이럭저럭 반년 정도의 시간이 지났는데, 틈만 나면 찾아오고 있습니다. 이제 저는 이 가게의 포로이자 단골입니다.

"…………."

그러나 오늘의 저는 이 멋진 공간에 일을 가져와 머리를 싸매고 있는 중입니다.

저는 기본적으로 방종한 인간인 탓에 일을 가지고 돌아가지 않는다고 하는 사고방식을 갖고 있습니다. 그러나 현재 제 골머리를 썩이는 문제는 안타깝게도 교사라는 본직과는 동떨어진 곳에 있었습니다.

그런고로 직장 밖에서도 머리를 싸매고 있는 것입니다.

"……어떻게 된 걸까요."

저는 작은 병에 담긴 모래를 바라보았습니다.

최근 항간에서 갑자기 유행하기 시작한 골렘 모래.

세상의 유행에 이유를 찾아봐야 소용없다고는 생각합니다만, 지난 며칠 사이 갑자기 생겨난 것처럼 유통을 시작했다는 것은 역시 조금 묘하여 불신감을 품기에 충분하고도 남을 정도였습니다.

"겉보기는 어디를 어떻게 보아도 평범한 모래인데요……."

라트리타 국립 학원의 학생들 중에도 이걸 구입한 학생은 얼마간 있는 모양이었던지라, 돈을 주고 양도받았습니다. 하지만 아무리 살펴보아도, 만져보아도, 역시 평범한 모래였습니다.

이게 정말로 예의 그 사연 있는 모래인 것일까요……? 그냥 가짜일 가능성도 있지 않을까요?

"선생님. 모래를 모으는 취미 같은 게 있었어?"

달그락하고 커피를 내려놓으며 빵 가게 점장님이 고개를 갸우뚱했습니다.

"취미로 이런 걸 보고 있을 거라고 생각하나요? 엘리자베스 씨. 일이에요, 일."

"모래를 살펴보는 일이라니, 그게 뭔데……?"

빵 가게 점장님, 즉 엘리자베스 씨는 고개를 갸우뚱한 상태 그대로 의심스럽다는 표정을 지었습니다.

저는 변명하듯이 손을 저으며 말했습니다.

"최근 들어서 이게 유행하고 있거든요. 그래서, 수상해서 조사하고 있어요. 조사하라고 위에서 명령이 내려왔거든요."

"흐응."

엘리자베스 씨는 그다지 흥미도 없어 보였습니다.

"우리 가게에서 아르바이트하는 애도 그걸 갖고 있던데, 요즘 학생들은 모래를 보는 게 재미있는 건가……? 요즘 애들의 사고가 이해되질 않아…….”

세대 차이일까? ——그녀는 그렇게 말했습니다.

“딱히 요즘 애들도 모래를 보는 게 재미있어서 이걸 갖고 있는
건 아닐 거라고 보는데요…….”

그나저나.

“여기서 아르바이트하는 애라는 건, 아르테 씨죠?”

“어머. 아는 사이야?”

“제자예요.”

“어머 어머.”

엘리자베스 씨는 말했습니다.

“그러고 보니, 아르테 말이야. 그 모래를 친구한테 주더라.”

“흐음……?”

어라라?

그녀는 분명 그 모래를 친구에게 받았다고 했었는데 말이죠…….
친구에게 받은 걸 그대로 친구에게 선물하다니, 대체 어떻게 된 건
가요?

“참고로 그 친구, 누군지 아나요?”

제 물음에 엘리자베스 씨는 “그러니까……” 하고 허공을 잠시
바라보다 대꾸했습니다.

“미안해. 이름까지는 모르겠어——하지만 요즘 자주 오는 아이
거든. 보라색 머리카락을 머리 뒤에서 하나로 묶은, 제법 쿨한 느
낌이 아이였어.”

고작 그 정도의 특징이었지만, 그러나 그것이 누구인지는 바로

알았습니다.

아마도 리나리아 씨일 테지요.

언제나 혼자서 공부만 하고, 특별히 누군가와 대화를 하거나 하는 일도 없는 한 마리 외로운 늑대 타입의 소녀입니다. 바로 얼마 전에 도서관 청소를 도와주었던지라 잘 기억하고 있습니다.

그러나, 그렇다면 아르바이트만 하느라 친구라고 부를 수 있는 사람도 없어 고민하던 아르테 씨와 그녀가 최근 둘이서 만나고 있다는 뜻일까요?

"…………."

역시 이상하다고 저는 생각했습니다.

최근——마침 아르테 씨의 성적이 갑자기 좋아지기 시작한 무렵부터, 마치 보이지 않는 무언가가 줄을 움직이고 있는 것처럼 이상한 일들이 잇따라 일어나는 듯한 느낌이 들었습니다.

이 일련의 사건은 어디를 향해 가고 있는 것일까요?

현 단계에서는 정보가 많다고는 도저히 말하기 어려웠고, 안타깝게도 저는 고개를 갸웃거리는 일 말고는 아무것도 할 수가 없었습니다.

하지만 뭐.

아마도 어떻게든 될 테지요——하고 낙관한 후, 저는 커피잔을 손에 들고 한 모금.

"그나저나 이상하네……."

엘리자베스 씨는 제 옆에서 고개를 갸우뚱했습니다.

"아르테, 일하다 말고 어디 간 걸까? 조금 전까지 보라색 머리인 아이랑 함께 있었는데——."

그녀가 멍하니 바라보는 자리에는.

학생 한 명분의 짐과 회중시계와 갓 끓인 커피가 김을 피우며 놓여 있었습니다.

마치 갑자기 사라지고 만 것처럼, 두 사람의 모습은 어디에도 보이지 않았습니다.

●

"……과거로 돌아가? 어, 저기…… 무슨, 말인지……?"

심장이 크게 뛰었습니다.

처음 리나리아 씨와 함께 걸었을 때처럼, 그러나 전혀 다른 고동을 새기면서. 주륵, 뺨을 타고 식은땀이 흘러내렸고 등줄기가 오싹해졌습니다.

"얼버무려도 소용없어."

리나리아 씨는 냉철하게 알렸습니다.

"다 알아. 어디서 손에 넣었는지는 모르지만——당신, 회중시계를 갖고 있지? 은색 앤틱풍."

"……윽!"

"거짓말을 잘 못 하네. 아니면 몸이 바보 같을 만큼 솔직한 걸까?"

그녀는 힐끔 시선을 내려 내 몸을 바라보았습니다.

"아마, 지금도 갖고 있을 테지? 어디 있어? 주머니 속이려나?"

"……윽!"

"알기 쉬운 애네."

자리에 앉아 있는 그녀. 그 옆에 서 있는 나.

어쩐지 학교에서 설교를 듣고 있는 듯한 구도였습니다. 같은 나이라고는 도저히 생각할 수 없는 관록을 그녀가 갖고 있기 때문일까요?

"이건 지금까지 줄곧 비밀로 했던 건데——하나 좋은 걸 가르쳐줄게."

대체로 이런 뉘앙스의 이야기에서 말하는 좋은 것이란 때로 좋지 않은 것이라는 사실만은 분명했습니다.

"그 회중시계, 원래는 내 거야. 아니, 나도 갖고 있다고 말하는 편이 정확하려나."

부스럭부스럭 자신의 주머니를 뒤적인 그녀는 테이블에 회중시계를 올려두었습니다. 내가 갖고 있는 그것과 완벽하게 똑같은 디자인의 물건을.

내 주머니에도 분명 회중시계가 있는 감각이 느껴졌습니다. 즉, 이곳에는 시간을 돌릴 수 있는 너무나도 편리한 도구가 두 개나 존재하고 있었습니다. 아니, 애초에 원래 주인이 그녀라는 건…… 네? 대체 뭐가 어떻게 된 건가요?

"……어떻게 내가 회중시계를 갖고 있단 걸 알았나요……?"

"이거, 역전 시계라고 하는데, 이 시계는 당신이 아는 대로, 과거로 돌아가는 힘을 감추고 있지. 하루 전이든, 10년 전이든, 그럴 마음만 먹으며 백 년도 더 전까지 돌아가는 것도 가능해."

그것은 분명 나도 시험해본 것이기에 고개를 끄덕일 수밖에 없었습니다.

그녀는 내가 건넨 골렘 모래가 담긴 작은 병을 살며시 쓰다듬으며 말을 이었습니다.

"그리고 역전 시계는 물건을 과거에서 미래로 가져가는 것도 가능하지. 동시에 미래에서 과거로 가져가는 것도 가능해. 역전 시계도 포함해서."

말하길.

역전 시계의 특성은 측면의 단추를 누른 순간에만 작용하며, 누른 인간을 과거로 돌려보내고 일정 시간이 지나면 미래로 돌려보내는 마법이 걸려 있다는 모양입니다. 즉, 간단히 말하자면, 과거로 가서 역전 시계를 버려도 일정 시간이 지나면 멋대로 미래로 돌아온다는 뜻이며.

"미래에서 어떤 이유로 당신에게 역전 시계가 전달되었다는 뜻이겠지."

라고 합니다.

아니, 떨어졌을 뿐인데요.

"요즘 당신을 몰래 관찰했었어. 역전 시계를 어떤 수단으로 손에 넣었다는 것쯤은 바로 알았지. 갑자기 성적이 오르거나, 수업 중에 눈에 띄게 되거나, 심지어는 골렘 모래 같은 걸 손에 넣거나——했으니까. 너무나도 부자연스러운걸."

그 말을 듣고서 퍼뜩 놀랐습니다. 내가 역전 시계를 손에 넣은 후부터 갑자기 내가 아르바이트하는 곳에 나타나게 된 그녀.

그녀는 그저 공부를 하기 위해서만 왔던 것이 아닐 테죠. 언제부터인지는 모릅니다. 그러나 나를 의심했던 것입니다.

…………

몰래 관찰했다고 말한 것치고는 상당히 당당하게 가게에 나타났던 것 같은 기분이 듭니다만, 뭐 지금 그건 그냥 넘어가도록 하지요.

친구가 생길지도 모른다며 설렜던 자신이 부끄러워졌습니다.

"그런고로, 그건 원래 내 거야. 역전 시계, 돌려줄래?"

이쪽으로 손을 뻗는 리나리아 씨.

그러나.

"……싫어요."

나는 한 걸음 뒤로 물러났습니다.

"어째서죠? 역전 시계가 두 개 있다면, 나도, 리나리아 씨도, 둘 다 과거로 돌아갈 수 있다는 거잖아요? 돌려줄 이유가 없잖아요?"

그러나 리나리아 씨는 나의 부족한 반론에 크게 한숨을 내쉬고 고개를 저었습니다.

"그게 그렇지도 않아."

그녀는 자신의 역전 시계를 열고, 그리고 측면의 단추를 내 눈앞에서 눌러 보였습니다.

그러나 아무 일도 일어나지 않았습니다.

그저, 찰칵 하고 허무한 소리가 울렸을 뿐입니다.

"보는 대로야. 역전 시계는 아무래도 그곳에 두 개 존재하면 미래에서 보내진 것만 쓸 수 있는 모양이야. 즉, 복제하는 건 불가능해."

그러니까, 돌려줘──라고, 그녀는 말했습니다.

"⋯⋯⋯⋯."

그러나 역시, 건넬 마음은 들지 않았습니다. 내놓을 수 없었습니다. 모처럼 즐거워진 참입니다. 모처럼 학교에 익숙해지려던 참입니다.

멀뚱히 포기하다니, 가능할 리가 없었습니다.

설령 그녀가 상대라고 해도.

"그래. 돌려줄 마음이 없구나──뭐, 됐어."

그 직후.

획, 하고 그녀는 내 팔을 당기더니 "그럼 강제로 빼앗지"라며 다가왔고, 그대로 내 옷 주머니를 뒤지기 시작했습니다.

"잠깐⋯⋯! 하지 마세요! 뭐 하는 거예요!"

그녀의 팔을 잡고 저항하는 나.

주머니에서 빠져 떨어진 역전 시계가 나와 그녀의 손에 잡힌 채, 우리 사이를 우왕좌왕했습니다.

"당신이 사용하는 방식은 옳지 않아. 그러니까 나한테 돌려줘."

"싫어요! 치사하잖아요! 리나리아 씨도 역전 시계를 써서 성적을 유지했던 거죠? 이런 편리한 도구를 독점하려고 하다니!"

"나는 당신처럼 터무니없는 방식으로 쓰지 않아. 내가 그걸 더 유효하게 활용할 수 있어."

"그래도 싫어요!"

그 이후의 일로 말하자면. 리나리아 씨와 나는 "이리 내놔" "싫어요!"라며 말다툼을 했고, 역전 시계를 서로 쥐고 쟁탈전을 벌였습니다.

이렇게 억지스러운 다툼을 벌이다 보면, 대개는 좋지 않은 일이 일어나는 법입니다.

우리가 서로 물러서지 않자, 역전 시계는 잘각잘각 좋지 않은 소리를 냈습니다.

그리고.

──키이이이이.

아마도 나 혹은 그녀가 그만 실수로 단추를 눌러버린 것일 테지요. 깨닫고 보니 회중시계에서 푸른 빛이 퍼져 나왔습니다.

"……어?" 하며 놀라는 나.

"……앗!" 하며 미간을 좁히는 리나리아 씨.

이윽고 우리의 의견을 무시한 채, 시간은 멋대로 되돌아갔습니다.

○

가게가 폐점 시간을 맞이한 후에도, 홀연히 모습을 감춘 두 학생은 돌아오지 않았습니다.

"어, 어쩌지…… 혹시 유괴……?"

가게 주인인 엘리자베스 씨는 당황했습니다만, 이런 가게 안에서 당당히 라트리타 국립 학원에 다니는 여학생 둘을 유괴할 수 있을 만한 인간이 존재하리라고는 생각하기 어려웠습니다.

"아마도, 둘이서 열심히 땡땡이를 치고 있는 게 아닐까요?"

방치된 짐을 펼치며 저는 그렇게 말했지만, 엘리자베스 씨는 고개를 저었습니다.

"아르테는 그런 짓을 할 애가 아니야. 게다가, 오늘 왔던 학생도 성실해 보이는 아이였고……."

"……그런 모양이네요."

가방 안에는 리나리아 씨의 짐이 그대로 들어 있었습니다. 필기구는 물론이고, 지갑도 지팡이도 전부 다.

원해서 이곳에서 모습을 감추었다고 추리하는 것은 지나치게 억지스럽다고 말할 수 있었습니다.

적어도 어떠한 성가신 일에 휩쓸렸다는 것만큼은 확실해 보였습니다.

"우선, 이 건은 제게 맡겨주세요."

저는 리나리아 씨의 짐을 정리하며 말했습니다.

"이 주변을 돌며 두 사람을 찾아볼게요. 그래도 찾지 못할 경우에는, 다른 방법을 생각해보죠."

테이블에 놓여 있던 모래가 담긴 작은 병. 필기구, 그리고 회중시계를 가방에 넣었습니다.

"부탁할게……."

상당히 걱정이 되는지 엘리자베스 씨는 미간을 좁혔습니다.

저는 답했습니다.

"맡겨두세요."

적어도 그녀가 조금이라도 안심할 수 있도록, 웃음 지으며 저는 말했습니다.

"학생을 보호하는 것도 교사의 역할이랍니다."

●

우리가 거슬러 올라온 것이 고작 며칠도, 몇 년도 아니라는 사실은 눈앞의 광경을 보면 바로 알 수 있었습니다.

"…………."

"…………."

보이는 모든 경치가 다 바뀌어 있었습니다.

우리는 빈터 한가운데에 서 있었습니다. 식사 가능한 공간이 딸린 빵 가게 같은 건 찾아볼 수도 없었고, 있는 것이라고는 잡초와 모래 정도였습니다.

게다가 거리의 모습도 묘했습니다.

라트리타 공화국은 높다란 건물들이 좁다랗게 늘어선 곳일 터입니다. 그런데 지금, 우리를 둘러싸고 있는 것은, 겉치레로도 도시라고는 할 수 없을 만큼 조잡하게 지어진 목조 주택뿐이었습니다.

어쩐지 그리움을 느끼게 되는 광경이었습니다.

요컨대 한가로운 시골이었습니다.

"……거짓말."

눈을 크게 뜨고서 리나리아 씨는 나를 내버려 둔 채 달려 나갔습니다. 본 적 없는 경치에 둘러싸여, 그녀라고 해도 혼란에 머리를 지배당한 모양입니다.

"몇 년 전인 거야⋯⋯?"

리나리아 씨는 거리를 둘러보며 나에게 물었습니다.

"지금, 여기는──몇 년 전의 라트리타인 거야?"

나는 그녀에게 재촉당해 역전 시계를 보았습니다. 설정된 시간을 보았습니다.

둘이서 다툴 때 잘못해서 시계의 크라운을 건드려버린 것일 테죠. 시계를 바라보며 저는 아연실색했습니다.

"⋯⋯4."

거기에 표시되어 있던 것은, 터무니없는, 정신이 아득해질 정도의 시간이었습니다.

"⋯⋯4백 년 전이에요."

"⋯⋯⋯⋯⋯."

우리는 잠시 서로를 마주 보았습니다.

"참고로 체재 시간은 어느 정도야?"

"⋯⋯⋯⋯⋯."

나는 아주 무거워진 입을, 천천히 열었습니다.

"열 시간입니다⋯⋯."


이건 너무하다고 말하지 않을 수 없습니다.

4백 년이나 전으로 거슬러 올라와 버렸다는 것은, 요컨대 미래로 돌아갔을 때 1년당 10분의 오차가 생길 수 있으니, 단순 계산

251

으로 돌아갔을 때에는 4천 분, 그러니까 약 67시간이 지나 있게 됩니다. 몰래 노리고 있던 개근상은 포기할 수밖에 없겠군요.

아마도 우등생인 리나리아 씨도 마찬가지일 테죠.

나는 그녀가 상당히 화가 났으리라고 생각하며 그녀를 힐끔 보았습니다. 움찔움찔하며 안색을 살폈습니다.

"4백 년……? 4백 년 전이라고……?"

게다가, 이런 곳에 열 시간이나 머물러야만 합니다.

분명 화를 내고 있으리라고, 나는 그렇게 생각했습니—.

"4백 년 전……!"

생각했습니다만, 그녀의 표정을 본 순간 내 마음속에서 솟아난 후회의 감정이나 반성의 감정 등은 전부 사라지고 말았습니다.

"…………."

뭐가 뭔지 잘 알 수 없는 기세로 눈을 반짝이며 주변 마을을 둘러보는 그녀가 있었습니다.

그곳에 평소의 그녀다움이라고 할까, 쿨하고 용모 단정하고 머리가 좋아 보이는 여학생이라는 존재는 없었고, 그저 관광을 온 몹시 신이 난 여자아이가 한 명 있을 뿐이었습니다.

"저기, 리나리아 씨……?"

"4백 년 전이라고 하면 이 나라에 도서관이 생긴 시대잖아……! 우후, 후후후……! 아직 이 시대에는 와본 적이 없었는데……, 그래, 이런 분위기의 나라였구나……! 이 시대부터 4백 년의 시간을 지나 많은 사람이 찾아오는 관광 대국이 되다니…… 아아……! 시간의 흐름을 느껴!"

©Azure

그러한 혼잣말을 하며 그녀는 주변 민가의 벽에 달라붙었습니다. 민가의 아주머니가 매우 수상쩍어하는 표정을 짓고 계셨습니다.

"따뜻해…… 이게…… 4백 년 전의 집 벽이구나……."

아니 그냥 벽입니다만.

"좋아……."

이 사람은 누군가요?

내 안에서 리나리아 씨의 이미지가 와르르 소리를 내며 무너져 가는 것을 느꼈습니다. 이제 여기에는 평범한 역사 마니아가 있을 뿐이었습니다.

그때부터 필설로는 다 하기 어려울 수준인 그녀의 캐릭터 붕괴를 보아야만 했습니다.

"어라……? 여기는 분명 미래에서는 학생 기숙사가 있던 곳이 잖아……."

나를 내버려 둔 채 마을 여기저기를 오가는 그녀.

"과연…… 지금 시대에는 그냥 밭이었구나…… 아아…… 멋져……."

뭐가 멋진지 감도 안 왔습니다만 성가시므로 무시했습니다.

"과연…… 이 시대에도 노점에서 빵을 팔고 있잖아…… 굉장한 역사야……."

마을 한쪽에 있던 빵 가게에 멈춰 선 그녀. 그러나 이내 무릎을 꿇었습니다.

"크윽……! 이 무슨……! 지갑을 미래에 두고 오다니!"

아무래도 나와 다툴 때 빈손이었던 탓에 그녀는 아무것도 가지고 있지 않은 모양이었습니다.

"저기."

참고로 수전노인 나는 아르바이트 중이라고 해도 지갑은 늘 주머니에 넣어둡니다.

"괜찮다면 돈, 빌려줄까요……?"

"!"

그 순간 그녀는 눈을 빛내며 나를 올려다보았습니다.

"……그래도 돼?"

"나중에 갚기만 한다면 뭐……."

그러자 그녀는 표정을 부드럽게 누그러뜨리더니.

"고마워."

순진무구하게 웃었습니다. 그 후, "우후후" 하고 웃으며 그녀는 빵을 베어 물었습니다.

터무니없는 과거로 돌아가면 그 폐해로 정신연령까지 퇴화하고 마는 것일까요…….

그녀를 따라 나도 빵을 하나 샀습니다만, 장시간 밖에 내놓아져 있던 빵은 평범하게 딱딱했고, 맛있다기보다는 그저 배고픔을 면하기 위해서 존재하는 듯 느껴졌습니다.

"정말이지…… 당신 탓에 말도 안 되는 시대로 와버렸잖아…… 어떻게 할 거야? 나 개근상을 노리고 있었는데. 어떻게 책임질 거야?"

"실례지만그전에빵을내려놔주시겠어요?"

"후후후. 그건 무리한 얘기야. 모르겠어? 이게 역사의 맛이라고."

"더럽게 맛없네요."

"아무튼, 우리는 지금부터 열 시간이나 이 먼 옛날 시대에 있어야만 해. 곤란하네."

"아마도 나와 리나리아 씨는 다른 종류의 고민을 하고 있는 것 같네요."

보기에도 기분이 몹시 들뜬 리나리아 씨와 달리 내 기분은 가라앉아 갈 뿐이었습니다. 그나저나, 그녀는 이런 느낌의 사람이었던가요?

"그런데 당신, 앞으로의 예정은?"

있을 리가 없었습니다. 나는 솔직하게 고개를 저었습니다.

그러자 그녀는,

"그래. 그럼 지금부터 학교에 가자."

그렇게 말하며 갑작스레 내 손을 잡았습니다.

억지로 나를 잡아끌며 걷는 그녀. 한적한 길가 저편에는 아주 조금 커다란 건물이 있었습니다. 지금의 학교 모습에서는 상상도 할 수 없을 만큼 보잘것없었고, 학교라고 부르기에는 너무나도 미덥지 못한 모습을 하고 있었습니다.

"……학교에 가서 뭘 어쩌려고요?"

나는 무관심하게 고개를 갸우뚱했습니다. 열 시간이라는 시간을 보내야만 하는지라 그녀의 제안을 거절할 마음은 전혀 없었지만 말이죠.

"후후후. 그거알아? 우리가다니는라트리타국립학원은예전엔 그냥도서관이었대. 지금보이는건아마도당시의도서관모습일거야. 저게시대를거쳐학교로모습을바꾼거지. 어쩌면지금부터도서관안을견학할수있을지도몰라!"

"말이 엄청나게 빠르네요."

"자, 가보자!"

아무래도 이 시대에 우연히 오고 만 것을 후회하는 분위기는 전혀 없어 보입니다만.

4백 년 전이라고 하면 거의 사흘간을 낭비하지 않으면 도달할 수 없는 시대입니다. 언제나 공부만 하던 성실한 그녀이니, 아마도 이 시대에 오고 싶어도 학교 일정 때문에 오지 못했던 것일 테죠.

분명 이런 식으로 강제로 오지 않았다면, 그녀는 줄곧 이 시대의 풍경을 직접 보지 못했을 겁니다.

나도, 이토록 순진무구하게 들뜬 그녀를 보는 일은 없었을 테지요.

그것은 어찌 되었든 우리 두 사람만의 비밀을 공유하게 된 것 같아서, 아주 조금 기쁘기도 했습니다.

내가 웃는 기척을 느꼈는지, 그녀는 "어머나" 하며 나를 돌아보았습니다.

"당신도 재미있어졌나 보네."

"아니그건아닙니다."

○

결론부터 말씀드리자면 리나리아 씨도 아르테 씨도, 마치 함께 이 세계에서 사라지고 만 것처럼, 어디를 찾아도 찾을 수 없었습니다.

꼭 도서관에서 사라지고 말았던 두 권의 책처럼, 홀연히 그녀들은 모습을 감추고 말았던 것입니다.

학교 제일의 우등생과 그 친구—라고 보여지는 아르테 씨의 행방을 알 수 없게 되었다는 소식은 금세 온 학원에, 그리고 온 도시에 퍼졌습니다. 정확하게는 제가 퍼뜨린 셈이지만 말이죠.

"그 두 사람을 어디서 보지 못했나요?"

수업이 시작되기 전이나 쉬는 시간에 학생들에게 물어보며 다녔지만 현실이 달라지는 일은 없었습니다. 모두가 하나같이 고개를 젓거나, "어제 학교에서 봤다"든가 "빵 가게에서 아르바이트하는 것을 봤다"든가 하는, 소식이 끊기기 직전의 동향을 보충하는 듯한 정보밖에 얻을 수 없었습니다.

"선생님."

학원에서 벌어진 이상한 사건은 두 사람의 실종에 그치지 않은 모양이었습니다. 몇 명의 학생이 제게 묘한 상담을 해 왔습니다.

"이것 좀 보세요. 여기, 얼마 전에 산 골렘 모래가 없어졌어요."

리나리아 씨와 아르테 씨가 골렘 모래를 갖고 있었다고 하는 소문을 들은 것일 테죠. 어쩌면 두 사람의 사건과 관계가 있을지도 모른다—라며, 비슷한 상담을 해 오는 학생이 몇 명인가 있었습니다. 실종과의 관련성은 알 수 없었지만, 저는 "알려줘서 고마워요"라며 고개를 끄덕였습니다.

하지만 결국. 아무리 알아보며 다녀도.

그녀들이 어디로 사라졌는가.

그 의문에 답해주는 사람은 어디에도 없었습니다.

저는 어찌하면 좋을지 몰라 당황했습니다. 실종――특히 유괴 사건에서 시간 경과는 피해자의 생존율을 현저하게 낮출 뿐입니다. 서두르지 않으면, 무슨 수를 쓰지 않으면 늦을지도――.

"……아."

책상 앞에 앉아 고민하던 저는 그 순간 문득 떠올렸습니다.

그녀들의 소지품을 사정 청취하면 되지 않을까?

어째서 좀 더 일찍 떠올리지 못했는지. 평소 심심풀이 삼아 자신의 물건과 대화를 나누었으면서 이런 때에만 그런 사실을 빠르게 떠올리지 못했던 저 자신의 한심함에 진절머리를 내며 저는 지팡이를 손에 들고 아무도 없는 교실에서, 빵 가게에서 가져온 두 사람의 짐을 꺼내놓았습니다.

"…………."

지팡이. 필기구. 학생 수첩. 지갑. 책가방. 교과서들. 추리 소설. 연애 소설. 역사 소설. 골렘 모래. 그리고――회중시계.

아마도 이 중에서 가장 그녀――리나리아 씨와 함께 시간을 보내온 것은, 이것일 테죠.

저는 바로 지팡이를 회중시계에 들이대고 마법을 날렸습니다. 사람의 모습으로 바꿀 필요는 없습니다. 목소리만 들으면 충분합니다――저는 마법을, 눈앞의 회중시계에 걸었습니다.

『안녕하세요. 재의 마녀 일레이나 님.』

회중시계는 바로 입을 열었습니다. 아니, 입은 아니지만요.

"안녕하세요. 회중시계 씨. 이야기를 좀——."

제가 그 목소리에 답하자. 회중시계는 차분한 말투로 이렇게 말했습니다.

『회중시계가 아닙니다. 저는 역전 시계라고 불린답니다——.』

그리고.

『당신이 걱정하는 문제는 알고 있습니다. 사견입니다만, 두 사람은 실종된 것도, 그렇다고 해서 사랑의 도피를 한 것도 아닙니다.』

담담하게 사실만을 이야기했습니다.

『두 사람은 그저 과거로 돌아갔을 뿐입니다.』

그렇게.

●

도서관에 도착하자 그녀의 흥분은 절정에 달했다고 해도 과언이 아닐 정도였습니다.

도서관은 현재와는 상당히 다른 모습을 하고 있었습니다. 올려다보아야 할 정도의 책장도 없었고 쓸데없이 넓은 공간도 아니었습니다. 발돋움을 하면 닿을 수 있을 정도의 책장이 규칙적으로 늘어서 있을 뿐인, 평범하다고도 할 수 있는 모습을 하고 있었습니다.

그런데도, 아니. 오히려 그 모습이 특히 더 그녀를 흥분시키는 모양이었습니다.

"대단해……! 이 도서관이 시대의 흐름과 함께 그런 모습으로 바뀌었던 거구나……!"

입구를 지나자마자 그녀는 "아아……"라든가 "우으……"라든가 하는 소리를 내며 책장 사이를 이리저리 오가기 시작했습니다. 감동해서 눈물을 흘릴 것만 같은 분위기마저 감돌았습니다.

그러나 과거의 도서관——지금 우리 눈앞에 있는 것은, 현재의 면모를 분명하게 갖고 있었습니다. 크게 모습을 바꾼 것은 아닌 모양입니다.

"…………?"

어느 한 곳을 제외하고 말이죠.

당시의 도서관을 걸어 다니다 보니 지금의 도서관에는 없는 것이 하나 있었습니다.

도서관 안쪽——정확히 현재 사료실에 해당하는 부분에, 상자가 놓여 있었습니다.

높이는 내 키 정도. 가로 폭도 비슷한 정방형. 새까맣게 칠해진 나무판으로 만들어진 상자가 도서관 안쪽에 가만히 자리 잡고 있었습니다.

이건 대체?

나는 상자 표면을 문지르고 두드리며 찬찬히 살폈습니다. 리나리아 씨도 나와 마찬가지로 "어머"라며 상자를 만지더니, "역사가 느껴져……"라며 뺨을 비벼대기 시작했습니다.

"좋아……."

그런 말을 중얼거렸습니다. 혹시 오래된 것이라면 뭐든 좋은 겁니까? 헤픈 건가요…….

"거기 너희. 그 상자는 만지면 안 돼."

주로 한결같이 뺨을 문질문질 비비적거리는 리나리아 씨를 향해 야단치는 소리가 날아들었습니다. 돌아보니 사서 아저씨가 한 분 계셨습니다.

아저씨는.

"그건 귀한 물건이야. 너희 같은 애들이 만져도 되는 게 아니란다."

말투를 조금 누그러뜨리며 우리를 보았습니다.

떼어내진 리나리아 씨는 "조금 더 보고 싶었는데……"라며 아쉬운 듯한 시선을 수수께끼의 상자로 보내면서 움직였습니다.

그 후로도 우리는 도서관 안에서 오래전 책들을 정신없이 읽었습니다. 지금은 현존하지 않을 법한 책과 너무 낡아서 읽을 수가 없었던 귀한 책들이 이곳에는 있었습니다.

그녀에게는 보물의 산일 테지요. 리나리아 씨는 눈을 빛내며 계속해서 책을 읽었습니다.

"…………."

그녀에게 있어 과거란 그렇게까지 아름답고 귀한 것일 테죠. 자신의 시간을 늘리기 위해서만 썼던 나와는 전혀 달랐습니다.

확실히, 내가 갖고 있는 것보다.

그녀가 이걸 갖는 편이 훨씬 행복할지도 모릅니다. 고집을 부리며 돌려주지 않겠다는 말을 하고 말았지만, 반성을 해야 할 때가 온 듯한 기분이 들었습니다.

"……리나리아 씨."

나는 역전 시계로 시간을 보았습니다. 남은 시간은 앞으로 일곱 시간 정도.

"미래로 돌아가면, 이거, 돌려줄게요."

그녀는 의외라는 듯이 눈을 살짝 부릅뜨더니, 이내 "……그래"라며 입을 열었습니다.

"알아줘서 기뻐."

그렇게 답했습니다.

그러나.

"하지만, 가끔 함께 과거로 돌아가거나 해도, 괜찮을까요?"

나는 말했습니다. 이렇게.

"나도, 이런 식으로 평범하지 않은 공간에 머물고 싶어요. 리나리아 씨가 과거로 돌아가는 김에 겸사겸사여도 좋으니까, 가끔은 이렇게 과거의 세계로 데려가 주지 않을래요?"

"어머나. 역전 시계를 주웠을 뿐인 주제에 교환 조건을 내걸 셈?"

질문에 질문으로 답하는 리나리아 씨.

"싫은가요?"

나는 그런 그녀에게 다시 질문으로 답했습니다.

그녀는 잠시 생각하는 듯한 모습을 보였습니다.

"………………………."

조금 긴 침묵 뒤에 "가끔이라면, 뭐, 딱히 상관없어"라고 답했습니다.

어차피 역전 시계의 비밀을 들키고 말았으니까──라고 변명 같은 말을 덧붙이면서 그녀는 고개를 돌려버렸습니다.

역전 시계보다 훨씬 위험한 비밀을 들켰다는 인식은 없는 걸까요? 딱히 상관없지만요.

나와 그녀는 하나부터 열까지 다 다른, 동경하는 것이 우스울 만큼 다른 차원의 인간이었지만. 비밀을 공유하면서 기이하게도 아주 조금 거리가 줄어든 듯한 느낌이 들었습니다.

아주아주 멀리 있었을 터인 그녀는 손이 닿지 않을 만큼 멀리 있었을 터인 그녀는, 그러나 사실 나와 마찬가지로 소박한 학생 중 한 명에 지나지 않았던 것입니다.

그리고.

아주 조금 침묵이 편해졌을 무렵.

도서관 문은 갑자기 열렸습니다.

문 너머에 당당히 서 있던 것은, 한 명의 마녀였습니다.

주황색 머리카락을 머리 옆에서 하나로 묶은 그녀는 어흠 하고 꾸며낸 것 같은 헛기침을 한 번 했습니다.

"안녕하세요. 마녀 나타샤예요."

그녀는 자신을 그렇게 소개했습니다.

○

"……즉, 두 사람은 아르테 씨의 역전 시계를 두고 다투다 과거로 돌아가 버렸다. 그런 건가요?"

『바로 그렇습니다. 아직 돌아오지 않았다는 건, 상당히 먼 거리──아니, 먼 시간을 거슬러 올라갔다는 뜻일 겁니다. 아마도 수백 년 정도.』

회중시계 씨 아니, 역전 시계 씨는 담담하게 이야기했습니다.

『그러니 기다리면 곧 돌아올 거라고 봅니다. 소란을 피울 만한 일도 아닙니다.』

그런 말도 덧붙였습니다.

시계 자신이 한 일련의 설명은 너무나도 어처구니가 없는 것들 뿐이었습니다. 단추를 누르는 것만으로 간단히 시간을 되돌릴 수 있다──같은 이야기는, 아무리 역전 시계 자신에게 들은 이야기라 해도 좀처럼 믿기 어려웠습니다.

"…………."

그러나 만에 하나 역전 시계의 말대로 두 사람이 과거로 돌아 갔다고 한다면.

그 경우 우리는 대체 무엇을 할 수 있을까요?

두 사람이 시간을 거슬러 올라간 것이라면, 우리가 살고 있는 시간에 그녀들의 존재가 없는 것이라면, 손을 쓸 도리가 없습니다.

게다가.

"그녀들을 찾고 있는 사람들에게는 어찌 설명하면 좋을까요……."

두 사람은 시계를 조작해 시간 여행을 하는 중입니다. 그런 설명을 한들, 그걸 순순히 받아들여 줄 사람이 과연 있을까요?

우선은 사건이 해결되었다는 사실을 어찌 설명할 것인지가 저의 급무인 것 같은 기분이 들었습니다.

그렇게 문제가 해결로 나아가는 동시에 새로운 문제가 떠올랐을 때.

"……어라?"

저는 퍼뜩 깨달았습니다.

테이블에 놓인 리나리아 씨의 지갑, 필기구, 교과서──그 외의 짐 중에.

골렘 모래가 담긴 작은 병의 뚜껑이, 열려 있었습니다.

안에 들어 있었을 터인 모래가 자취를 감추었습니다. 병 안은 깔끔하게 텅 비었습니다. 연 기억도 꺼낸 기억도 없건만.

──얼마 전에 산 골렘 모래가 없어졌어요.

한 학생이 했던 말을, 저는 떠올렸습니다.

그리고 바스락바스락, 와삭와삭, 무언가가 꿈틀거리는 소리가 등 뒤에서 희미하게 울렸습니다.

저는 고개를 돌리고, 그리고, 보았습니다.

지면 위, 마치 의사를 가진 것처럼 꿈틀거리며 교실에서 복도로 도망치는 모래의 모습을.

●

"여어 여어 나타샤 님! 봉인의 마녀님! 기다렸습니다! 환영합니다!"

조금 전 우리를 검고 커다란 상자에서 떼어놓았던 사서님이 쌍수를 들고 그녀를 환영했습니다.

마녀 나타샤.

나라도 그 이름을 모를 수가 없었습니다. 이곳이 아닌 다른 지방의 이야기이기는 했지만──분명 오랜 옛날, 고룡을 쓰러뜨린 위대한 마녀였을 터입니다.

그런 그녀가 어째서 이러한 곳에 있는지 몹시 신경 쓰였습니다만.

"으아, 으아아아……."

어느 쪽인가 하면, 나로서는 리나리아 씨의 동요하는 모습이 더 신경 쓰였습니다.

"어, 어어어어어어어어떡해! 나타샤 씨야! 진짜야!"

"너무 호들갑스러운 거 아닌가요?"

분명 유명인이라고 하면 유명인이기는 하지만 말이죠.

"과연. 이거구나. 이걸 슈슉 도서관 지하에 봉인해두면 된다는 거지?"

나와 리나리아 씨를 그대로 지나친 대마녀 나타샤 씨라는 사람은 "흐응……" 하며 검은 상자를 바라보았습니다.

"이건 어디서 구한 거야?"

그리고 사서님을 보며 물었습니다.

"네. 우리나라의 주민이 숲속에서 이걸 발견했습니다. 아무래도 숲의 마력이 모래에 작용한 모양인데…… 상자 안을 보면 아실 테지만, 이 모래, 마력을 토해냅니다."

"숲의 나무들과 같은 힘을 갖고 있다는 거야?"

나타샤 씨에게 사서님은 고개를 끄덕여 보였습니다.

깊은 숲속에서는 마력이 생성되기 때문에 녹음이 우거진 곳에서 마법사는 평소와 비교해 강한 힘으로 마법을 사용할 수 있게 된다고 합니다. 수업 중에 들었습니다.

요컨대, 검은 상자에 준비된 모래가 그 역할을 할 수 있다, 라는 뜻일 테지요.

"나타샤 님께는, 이 모래를 도서관의 원동력으로 정착시켜주셨으면 합니다."

사서님은 말했습니다.

"예를 들면 도서관의 도서를 자동적으로 돌려놓도록 구성하거나, 절도가 발생하면 마법을 날려서 경고를 하거나──가능할까요?"

"……뭐, 딱히 불가능하지는 않아."

나타샤 씨는 검은 상자의 뚜껑을 열면서 시원스럽게 고개를 끄덕였습니다.

"다만, 이 양은 좀 문제인걸……."

"너무 적습니까?"

"너무 많아. 이거, 조금 더 늘면 모래가 멋대로 움직이거나, 마력 억제가 듣지 않게 돼서 폭주할 거야."

"하하하. 걱정하지 마십시오. 숲에 있는 모래를 전부 모아 왔습니다만, 이 이상은 없었으니까요. 폭주하려고 해도 모래가 없습니다."

"……그렇다면 괜찮지만."

"그럼 바로 이걸 도서관 지하에 봉인해주시겠습니까?"

"네네."

나타샤 씨는 지팡이를 손에 들었습니다.

"학교에 묘한 마법 설비가 몇 개나 있었던 건 이게 원인이었던 거군요…… 과연, 납득했어요."

흠흠, 하고 전혀 분위기를 읽지 못한 타이밍에 갑자기 두 사람의 대화에 끼어든 학생이 한 명.

어디를 어떻게 보아도 그냥 나였습니다.

"……이분은?"

나와 사서님을 번갈아 바라보는 나타샤 씨.

"아르테입니다! 안녕하세요. 이쪽은 친구인 리나리아 씨."

나는 리나리아 씨의 소매를 쭉쭉 잡아당겼습니다.

"잠깐…… 뭐 하는 거야?! 하지 마!"

후후후, 무슨 말씀을.

"리나리아 씨. 기회예요! 사인을 받아두죠."

"뭐? 사인이라니…… 죄송스럽게 무슨…….."

"뭘 우물쭈물하는 건가요? 모처럼 과거로 왔으니 기념품 하나 정도는 갖고 싶지 않은가요?"

한결같이 조심스러운 태도를 보이는 리나리아 씨와 달리 나는 딱히 대마녀님이라는 존재에 동경을 품고 있지도 않은지라 비교적 담담한 대응이 가능했습니다.

한편 그녀는 완전히 틀렸습니다.

"…………."

힐끔 나타샤 씨를 보더니 "아, 안 돼…… 무리야……. 사인이라니……"라며 시선을 돌리는 그녀. ……사랑에 빠진 소녀입니까?

그저 중증 역사 마니아라 이러한 반응을 보이는 것이라고는 생각하지만 말이죠.

"내 팬이라니. 어머나 어머나."

부끄러운걸, 하고 나타샤 씨는 눈을 내리떴습니다.

"나, 딱히 사람들에게 자랑할 만한 일을 한 기억은 없는데."

"그렇지 않습니다!"

딱 잘라 부정한 것은 리나리아 씨였습니다.

"지금까지 여러 문헌을 읽어왔지만, 당신만큼 훌륭한 공적을 남긴 마녀는 없었어요—."

그 후로 리나리아 씨는 나타샤 씨가 얼마나 훌륭한 마녀인지를 장황하게 설명하기 시작했습니다. 어떤 의미에서는 공개 처형이나 다름없는 행위처럼 보였습니다만, 나타샤 씨는 싫어하는 기색도 없이 "어머 어머" 하며 시종 곤란한 듯 웃을 뿐이었습니다.

그리고 결국 우리는 둘이 함께 사인을 받았습니다. 아무래도 고룡을 퇴치한 이후 팬에게 사인을 요청받는 기회가 있었는지, 그녀는 매우 익숙한 모습으로 술술 펜을 놀렸습니다.

"자, 그럼."

펜을 넣고, 나타샤 씨는 지팡이를 손에 들었습니다.

"당신들은 조금 물러나 있도록 해. 지금부터 나는 일을 해야만 하거든."

그리고 마법이 펼쳐졌습니다.

커다란 검은 나무 상자의 뚜껑이 둥실 허공으로 떠오르더니,

그 안에서 모래가 물처럼 흘러나왔습니다. 그리고 도서관 바닥으로 쏟아졌습니다.

바닥 위를 잠시 방황하던 모래들은 이윽고 바닥 속으로 사라져 갔습니다.

"네, 끝."

너무나도 시원스러운 일 처리라고도 할 수 있었습니다. 마력이 흘러나오는 귀중한 모래라 들었으면서도, 대수롭지 않게 다룬 끝에 도서관 바닥 안으로 사라지고 말았습니다.

대체 무슨 일이 일어난 것일까요? 하고 고개를 갸웃거리는 내게 시선을 보내며 나타샤 씨는 가르쳐주었습니다.

"방금 그건 모래를 도서관 지면에 봉인한 거야. 앞으로 긴 시간, 이 도서관 지하에서 마력이 솟아 나오게 되는 거지. 즉 이 마력을 사용해서 책을 자동으로 돌려놓는 마법을 발동시키거나, 다양한 장치를 만드는 게 가능해진다는 뜻이야."

과연, 그렇군요.

지금의 도서관에는 반출 금지인 책이 하루면 알아서 돌아오는 장치가 되어 있습니다. 그것도 도서관 지하에 봉인된 모래가 내보내는 마력에 의해 유지되고 있는 것일 테지요.

그리고 아마도, 쉼 없이 불타고 있는 학원 뒤뜰의 소각로도 마찬가지일 겁니다.

"중요한 부분이니까 다시 한번 말하겠는데."

나타샤 씨는 사서님을 돌아보며 말했습니다.

"절대로, 절대로, 효과가 부족하다든가 하는 이유로 모래를 추가하거나 해서는 안 돼. 현시점의 양이 안전하게 쓸 수 있는 최대한의 양이니까."

조금이라도 양이 늘면 반드시 폭주할 거야.

그녀는 말했습니다.

"…………."

"…………."

나와 리나리아 씨는 그때 서로의 얼굴을 마주 바라보았습니다.

모래.

과거에서, 내가 미래로 가져온 모래.

………….

안 좋은 예감이 들었습니다.


○


모래가 학원 안에서 저 혼자 꿈틀댔습니다.

그것은 제가 운 나쁘게 놓치고 만 것이기도 했으며. 혹은 다른 학생의 소지품에서 몰래 빠져나온 것이기도 했습니다.

그 양은 제법 많았습니다. 대체 어느 정도의 양이 학교 안에서 유통되었는지를 생각하니 머리가 아프기 시작했습니다.

하나하나 확실하게 얼려버린다 해도, 안타깝게도 제 손은 두 개뿐입니다.

"──끝이 없네요."

도저히 제때를 맞추지 못했습니다.

제 얼음에서 운 좋게 도망친 모래가 뱀처럼 지면을 꿈틀꿈틀 기어 어딘가로 사라지고 말았습니다.

저는 뒤를 쫓았습니다.

학원 안 곳곳에 있는 모래 덩어리들을 얼음덩어리로 바꾸어가며 뒤쫓았습니다. 제게 덤벼드는 것도 있었고 도망치는 것도 있었습니다. 혹은 평범한 모래처럼 가만히 머물러 있는 것도 있었습니다.

하나하나가 제각기 행동하고 있는 듯 보이면서도, 하나의 의지에 따르고 있는 듯 보였습니다.

학교 안을 뛰어다니던 저는 어느샌가 도서관에까지 다다랐습니다.

"……얼마 전에 문제가 일어나서 폐쇄된 참이었는데……."

이상한 모래가 섞여든 탓에 책이 못쓰게 되었다, 그런 일이 벌어지면 어쩌죠.

그런 탄식을 하며 저는 도서관 문을 열었습니다.

그리고.

"…………네?"

그때, 보았습니다.

크고, 큰, 모래 덩어리. 의사를 지닌 듯 지면 위에서 크게 부풀어 있는 그것은 저와 대치하게 되자 여기서도 도망쳐버렸습니다. 사람의 기척에 놀란 쥐처럼, 매우 민첩한 움직임으로.

지면 속으로.

"…………어라?"

도서관 바닥이 살짝 솟아올랐습니다. 무언가가 바닥을 아래에서 두드린 것처럼, 맥이 뛰는 것처럼, 둥 하는 진동이 발밑에 전해졌습니다.

몇 번이고 몇 번이고 바닥 아래에서 소리는 울렸습니다.

몇 번째인가의 진동을 거쳐, 도서관 바닥에 균열이 내달렸습니다.

한 번 금이 가고 나자 다음은 빨랐습니다. 콰지직 하며 도서관 지면이 부풀어 올랐고, 책장이 몇 개나 쓰러지면서 책들이 눈사태를 일으키며 후두둑 떨어져 내렸습니다.

이윽고 지면이 무너졌습니다.

그리고.

바위 같은 체구를 가진 마족이 지면 속에서 기어 올라왔습니다.

"············에에엑?"

골렘이 나타났습니다.

우리가 과거에서 돌아왔을 때, 라트리타 공화국은 이미 엉망이었습니다.

정말로 미래로 돌아온 것인지 의심하고 말 정도로. 혹시 또 다른 시간 축으로 날아와 버린 것은 아닐까 의심하고 말 정도로.

그 정도로 학원의 모습은 너무나도 달라져 있었습니다.

우리가 돌아와야 할 학교가, 엉망이 되어 있었습니다.

지붕은 날아갔고, 교사는 무너졌고, 우리가 다녔던 학교는 거의 반쯤 무너졌습니다.

대체 무슨 일이 일어났던 것일까요.

"…………."

아니, 무엇이 이 상황을 만들어냈는지는 이미 알지만 말이죠.

교사 안──도서관 앞에서 선생님들이 날린 마법을 맞고 굳어진 마물의 모습이 하나, 보였습니다.

골렘입니다.

"어머나, 두 사람. 드디어 돌아왔군요. 상당히 멀리 여행을 다녀왔나 보네요."

교사의 잔해에 걸터앉으며 우리를 올려다보는 모습이 있었습니다.

"……선생님."

분명 우리가 부재중인 동안 줄곧 골렘을 상대하고 있었을 테지요──로브가 너덜너덜해졌습니다. 다치지는 않은 모양이지만 상당히 지쳤는지 "하아……" 하고 크게 한숨을 내쉬더니 그 자리에서 그녀는 축 늘어지고 말았습니다.

"저기…… 선생님, 무슨 일이……."

내 말에 선생님은 미간을 좁혔습니다.

"아, 그걸 묻는 건가요?"

그리고 그렇게 대꾸했습니다. 그 시선은 역전 시계로 쏟아졌습니다.

우리가 며칠 동안 모습을 감추었던 요인을 선생님은 어째서인지 이미 아는 모양이었습니다. 그렇게 보였습니다.

"…………."

입을 다물기로 작정한 나와 리나리아 씨.

선생님은 그런 우리를 못 봐주겠다는 듯이 다시 한번 한숨을 크게 내쉬었습니다.

"좋아요. 그럼 무슨 일이 있었는지를 간단명료하게 가르쳐주죠."

그리고 그렇게 입을 열었습니다.

그것은 우리가 부재였을 때 일어난 일이었으며.

우리에 의해 일어난 참사의 전말이었습니다.

○

그러모은 모래들로 사람 형태를 본뜬 마물. 팔도 다리도 머리도 모든 것이 그야말로 모래색인 덩어리는 도서관 지하를 뚫고 나타난 직후에 저를 향해 천천히 걸음을 옮겼습니다.

몸길이는 저의 두 배 정도. 너무 크지도 않고 너무 작지도 않은, 그러나 묘하게 위압감을 풍겼습니다.

위험한 존재라는 것은 한눈에 알았습니다. 저는 생각할 틈도 없이 곧바로 마법을 날려 골렘을 때려눕히려 했습니다.

하지만.

"…………."

소용없었습니다. 제 마법은 골렘에 바로 흡수당하고 말았습니다. 먹혀버렸습니다. 불길을 쏟아부어도, 얼음에 담가도, 모든 마법이 골렘의 몸 안으로 흡수되어버리는 것입니다.

무얼 한들 아마도 소용없으리라는 사실은 이미 이해했습니다.

저것에는 어떠한 마법을 걸어도 결국 금세 흡수될 뿐이라, 아무것도 할 수가 없었습니다.

『…………!』

쾅, 모래 덩어리의 팔이 휘둘러졌습니다. 도서관의 지면이 산산이 부서졌습니다. 몸이 크고 움직임이 완만해서 피하기는 쉬웠지만, 직격당하면 한순간도 버티지 못할 테지요.

도서관을 이 이상 파괴당하지 않기 위해 저는 골렘을 도서관 밖으로 유도했습니다. 다행히도 저 이외의 것에는 흥미가 없는 듯, 골렘은 제가 물러나면 바로 뒤쫓아 왔습니다.

그러나 도서관 밖으로 나온 것이 안 좋았습니다.

"서, 선생님! 뭔가요? 그 괴물은!"

도서관에서 난 굉음을 듣고 달려온 교사와 학생들이 골렘을 앞에 두고 눈을 크게 떴습니다.

그녀들은 마법사로서는 매우 우수한지, 본 적도 없는 그 괴물을 본 순간.

"제가 퇴치하겠습니다! 선생님은 물러나 계세요!"

그렇게 말하며 차례차례 마법을 날리기 시작했던 것입니다.

당연히 제가 그러했듯이 마법 같은 건 아무런 소용이 없었습니다. 소용은커녕 금세 흡수될 뿐. 모래가 물을 빨아들이듯 마법들은 골렘에 닿은 직후에 사라지고 말았습니다.

『…………!』

그리고 그것이 저희의 최대 실수였습니다.

이곳으로 달려온 학생, 교사의 대부분이 온갖 마법을 계속해서 날렸던 성과를 확인하려는 듯이 공격의 손길을 멈춘 한순간의 틈에 골렘은 다시 지면을 향해서 주먹을 휘둘러 내렸습니다.

직후.

지면이 부서졌습니다. 부서진 지면의 흙과 함께 얼음이 골렘 주변으로 흩어지며 날아갔습니다. 창처럼 날아드는 얼음 기둥들은 마법사들을 덮쳐들었습니다.

골렘은 마법을 쓸 수 있게 되었습니다.

도서관의 지면을 뚫은 직후부터 명백하게 힘이 늘었습니다.

"…………."

그때 깨달았습니다.

골렘은 마법을 맞는 동안에만 움직임을 멈춘다는 사실을.

골렘은 마력을 맞으면 맞을수록 힘을 키워 광포해져 간다는 사실을.

"여러분! 절대로 공격의 손길을 늦추지 말아주세요! 계속해서 마법을 날리는 겁니다!"

그 후로 몇 번인가 실수로 공격의 손길이 멈추기도 하면서——요컨대 골렘에게 공격을 받으면서도 저희는 끝없이 마법을 날렸습니다.

그것은 임시방편일 뿐이었습니다. 아마도 골렘을 쓰러뜨릴 결정타는 되지 못할 테죠. 그래도, 그 자리에 있던 저희가 할 수 있는 일은 그것밖에 없었습니다. 피해를 확대하지 않기 위해서는 우선 움직임을 멈추어야만 했습니다.

공격을 가할수록 그만큼 강해지고 성가셔진다는 사실을 안다 해도 저희에게 선택지는 없었습니다.

그런 전말을 거쳐 저희는 지금 이렇게 골렘에게 마법을 계속해서 날리고 있는 것입니다. 주변의 학생과 선생님들이 열심히 얼음 마법을 날리고 있었지만, 끝없이 흡수되어버리는 탓에 아무리 마법을 맞혀도 끝이 보이지 않았습니다.

지금 이 자리에서 한순간이라도 공격을 멈춰버린다면 아마도 대참사는 면할 수 없을 테죠.

"……그럼 골렘은 쓰러뜨릴 수 없다는 건가요……?"

아르테 씨는 눈썹을 늘어뜨리며 저를 올려다보았습니다.

그렇지는 않습니다.

"이 자리에서는 쓰러뜨릴 수 없다는 것뿐입니다. 방법은 있습니다."

저는 말했습니다.

"실은 말이죠. 예전에 한 번 저 골렘을 쓰러뜨린 적이 있답니다."

아주 오래전의 일이라서 처음 마주한 직후에는 떠올리지 못했습니다만, 보면 볼수록 저것은 제가 과거에 대치했던 적이 있는 골렘 같았습니다.

그러니까, 요컨대, 쓰러뜨리는 방법을 알고 있다는 뜻입니다.

"쓰러뜨렸었다니…… 언제 말인가요?"

의아해하며 표정을 찌푸리는 리나리아 씨에게 저는 간단명료하게 답했습니다.

"7년 전입니다."

●

선생님은 텅 빈 작은 병을 우리에게 내보였습니다.

"네. 그럼, 다른 이야기입니다만, 과외 수업을 해볼까요?"

그렇게 말하며 지면에서 모래를 퍼 올리더니 작은 병 안에 넣었습니다. 이런 때 어째서 갑자기 흙장난을 하는 겁니까……? 나는 그런 생각을 하며 고개를 갸웃거렸지만, 선생님은 내 시선 따위는 전혀 개의치 않고 "이 작은 병에 모래를 가득 넣잖아요? 이런 느낌으로……"라며 흙장난을 계속했습니다.

"……그게 어쨌다는 건가요?"

고개를 갸웃거리는 리나리아 씨.

선생님은 의기양양한 표정을 지으며 그녀를 올려다보았습니다.

"이걸 저 골렘이라고 생각해주세요. 저 골렘은 마력을 가진 모래알들의 집합체랍니다. 성가시게도 모래알들은 모이면 마력을 흡수하는 힘이 있는 모양인지——예를 들면 공격을 해도 흡수해 버린답니다. 이런 식으로."

선생님은 작은 병의 주둥이에 지팡이를 대고서 물을 뿌렸습니다. 병에 담겼던 모래는 물을 흡수하고 무게를 더했습니다.

"——마력을 받으면 받을수록, 이 골렘은 강함을 더해갑니다. 아마도 마력을 계속해서 준다면 손 쓸 방도가 없게 될 테죠."

그렇다고 한다면, 마법사들이 계속해서 마법을 날리고 있는 현 상황에 아주 조금 모순이 생기는 듯 여겨졌습니다.

선생님은 말했습니다.

"그런데, 물을 계속 주면 모래는 어떻게 되는지, 아나요?"

끝없이 작은 병으로 쏟아지는 물.

우리가 대답할 것도 없이 답은 나타났습니다.

작은 병에서 진흙투성이가 된 물이 흘러넘쳤습니다.

즉.

"터져버린답니다. 마력을 계속 주면 골렘은 지금의 모습을 유지할 수 없게 된다. 그런 뜻이죠. 그래서 저희는 지금도 골렘에게 마법을 날리고 있습니다. 물론, 공격당하는 동안은 움직이지 못한다는 이유도 있습니다만."

오호라. 과연. 그렇다면 골렘은 곧 쓰러진다는 뜻이로군요. 아자.

그러나 선생님은 눈썹을 내리뜨렸습니다.

"하지만 현 상황으로는 마법사의 수가 부족합니다……. 지금은 아직 버티고 있지만, 아마도 그녀들의 힘이 다하는 것도 시간문제일 테죠. 물론, 당신들 두 사람이 가세한다고 해서 골렘이 형편 좋게 쓰러져줄 거라고도 확신할 수 없습니다."

"과연."

나는 고개를 끄덕였고, "곤란하네요"라며 리나리아 씨는 검지를 턱에 가져다 댔습니다.

"즉, 저 골렘을 쓰러뜨리기 위해서는 더 많은 마법사의 협력이 필요합니다. 하지만 보시는 대로, 지금 이 나라에 기운이 넘치는 마법사는 거의 남아 있지 않습니다. 이렇게 말하는 저도 마력을 거의 다 쓰고 말았으니까요. 아마도 지금, 제대로 마력을 쓸 수 있는 것은 당신들 두 사람 정도일 테죠."

오랜 옛날―― 아직 이 학원이 일반 과정과 마법 전공으로 나뉘어 있던 무렵에는 마법사의 수도 많았고, 한 사람 한 사람의 능력도 높았을 테지만.

지금 우리의 힘으로는 골렘에 미치지 못하는 모양입니다.

선생님은 말했습니다.

"골렘을 데리고 과거로 돌아갈 수 있다면, 더 많은 마력을 퍼부을 수 있을 텐데 말이죠…… 그렇죠? 리나리아 씨, 아르테 씨."

그 말은 마치 역전 시계에 관해 다 아는 듯한, 그런 뜻을 포함하고 있는 것처럼 느껴졌습니다.

"……두 사람 모두, 제가 하고자 하는 이야기, 알죠?"

그리고 그 말에 거부권 같은 것은 없었습니다.

"…………." "…………."

리나리아 씨와 나는 얼굴을 서로 마주 보았습니다.

역전 시계로 일어난 참사는 역전 시계로 해결할 수밖에 없었습니다.

○

슬프게도 두 사람이 과거로 가는 것은 피할 수 없는 운명이라 말해도 지장이 없을 듯합니다. 두 사람을 겨우 설득해서 과거로 가게 하기로 했습니다.

그렇다고는 해도 아직 시간에는 다소 여유가 있으니, 저는 "그럼 10분 후에 집합하죠"라며 이전에 도서관에서 그렇게 했던 것처럼, 두 사람에게는 일시적으로 해산을 하도록 했습니다. 마음의 준비를 할 시간은 필요할 테지요.

"알았습니다! 그럼 잠시 유언을 남기고 오겠습니다!"

아르테 씨는 제게 경례를 한 번 하더니 달려가 버렸습니다.

"어쩌면 10분 안에 돌아오지 않을지도 모르겠지만, 그때는 리나리아 씨만 다녀오라고 해주세요!"

그런 불온하고 뻔한 대사도 덧붙이면서. 설마 도망칠 셈은 아니겠지요.

"…………."

허둥대며 달려가는 아르테 씨와 달리 리나리아 씨는 평소 그대로 담담한 표정이었습니다.

이 자리에서 쓸데없이 시간을 보낼 셈인 모양입니다.

그녀의 시선 끝에는 쉼 없이 마법을 맞는 골렘이 있었습니다. 얼어붙은 것처럼 그 자리에서 떨며 서 있는 골렘. 그녀는 감정 없는 눈동자로 그것을 가만히 바라볼 뿐.

"선생님."

시선을 돌리지 않은 채, 그녀는 갑자기 입을 열었습니다.

"선생님은 어디까지 알고 계시나요?"

어디까지라고 말한들 말이죠.

"거의 다 알고 있습니다. 당신이 갖고 있던 게 역전 시계라는 것도. 시간을 거슬러 올라가 계속 노력했기 때문에 좋은 성적을 유지할 수 있었다는 것도."

"…………."

"노파심에서 하는 충고입니다만—— 이번을 끝으로 그걸 쓰는 건 그만두는 게 좋을 겁니다."

시간 역행 같은 건 좋은 결과는 하나도 만들지 못합니다. 타인과 같은 시간을 걸어가지 않았던 끝에 기다리고 있는 결과가 언제나 좋은 것이라고는 한정할 수 없습니다.

옛 후회를 불식하기 위해 과거로 날아가거나, 사리사욕을 만족시키기 위해 과거에 손을 대거나—— 그러한 행동은 결국 자기 자신을 과거에 묶어두는 족쇄에 지나지 않습니다.

과거에서 한 걸음도 앞으로 나아가지 못한 채, 시간만 지나간다는 사실을 깨닫지 못하게 되어버립니다.

"고민하고 있어요."

그녀는 말했습니다.

담담한 모습 그대로.

"아직 어릴 때의 이야기예요. 제 생일날 부모님이 이 시계를 선물해주셨어요. 여행을 갔던 곳의 골동품 가게에서 우연히 구한 물건이래요. 이 시계에 감춰진 힘을 안 건 그로부터 얼마 후의 일이었어요. 제가 가진 시계가 특별한 물건이라는 사실을 알고서, 저는 놀랐어요."

"…………."

"나는 특별한 힘을 손에 넣은 거란 생각에 그저 기뻤어요. 역전 시계의 힘을 이용해서 몇 번이고 몇 번이고 과거로 돌아갔죠. 그 시계의 힘은 그렇게나 매력적이었으니까요."

"그렇죠."

과거로 갈 수 있는 힘이라니, 그야말로 누구나가 한 번은 상상할 정도의 일 아닌가요?

매력에 사로잡히는 것은 결코 부자연스럽지 않은 일이었습니다.

"저도 그녀와 마찬가지예요."

리나리아 씨는 말했습니다.

"그녀와 마찬가지로, 친구의 관심을 끌고 싶어서 과거에서 물건을 가져오거나 한 적이 있어요. 아직 어리던 때, 친구와 사소한 일로 싸움을 했을 때, 저는 친구를 데리고서 과거로 돌아간 적도 있어요. ……과거에 일어났던 일을 보여주고, 자신이 옳다는 걸 증명했던 거죠."

"……그 친구는 어떻게 됐나요?"

그녀는 저를 바라보았습니다.

"친구가 아니게 되었어요. 멀어지고 말았어요. 과거로 돌아가는 그런 편리한 힘을 갖고 있으면, 사람은 아무래도 타인을 섬뜩하게 여기는 법이죠. 몇 번이고 몇 번이고 과거로 돌아간 결과, 제 주변에는 점점 사람이 다가오지 않게 되었어요."

"…………."

"고독을 알았을 때는, 이미 저는 사람들과 어울리는 법을 알 수 없게 되고 말았어요."

그녀는 웃었습니다.

"그래도 저는 과거로 돌아가는 시계의 포로로 있었어요. 놓아버리는 것이 불가능했어요. 잘 쓰면 누구보다도 우수해질 수 있다고 생각했어요. 잘 써서, 누구보다도 우수한 마법사가 되면, 모두가 저를 인정해줄 거라고 생각했어요."

지금의 그녀를 보고 있자니 그 가설이 얼마나 잘못되었는지 바로 알 수 있었습니다.

결국 책상과 마주하고 있을 뿐, 누구도 다가오게 하지 못했을 테죠. 그걸 알면서도 그녀는 시계를 포기하지 못했던 것입니다.

고독을 두려워하며 편리한 힘을 계속해서 쓴 결과, 결국 누구보다도 고독해지고 만 것입니다. 본말전도입니다.

"그래서, 여전히 포기할 결심이 들지 않았다는 건가요."

"……그렇지 않아요."

그녀는 고개를 저었습니다.

©Azure

"포기하고 싶다고 생각하고 있어요. 다만……, 그…….."

그리고 갑자기 우물쭈물하기 시작했습니다.

"…………?"

의아함에 미간을 좁히면서 저는 그녀의 말을 기다렸습니다.

시원치 않게, 어물거리듯 입을 우물우물하던 그녀는 이윽고 대답했습니다.

"이 시계가 계기가 돼서, 친해질 수 있을 것 같은 사람이, 생긴 것 같은 기분이, 들어서…… 그…….."

"…………."

아, 고민하는 건 그 부분인가요.

"요컨대, 그건가요? 앞으로는 친구와 둘이서 과거로 돌아가거나 하며 꺄꺄 하고 싶다는 건가요?"

"…………."

끄덕, 그녀는 말없이 고개를 끄덕였습니다.

저는 탄식을 흘렸습니다.

"특별한 일을 하지 않으면 이어갈 수 없는 그런 관계에서 우정은 싹트지 않습니다."

"딱 잘라 말씀하시네요……."

"인생 선배의 조언입니다."

받아들여도 흘려들어도 상관없지만 말이죠. 부디 언젠가는 이해해주었으면 하고는 생각했습니다.

오늘이어도, 내일이어도, 훨씬 먼 미래여도 괜찮습니다.

시간을 되돌려야만 하는 일 같은 건 하나도 없다는 걸, 언젠가는 이해해주었으면 하고 저는 생각했습니다.

"10분으로는 유서를 못 쓰겠어요!"

아르테 씨가 달려 돌아온 것은 마침 저와 리나리아 씨 사이에 침묵이 생겨났을 때였습니다. 리나리아 씨도 저도, 손을 흔들며 이쪽으로 달려오는 그녀에게로 시선을 돌렸습니다.

"그럼 그쪽에서 죽지 말아주세요."

사실 죽음을 각오할 정도의 일도 아닙니다만…….

저는 말했습니다.

"준비됐으면, 가볼까요——."


마법을 계속해서 맞고 있는 골렘을 뒤에 두고서 저는 두 사람에게 담담하게 말했습니다.

"과거의 세계로 간 다음에 당신들이 해야만 하는 일은 골렘 소탕입니다. 과거의 마법사들에게 사정을 일부러 이야기할 필요는 없습니다. 분명 학원의 마법사들은 골렘이 날뛰면 알아서 도와줄 겁니다——아마도, 저도."

하지만.

"부디 주의해주세요. 절대로 미래에서 왔다는 말만은 하지 마세요. 다른 사람에게도, 저에게도."

저는 한 호흡을 두고서 말했습니다.

"미래는 알지 못하기에 좋은 겁니다."

●

나와 리나리아 씨는 손을 잡고 골렘을 바라보았습니다.

마법을 계속해서 맞으며 여전히 굳어 있었습니다. 한순간이라도 늦추면 대참사는 면할 수 없을 겁니다.

우리가 안전하게 저것을 과거로 보내기 위해서는, 마법이 날아드는 사이를 노려서 골렘에 닿는 것 이외에 다른 방법은 없습니다.

"……준비는 됐나요? 리나리아 씨."

나는 역전 시계를 쥐며 물었습니다.

"당신이야말로 어떤가요?"

리나리아 씨도 역전 시계를 쥐었습니다.

두 사람분의 열기가 담긴 시계는 미적지근해졌습니다.

옆으로 시선을 보내자 평소와 같은 태연한 낯빛을 한 그녀가 있었습니다. 이런 때에도 그녀는 전혀 긴장하지 않은 듯 보였습니다.

"……갑니다."

평소와 다름없는 그녀의 얼굴에 나는 조금 안심했습니다.

그리고 우리는 역전 시계를 둘이 함께 쥐면서 마법이 이리저리 날아다니는 속으로 뛰어 들어갔습니다.

반짝반짝 빛나는 풍경 속, 그 중심에 있는 골렘을 향해 손을 뻗었고.

그리고 7년 전으로, 돌아갔습니다.

『알겠나요? 골렘을 과거로 보내는 데 성공하면, 우선 거리를 두고 떨어져 주세요. 반드시 떨어져야 해요. 지금의 골렘에게 제대로 공격을 받으면 죽을지도 모르니까요.』

과거의 학원에 도착한 직후에 나는 빗자루를 타고서 곧장 수직으로 날아오르며 선생님의 말을 떠올렸습니다.

골렘을 봉인하기 위한 방법은 어느 정도 선생님이 생각해주었습니다.

나와 리나리아 씨는 7년 전의 세계에서 서로의 역할을 다했습니다. 이 나라의 키 큰 건물들과 비슷한 정도로 올라갔을 때, 나는 빗자루를 멈추고 돌아보았습니다.

학원의 도서관 입구가 그 순간, 얼어붙었습니다.

『아마도 골렘은 처음에 도서관으로 향하려 할 테죠. 그러니 얼려서 봉인해주세요.』

선생님의 지시였습니다. 나와 마찬가지로 과거로 돌아간 직후에, 리나리아 씨가 도서관의 입구에 마법을 날리고 있었습니다. 도서관 안에 있던 모래에서 골렘은 만들어졌으니, 과거의 세계에서도 거기에 손을 대려 할 것은 명백했으니까요.

『도서관에 들어가지 못한다는 걸 알면, 골렘은 다음으로 마력을 원할 터. 그러니 지팡이 끝에 마력 덩어리를 띄우고서 유도해주세요.』

어디로 유도하나요? 라는 리나리아 씨의 물음에 선생님은 답했습니다.

『도시로』라고.

정확하게는 도시 교외로.

학원에서 충분히 떨어지지 않으면 언제 골렘이 도서관에 침입할지 알 수 없습니다. 그 때문에 단신으로 골렘을 유도하는 역할을 맡는 것입니다. 그사이에 또 한 사람——도서관을 얼려버린 학생이 다른 학생과 교사에게 협력을 청합니다.

그리고 교외에서 합류하여 골렘을 때려눕히는 겁니다.

그런 작전입니다.

7년 후의 세계에서 작전을 대략 설명한 다음, 선생님은 말했습니다.

『골렘 유도 역은——이 역할은 말할 것도 없이 매우 위험합니다. 어느 쪽이 이 일을 맡을지는 잘 의논해서 정해주세요. 자신의 목숨을 미끼로 쓰는 거니까요——.』

그래서 내가 그 역할을 맡기로 했습니다.

"으라차아아아아아아아아아아아!"

지팡이 끝에 마력을 띄우고서 나는 온 힘을 다해 도시 위를 빗자루로 돌진했습니다. 지팡이 끝에 있는 빛은 흔들흔들 흔들렸고, 골렘은 지면을 찼습니다.

우리의 작전대로——미끼인 내게 낚인 것입니다. 지면이 부서질 정도의 힘으로 도약해 상공에 있을 터인 나의 바로 뒤까지 쫓아온 골렘은, 그러나 그대로 거리 한가운데로 떨어졌습니다.

도약은 가능해도, 계속해서 날지는 못하는 것일 테죠.

큰길의 지면이 부서졌습니다. 골렘이 착지한 것과 동시에 다시 나를 쫓아 뛰어올랐기 때문입니다. 몇 번이고 몇 번이고, 착지와 동시에 지면이 부서지고, 그리고 골렘은 내 지팡이 끝을 잡으려 들었습니다.

끝없이, 그저 한결같이 큰길을 나아갔습니다.

눈에 띄어도 어쩔 수 없습니다. 눈 아래로 보이는 풍경 곳곳에서 비명이 터져 나왔습니다. 척 보아도 대참사입니다.

그러나 지금 나는 이곳을 지나가는 것밖에 할 수 없었습니다.

『빗자루에 탄 채로 골렘을 유도할 때는, 큰길을 따라서 나아가 주세요. 길이 넓은 곳이라면 잘못해서 짓밟힐 확률도 다소는 줄 겁니다. 잘못해서 건물 바로 위를 날지 않도록 주의해야 합니다. 집을 짓밟거나 한다면, 피해의 크기는 헤아릴 수 없을 테니까요.』

그러한 지시 아래서 나는 날고 있었기 때문입니다.

"……우으으. 미안해요……."

그러나 큰길은 역시 큰길인지라 오가는 사람은 많았고, 슬쩍 보아도 사람들의 생활을 파괴하며 다닐 뿐인 나로서는 어찌해도 죄악감이 밀려들었습니다.

7년 후의 세계에서는, 지금의 사건으로 사망자는 나오지 않았다고 보고되었지만 말이죠.

그래도 죄악감을 떨쳐낼 수 없었습니다. 그저 민폐를 끼치는 행위를 하고 있을 뿐인 듯한, 그저 피해를 확대하고 있을 뿐인 듯한 불편한 마음은 적어도 내가 큰길을 쭉 나아가 도시의 교외에 다다를 때까지 계속될 테지요.

그렇게 생각했습니다.

"…………!"

그러나.

바로 그때였습니다. 내 바로 뒤——빗자루 끝을 스치며 다시 지상으로 빨려들어 가는 골렘. 그 너머에 보이는 것에 나는 시선을 빼앗겼습니다.

한 사람, 마법사가 있었습니다.

정확하게 골렘이 떨어지는 곳. 평범한 벤치에서. 한 사람의 마법사가 멍하니 있었습니다.

잿빛 머리카락의, 마녀님이.

어디를 어떻게 보아도, 7년 후 세계에서 내가 여러모로 신세를 지고 있는 그녀의 모습이, 그곳에 있었던 것입니다.

○

라트리타 공화국의 벤치에서 혼자 멍하니 머무르던 한 마녀가, 있었습니다.

머리카락은 잿빛. 눈동자는 유리색. 그녀는 멍하니 앉아, 한편에 빵과 커피를 두고서 이 나라 근교의 지도를 무릎 위에 펼쳐놓고 있었습니다.

그녀는 마녀이자, 여행자였습니다.

이 나라에서 충분하고도 남을 만큼 체재했던지라, 다음으로 향할 나라를 찾고 있었습니다.

"…………."

지도를 바라보며, 흠흠 하고 고개를 끄덕이며, 그녀는 빵을 오물오물 깨물고 있었습니다.

그렇게. 그런 식으로.

평소와 다름없이, 그저 여행을 계속하고 있을 뿐인 그녀는, 대체 누구인가.

그렇습니다――.

"선생님!"

퍼억, 하고.

한가하기 그지없던 저의 시간이 파괴된 것은 바로 그때였습니다.

갑자기, 옆에서 빗자루에 탄 소녀가 저를 노리고 달려들었던 것입니다. 그녀는 필사적인 모습으로 외치며 그대로 저와 충돌했고, 저와 함께 큰길로 굴러갔습니다.

"으윽……!"

그녀는 지면과 마주하며 신음했고.

"갑자기 무슨 짓인가요…….."

저는 약간의 짜증과 손에 들고 있던 빵이 무참하게 지면을 구르게 된 사실에 슬픔을 느끼며 몸을 일으켰습니다.

직후에 제가 앉아 있던 벤치가 분쇄되었습니다.

위에서 내려온 커다란 발이 벤치를 짓밟았습니다. 벤치에 놓여 있던 제 지도와 커피도 함께 박살이 났습니다.

데굴, 제 눈앞으로 벤치 잔해가 굴러왔습니다.

크고 큰 모래 덩어리 같은 몸을 가진 이상한 생물은, 그 너머에서 우리를 내려다보았습니다.

"………."

옆에서 달려들었던 소녀가 아무래도 저를 구해준 모양이라고 이해한 것은, 그때였습니다.

"저기…… 뭔가요? 이 괴물은."

제 옆에서 "으으…… 명치 아파아……" 사투리를 섞어가며 엄살을 부리는 그녀를 바라보았습니다.

복장으로 미루어보아 아무래도 학원 학생인 모양입니다.

그녀는 제 시선을 눈치채더니.

"앗, 선생님. 저기, 이 골렘은 7년 후의 세계에서——."

그런 의미불명의 말을 해대기 시작했습니다.

저는 고개를 갸웃거렸습니다.

"……선생님? 7년 후?"

얼마 전까지 학원 학생인 척을 했으니, 학생으로 착각한 거라면 이해가 됩니다만…… 애초에 7년 후라니 무슨 말인가요?

아닌 밤중에 홍두깨 같은 전개를 따라가지 못하는 머리에 물음표가 몇 개 더 떠올랐습니다.

"으아아아아……!"

그런 저에게 사정을 설명하지도 않고, 그녀는 안절부절못하며 허둥대기 시작하더니 "바, 방금 그건, 없었던 걸로 부탁드립니다! 말하면 안 된다고 선생님이 입막음을 해두셔서요!"라고 했습니다.

그 순간 이미 제 머리는 의문투성이가 되었습니다.

그러나 한가롭게 상황을 곱씹어볼 여유 같은 건 없는 모양입니다.

"·············윽!"

저는 빗자루를 꺼내, 옆에 있는 그녀가 그렇게 했듯이 바로 옆으로 날아 이름도 모르는 그녀에게 부딪쳤습니다.

괴롭히려는 게 아닙니다. 복수할 셈도 아닙니다.

그녀를 밀치면서 돌아보니——모래색 괴물의 주먹이, 지면을 때리고 있었습니다. 그 옆에 굴러다니던 제 빵이 큰길에 깔려 있던 벽돌과 함께 뭉개져 산산조각이 났습니다.

중요한 일이므로 간단명료하게 정리해 다시 말씀드리죠.

제 빵이 엉망진창이 되었습니다. 식사 공간이 딸린 빵 가게라고 하는 잘 알 수 없는 콘셉트의 빵 가게에서 여행길에 먹으라며 특별히 구워준 아주 아주 맛있는 빵이, 뭉개지고 말았습니다.

"·············."

무엇 하나 알 수 없는 상황이기는 했습니다만. 그저 말려들었을 뿐인 듯한 상황이기도 했습니다만.

단 하나 명확하게 말할 수 있는 것은.

"저건 적이로군요."

●

잿빛 머리카락에 유리색 눈동자. 거기에 체구도 그렇고, 말투도 그렇고, 눈앞에 있는 것은 의심할 여지 없는 7년 전의 선생님 그 자체였습니다.

그렇게밖에 말할 수 없는 모습을 하고 있었습니다.

그러나.

"……………………………………."

비교적 긴 침묵을 두고서 지팡이를 휘둘러 골렘에게 온갖 마법을 날리기 시작한 지금의 그녀는, 미래에서는 본 적도 없는 표정을 하고 있었습니다.

단적으로 말하자면 아무래도 화가 나신 듯했습니다.

"…………."

그녀는 등줄기가 얼어붙을 듯한 차가운 눈빛으로, 힐끔 나를 바라보았습니다.

"이 괴물, 대체 뭔가요? 마법을 날려도 꼼짝도 안 하는데요."

"그게……."

답할 말을 찾지 못했습니다.

미래의 선생님에게 입막음을 당했으니까요.

당황했던 탓에 정보를 조금 흘리기는 했지만, 더는 아무 말도 하지 않는 게 좋을 테지요. 여기서 꺾이면 미래의 선생님과 한 약속을 완전히 깨버리는 셈이 되니까요.

지금은 침묵으로 일관——.

"입을 다물 셈이라면 이 지팡이를 당신에게 들이대겠어요."

"잘못했습니다다말할게요."

꺾였습니다.

그리고 나는 과거의 선생님에게 "아시겠어요? 내가 이야기하는 동안에는 절대 마법을 멈추지 말아주세요"라고 못을 박아두고서 줄줄 토해냈습니다.

눈앞에서 선생님에게 마법을 맞고 있는 괴물의 이름은 골렘이고, 마력에 계속해서 노출되며 힘을 늘리고 있다는 것. 쓰러뜨리는 방법은 끝없이 마법을 쏟아붓는 것밖에 없다는 것. 골렘을 처리하기 위해 내가 미래에서 왔다는 것.

눈앞의 그녀가 제 은사라는 사실은 감춰둔 채, 그렇게 이야기했습니다.

잘 생각해보면——미래의 선생님은 말하지 말라고 못을 박아두었지만, 그러나 이러한 정보를 밝힌다고 해서 문제가 될 거라고는 생각되지 않았습니다.

골렘에 관해서도, 어차피 싸우다 보면 금세 알 수 있을 법한 정보일 뿐이니, 내가 밝히지 않아도 언젠가는 알 것들이었습니다.

내가 미래에서 왔다는 부분에 관해서도, 애초에 말한다고 해서 믿어줄 리가 없다고 생각했습니다. 골렘을 쓰러뜨리기 위해 미래에서 보내졌다니, 그런 설명을 솔직하게 한들 간단히 믿어줄 기특한 분이 과연 있을까요?

"과연. 그렇게 된 거로군요."

……눈앞에 있었습니다.

"……믿는 건가요……?"

간단히 고개를 끄덕이며 납득해버리는 과거의 선생님에게 놀라지 않을 수 없었습니다.

"저기…… 내가 상당히 엉뚱한 소리를 했다고 보는데요…….

"저——시간 역행에 관해서는 경험이 있으니까요. 딱히 의심하거나 하진 않습니다."

게다가──그녀는 말을 이었습니다.

"당신, 딱 봐도 거짓말은 못 할 것 같거든요."

"…………."

"아마도 당신 선생님인지 뭔지 하는 사람은 과거에서 당신이 무심코 사실을 누설할 걸 상정하고 입막음을 한 거 아닌가요? 상당히 성격이 나쁘네요."

선생님인지 뭔지라고 할까, 미래의 당신인데요…….

내가 누설한 정보를 한차례 듣고 난 후, 과거의 선생님은 "뭐, 사정은 대강 알았습니다"라며 나를 보았습니다.

"일단, 여기는 제가 맡죠. 당신은 마을 주민들의 피난 유도를 해주겠어요?"

쉬지 않고 골렘에게 마법을 날리면서도, 그 표정은 매우 시원시원했습니다.

"하, 하지만……."

네, 그럼 맡기겠습니다. 하고 순순히 고개를 끄덕일 수는 없었습니다.

"그 골렘은 내가 도시 교외로 이동시키지 않으면──."

내가 그렇게 말하던 중에.

"그건 이쪽에서 넘겨받겠습니다."

단호하게, 과거의 선생님은 내 말을 잘랐습니다.

그리고 먼 하늘을 올려다보며 말했습니다.

"뒷일은 **선생님**에게 맡겨주세요."

직후.

큰길 너머에서 불이, 화살이, 철근이, 벼락이, 얼음이——.

셀 수 없을 정도의 마법이 쏟아져 내렸습니다.

○

달려온 것은 학원의 교사들이었습니다.

그녀들은 이미 골렘의 특성을 알고 있는지——아마도 미래에서 온 학생에게 사정을 들은 것일 테지만——쉬지 않고 마법을 날려 골렘의 움직임을 저지했습니다.

과연, 그렇군요. 이거라면 제가 나설 필요는 없는 게 아닐까요? 하고 잠시 생각하고 말 정도로, 교사들의 공격은 압도적이며 일방적이었습니다.

"아직 이 나라에서 나가지 않았군요."

훌쩍. 제 바로 옆, 빗자루에서 내린 여성의 모습이 있었습니다.

비비안 씨였습니다.

녹색 긴 머리카락을 가진 그녀는 안경을 손가락으로 쓱 밀어 올리며 "보이는 대로 사람 손이 부족해. 한가하면 도와줬으면 좋겠는데"라고도 말했습니다.

"아무리 저라도 이런 걸 내버려 두고 나라를 나갈 만큼 담백하지는 않아서요."

게다가 이 골렘에게는 모처럼 받은 선물을 뭉갠 원한이 있으니까요. 음식에 얽힌 원한이 얼마나 무서운지를 실감하게 해줘야지요.

"…………."

그러나 다른 마녀들이 가세했어도 골렘은 여전히 건재했습니다. 이대로, 만약 교사들의 마력이 다하고서도 여전히 이곳에 계속 서 있다고 한다면, 그때는 이 나라가 중심부터 파괴되는 결말을 맞이하게 되리라는 것은 명백했습니다.

서둘러 큰길에서 피난시키는 편이 좋을 테지요.

"당신, 뭐 하는 건가요? 어서 주민들을 피난시키세요."

저는 시선을 옆으로 던지며 말했습니다.

"여기는 저희가 맡겠다고 했을 텐데요."

"……하지만."

미래에서 왔다고 하는 이름도 모르는 학생은 내키지 않는다는 기색으로 길 한가운데에 서 있었습니다.

골렘을 유도하는 것이——위험한 역할을 짊어지는 것이 그녀 자신의 사명이라고, 그렇게 느끼고 있을지도 모릅니다. 그런 식으로 보였습니다.

그저 그 자리에 서 있을 뿐인 그녀에게 비비안은 웃어 보였습니다.

"네 친구에게 사정은 대강 들었어. ——안심하렴. 이 골렘은 우리가 처리할 테니까."

그녀의 그 표정에는, 며칠 전까지 달라붙어 있던 긴장감이나 사명감은 흔적도 없었습니다. 그저 학생을 위해 지팡이를 휘두르는 평범한 교사의 모습이 있을 뿐이었습니다.

"교사에게는 교사의 역할이 있고, 학생에게는 학생의 역할이 있어. 어서 가렴."

비비안 씨는 그렇게 말하며 지팡이로 마을 저편——방금 그녀가 지나왔던 길을 가리켰습니다. 이 큰길 한가운데에서 전투가 벌어진 탓에 퇴로가 막혀 미처 도망치지 못한 주민들이 그곳에 있었습니다.

주민을 지키듯 지팡이를 쥐고 이쪽을 살피는 학생들의 모습도.

이윽고 미래에서 온 그녀는 우리와 저편의 학생들 사이에서 시선을 움직이더니. 그 후.

"……죄송합니다! 잘 부탁드립니다!"

드디어 우리에게 역할을 맡기고 달려 나갔습니다.

이걸로 본격적으로 골렘을 처리할 준비를 할 수 있게 되었습니다. 학생이 있다간 말려들지도 모르니까요.

그나저나.

"마법사도 아닌 학생에게 마법을 가르치려 하는 건 교사의 역할에 포함되나요?"

"포함될 리가 없잖아. 바보야?"

"…………."

제가 만약 과거로 돌아갈 수 있다면 지금의 비비안 씨를 데리고 며칠 전으로 돌아가 드리고 싶은 마음입니다.

저는 지팡이를 쥐고, 그리고 빗자루에 올랐습니다.

"지금부터 이 괴물을 도시 밖까지 유도해주시겠어요?"

미래에서 골렘을 데려온 그녀의 역할은 그러했을 것입니다.

그렇다면 그 역할은 비비안 씨를 포함한 이 나라의 교사들에게 맡기기로 하지요.

"당신은 어쩔 건데?"

제 옆에서 빗자루에 걸터앉으며 그녀는 고개를 갸웃거렸습니다.

저는 지팡이를 들고 답했습니다.

"일격으로 저걸 가라앉힐 수 있도록 준비하겠습니다."

그리고 모든 마력과 빵을 쓰레기로 바꿔버린 원한을 지팡이 끝에 담기 시작했습니다.

●

내가 달리기 시작한 직후에 선생님들에 의한 골렘 유도가 시작되었습니다.

한순간, 골렘을 향해서 비처럼 쏟아지던 마법들이 그쳤고 직후에 골렘은 지면을 부수며 날아올랐습니다.

상공에는 마법 덩어리를 지팡이 끝에 띄운 수많은 선생님들. 조금 전까지 내가 그러했듯이 그녀들은 골렘을 유도하며 교외 쪽으로 빗자루를 움직였습니다.

마력 덩어리가 발하는 빛은 이윽고 멀어져갔고, 쿵, 쿵, 진동만이 도시를 흔들었습니다.

골렘의 모습이 보이지 않게 되었을 때, 구조 활동이 본격적으로 시작되었습니다.

나도 그중 한 사람으로 섞여들었습니다.

"괜찮으세요? 일어설 수 있으세요?"

쓰러진 사람이 있으면 치료를 하고 옮겼습니다.

"으라차아아아아!"

잔해가 있으면 마법으로 치우고.

"여러분 침착하게, 천천히 움직이세요!"

피난 유도를 했습니다.

사람들을 도우며 뛰어다녔습니다. 계속해서.

그러나 우리의 유도를 제대로 따라주는 사람은 극히 일부에 지나지 않았습니다. 갑자기 나타난 골렘 덕분에 마을은 이미 혼란의 소용돌이 속. 사람들의 비명 소리와 이리저리 도망치는 발소리가 내 귀에 들려왔습니다.

"잠깐! 저기! 진정하세요! 진정해주세요!"

우왕좌왕하며 나는 유도를 했지만, 사람들은 허둥지둥 도망칠 뿐이었습니다.

이리저리 도망치는 사람들을 바라보며 나는 어찌하면 좋을지 몰라 망연자실했습니다.

쿵, 쿵, 하고 울리는 소리가 과연 골렘이 만들어낸 것인지, 아니면 도망치는 마을 사람들의 발소리가 만들어낸 것인지 알 수 없게 되었을 만큼.

마을에서 도망치는 사람들의 등을 바라보며, 그리고 유도하는 학생들을 보며, 나는 그녀의 모습을 찾았습니다.

리나리아 씨.

그녀는 어디에 있는 것일까요──나는 그녀의 모습을 찾으며 사람들을 도망치게 했습니다.

그리고, 내가 시선을 이리저리 돌리고 있을 때.

쿠궁──하고.

내 바로 옆에서, 무언가가 부서지는 소리가 울렸습니다.

반사적으로, 나는 돌아보았습니다.

도시의 큰길 양옆에 서 있던 높다란 건물──중 하나가, 잔해가 되어 쏟아져 내리는 것이 보였습니다.

분명 골렘이 이 주변을 지날 때 건물에 균열이 갔던 것일 테지요. 아니, 어쩌면 교사들이 날린 마법에 운 나쁘게 맞았는지도 모릅니다.

명확한 이유는 잘 모르겠습니다. 아니, 생각할 틈도 없었습니다. 떨어지는 잔해 바로 아래에, 한 여자아이가 있었던 것입니다.

운 나쁘게 넘어지고 만 것일까요. 지면에 엎드린 채 소녀는 놀란 표정을 지으며 잔해를 올려다보고 있었습니다.

밤색 머리카락의 여자아이였습니다.

어리고, 나이는 대략 여덟 살 정도일 테죠.

그것은 매우 눈에 익은 얼굴이었고, 동시에 기억에 있는 광경이기도 했습니다.

나는 정신없이 소녀를 구하기 위해 잔해를 향해서 지팡이를 들이댔습니다.

두 동강 내려고 했습니다. 소녀를 구하려 했습니다.

그러나.

"──위험해!"

내 손은 닿지 못했고, 그러나 그보다도 전에 소녀에게 쏟아진 잔해를 마법으로 베어 가른 학생이 있었습니다.

콰직, 하고.

"……다치지 않았니?"

리나리아 씨는, 소녀에게 웃어 보이고 있었습니다.

○

계속해서 골렘을 유도한 끝에, 저희는 도시 교외에 다다랐습니다.

인적도 없고, 건물도 하나 없고, 들판만이 펼쳐진 곳에서 골렘은 움직임을 멈추었습니다.

끝없는 마법이 쏟아지기 시작했던 것입니다.

그러나.

그래도, 쉴 없이 마법을 맞추어도 쓰러뜨리지는 못했고, 계속해서 마력이 흡수되어갈 뿐이었습니다. 효과가 없는 것은 물론이고, 심지어 교사들의 공격을 맞고 있는 골렘은 태연한 얼굴을 하고 있는 것처럼 보일 지경이었습니다.

"대체 어떻게 돼 먹은 거야……!"

초조함을 감추지 못한 교사 한 명이 욕설을 내뱉었습니다.

누군가가 답했습니다.

"마력을 더 쏟아붓는 거예요! 분명 언젠가는 쓰러질 거예요!"

그러나 누군가가 탄식을 내뱉었습니다.

"이런 식으로는 언제까지고 끝나지 않을 거야! 끝없이 흡수당할 뿐이잖아!"

움직임을 봉하는 데 성공했다고는 해도, 쏟아붓고 있는 마법은 조만간 사라지고 말 터입니다.

점점 교사들 사이에 불안이 자리 잡기 시작했습니다.

"…………."

녹색 긴 머리카락의 교사 비비안 씨도, 마찬가지였습니다.

이대로는 마력이 다하고 마는 게 아닐까. 마족이 또 부활해버리는 것은 아닐까. 불안이, 서서히, 마법을 날릴 때마다 커졌습니다.

"아직이야?"

이윽고 그 불안은 초조함과 함께 제게로 향했습니다.

"상당히 애를 태우네."

"저한테 맞히지 마세요."

지팡이 끝에 계속해서 마력을 담으며 저는 답했습니다.

"뭐, 제가 일격으로 가라앉혀 보일 테니까, 조금만 더 기다려주세요."

"그 자신은 대체 어디서 나오는 걸까……."

"제 지팡이 끝에서일까요……."

"…………."

"…………."

"아직이야?"

"조금만 더요."

제 지팡이 끝에 뜬 빛이 번쩍번쩍 빛을 발하기 시작했습니다. 눈부시게, 풍경이 희게 물들 정도의 불빛이 떠올랐습니다.

제 안에 있는 마력의 대부분을 담은 빛이, 이윽고 열기를 잃고 냉기를 띄기 시작했습니다.

차가워 숨결이 하얗게 변했습니다.

"아직이야?"

비비안 씨는 곁눈질로 저를 보았습니다.

"다 됐습니다."

저는 답했습니다.

그리고 지팡이를 휘둘렀습니다.

냉기를 띤 마력 덩어리는 제 지팡이에서 해방되자 비눗방울처럼 둥실둥실 힘없이 공중을 날아 골렘을 스치고 하늘로 올라갔습니다.

".........."

공격의 손길을 멈추고, 그 모습을 바라보고 있던 비비안 씨는 노골적으로 얼굴을 찌푸렸습니다.

"......상당히 도움이 안 되는 비장의 수네."

때때로 바람에 흔들리면서도, 학원의 교사들이 날린 마법에 뒤처지면서도 제가 날린 빛의 구슬은 하늘 너머로 사라졌습니다.

"뭐, 보고 계세요."

그리고 저는 "에잇" 하고 빛의 구슬을 잃은 지팡이를 골렘을 향해서 휘둘렀습니다.

직후.

하늘 저편에서 크디큰 얼음 기둥이 쏟아져 내렸습니다.

이 나라의 어느 건물보다도 높고, 크고, 올려다보고 또 보아도 끝이 보이지 않을 만큼 하늘 높이 솟은 탑이 그대로 떨어져 내린 것만 같았습니다.

그렇게나 거대한 얼음덩어리가 골렘을 노리고서 쏟아져 내렸던 것입니다.

『⋯⋯⋯⋯!』

골렘은 양손을 들고서 제 얼음을 받아냈습니다. 하늘로 뻗은 손바닥에 얼음이 흡수되어갔습니다. 그러나 아무리 흡수해도 제 얼음에 끝은 보이지 않았습니다.

계속해서 탑은 하늘 너머에서 쏟아져 내렸습니다.

점차로 골렘의 발밑이 깨지기 시작했습니다. 골렘의 손에 금이 가고 있었습니다. 그래도 얼음은 끝나지 않았습니다.

얼굴이 무너지기 시작해도, 다리가 꺾여도, 그래도 얼음은 멈추지 않았습니다.

흡수의 한계가 찾아왔고, 골렘이 지면에 처박혀도 그래도 얼음은 멈추지 않았습니다.

골렘이 눌려 뭉개지고 모습이 보이지 않게 되었어도 얼음은 멈추지 않았습니다.

그래도 그저 가차 없이 계속해서 지면을 때리던 제 얼음은, 이윽고 지면을 새하얗게 채울 때까지 끝없이 쏟아졌고, 계속해서 깨져갔습니다.

여름이 가까워져 가던 선선한 날씨 속에서 제 주변만이 한겨울로 바뀌었습니다.

"……뭐, 이런 거죠."

지팡이 끝을 후 하고 불었더니 하얗게 물든 숨결이 나타났고, 사라졌습니다.

●

나는 7년 전의 일을 떠올렸습니다.

"──위험해!"

목소리가 들렸을 때는 이미, 내게 쏟아져 내리던 잔해는 두 동강이 나 있었습니다.

그 앞에 서 있던 것은 보라색 머리카락을 머리 뒤에서 하나로 묶은, 아름다운 마법사님이었습니다. 그녀는 놀란 내게 손을 내밀면서 이렇게 말했습니다.

"……다치지는 않았니?"

다정하게 미소 지으며 그렇게 말했습니다.

나는 그저 천천히 고개를 저으며, 치맛자락을 잡아 아래로 당겼습니다. 다쳤다는 걸 들키고 싶지 않았기 때문입니다. 그런 식으로 센 척을 했습니다.

그녀는 그 사실을 눈치챘는지, 혹은 그저 상냥했던 것인지, 아주 살짝 미소를 머금고서 손을 뻗어 내 머리에 올렸습니다.

다정하고 따뜻한 손이었습니다.

"무사해서 다행이야."

누구인지도 모르는 소녀를 앞에 둔 그녀의 안색은 진심으로 안도하고 있는 듯 보였습니다.

당시의 나는 눈앞의 일을 머리로 처리하는 데 상당한 시간을 필요로 했습니다. 머리를 쓰다듬어주는 마법사가 목숨을 구해주었다는 사실을 깨달았을 때는, 그저 단 한마디의 말을 하고 있었습니다.

"……고맙, 습니다."

멍하니, 아무런 꾸밈도 없는 한마디를 했습니다.

"천만에."

그녀도 마찬가지로 아무런 꾸밈없는 담백한 말로 대꾸하며, 내 머리에 올려두었던 손을 떼었습니다.

그리고 발길을 돌려 쏟아지는 잔해들을 향해 지팡이를 흔들어 하나하나 쳐냈습니다. 나 이외의 사람들을 구하기 위해 그녀는 마법을 날렸습니다.

쿨한 그녀의, 그러나 따뜻한 손의 감촉만은 머리 위에 남아 있었습니다. 당시의 나는 그 감촉을 확인하듯이 머리에 손을 댔습니다.

얼굴도, 키와 몸집도, 바로 이 순간까지 기억 속에 전부 봉인되어 있었습니다.

그녀의 뒷모습을 바라보며, 그때, 나는.

마법사라는 것을 사랑하게 되었습니다.


미처 도망치지 못한 불쌍한 한 여자아이를 리나리아 씨가 구한 후, 도시 교외에 얼음 기둥이 생겼습니다.

마치 하늘 저편에서 철근이 떨어진 것 같은, 그런 무자비한 일격은 지면을 흔들고 마을을 술렁이게 했습니다.

"······아무래도 끝난 모양이네."

리나리아 씨는 그 광경을 바라보며 오도카니 서 있었습니다. 구조의 손길을 완전히 멈추어버렸습니다.

그렇다고 해도, 이 시점에 도시에서 도망치려 하는 사람은 없었고, 모두가 그 얼음 기둥에 시선을 빼앗겨버렸습니다.

나는 시치미 뗀 얼굴로 그녀 옆에 섰습니다.

"······역사 자료에 저 일격으로 골렘이 쓰러졌다고 쓰여 있었나요?"

그리고 그녀와 마찬가지로, 지면에 꽂힌 거대한 얼음 기둥을 바라보며 말했습니다.

리나리아 씨는 슬쩍 이쪽을 보고 잠시 침묵한 다음 고개를 끄덕였습니다.

"분명 마을에 있던 마녀가 날린 얼음 기둥에 의해 뭉개졌다고는 쓰여 있었어."

역사 마니아인 그녀가 그렇게 말했으니, 아마도 틀림없을 테지요.

"······다행이야. 무사히 끝나서."

"그러게요."

일어난 참사가 겨우 끝을 맞이했다는 사실을 안 직후에 마음이 풀어졌습니다. 내 얼굴에서 긴장감이 사라져갔고, 칠칠치 못한 표정으로 바뀌었습니다.

"다행이에요……."

한숨을 내쉬는 내 얼굴에는 미소가 자리 잡고 있었습니다.

"…………."

리나리아 씨는 그런 나를 보더니 "……뭔가 좋은 일이라도 있었어?"라며 고개를 갸우뚱했습니다.

무슨 말씀이신지.

"골렘이 드디어 없어졌잖아요? 기쁘지 않을 리가 없잖아요."

"……그게 아니라."

리나리아 씨는 살짝 고개를 저었습니다.

"당신은 골렘이 쓰러진 것보다 다른 일로 더 기뻐하는 것처럼 보이는데."

"네?"

그렇게 보이는 건가요?

큰길에 면한 가게 유리창에 얼굴을 비추어 봤습니다.

실실 웃고 있는 여자아이가 그곳에 있었습니다. 첫사랑을 안 지 얼마 안 된 소녀처럼 순진무구하게 들뜬 머리 나빠 보이는 여자아이가 한 명, 그곳에 있었습니다.

어디를 어떻게 보아도 그냥 나였습니다. 나 이외의 누구도 아니었습니다.

그러나, 그래도 어쩔 수 없는 일 아닐까요?

마법사를 목표로 삼은 후 줄곧 연모하고 동경했던 누군가는——이름도, 키와 체격도 기억하지 못했던 소중한 추억은, 의외로 가까이에 있었던 것입니다.

줄곧 찾고 있던 나의 동경은, 눈앞에 있었던 것입니다.

기쁘지 않을 리가 없습니다.

"리나리아 씨."

나는 그녀를 향해 섰습니다.

역전 시계를 쓰면 쓸수록.

과거의 후회를 불식하기 위해서나, 사리사욕을 위해서나——
그러한 이유로 과거로 날아가는 것은 결국 자기 자신을 과거에
묶어두는 족쇄일 뿐일지도 모릅니다.

과거에서 한 걸음도 나아가지 못한 채, 시간만 흘러간다는 사
실을 깨닫지 못하게 되고 마는 것일지도 모릅니다.

지낸 시간이 어긋나면 어긋날수록, 타인과 같은 시간을 걷지
못하게 될지도 모릅니다.

그러나, 그 정도는 우리에게 아무런 문제도 아니었습니다.

누구보다도 멀리 있었을 터인 그녀는——동경하던 존재는, 줄
곧, 나와 같은 시간을 걷고 있었던 것입니다.

과거로 돌아와, 여기에 이르러, 겨우.

나는 친구라고 부를 수 있는 사람을 발견한 듯한 기분이 들었
습니다.

지금까지 지내왔던 모든 시간에 헛된 것은 무엇 하나 없었다
고——생각하게 되었습니다.

그래서 나는, 숨을 한껏 들이쉬고서, 말했습니다.

"고맙습니다"라고.

과거의 감사를. 다시 한번.

리나리아 씨는 내 얼굴을 바라보며 조금 놀란 듯 눈을 크게 떴습니다. 그리고 이내 질문에 질문으로 답했던 것처럼, 같은 말을 돌려주었습니다.

꾸밈없는 담백한 말을.

7년 전의 지금과. 같은 말을.

## 제 10 장

리나리아 씨와 아르테 씨가 과거에 골렘을 버리러 간 지 약 한 시간하고 약간의 시간이 흐른 뒤, 그녀들은 둘이 함께 미래로 돌아왔습니다.

"…………."

"…………."

먼지투성이가 된 상태에서도 그녀들은 서로 아무런 말 없이 침묵을 지키고 있었습니다. 그러나 거리감을 재지 못하고 있는 듯한, 미묘한 분위기는 그곳에 없었습니다. 두 사람 사이에는 그저 어디까지나 기분 좋은 침묵이 흐르고 있을 뿐이었습니다.

두 사람의 낯빛은 그 정도로—— 큰일을 마친 직후라고는 생각할 수 없을 만큼 환한 표정이었습니다.

"뭔가 좋은 일이라도 있었나요?"

그런 식으로 제가 고개를 갸웃거리는 것도 당연한 일이었습니다.

"딱히 아무 일도 없는데요?"

곧바로 고개를 저은 것은 아르테 씨.

"그러네요…… 딱히 아무 일도 없었습니다."

그 옆에서 그렇게 말하며 고개를 끄덕이는 리나리아 씨.

아무래도 좋은 일이 있었던 모양이로군요.

두 사람 다 거짓말에는 소질이 없는 모양입니다. 딱히 파고들 마음도 없었습니다만.

아무튼.

"일을 무사히 마친 모양이네요—— 다행이에요."

제가 말해놓고도 상당히 뻔뻔하다고는 생각했습니다. 골렘을 쓰러뜨린 건 7년 전의 저니까요.

뭐, 끝이 좋으면 딱히 어찌 되든 상관없을 테지요.

결과론으로 말하자면 골렘은 쓰러졌고, 거리에는 평화가 돌아왔습니다.

그 대가로 학원에 있던 설비는 모조리 못 쓰게 되어버렸지만.

도서관의 도서 자동 반납 기구도 그렇고, 소각로도 그렇고. 앞으로 이 학원의 생활은 조금 불편해질 것 같군요——.

"선생님."

대부분의 마법사가 힘을 다 써버린 탓에 여전히 잔해가 산처럼 쌓여 있는 학원을 올려다보고 있으려니, 문득 리나리아 씨가 제 등 뒤에서 말을 걸어왔습니다.

돌아보니 그녀는 아르테 씨와 나란히 서 있었습니다.

두 사람은 손을 잡고 있었습니다.

맞잡은 손에는 역전 시계가 하나.

리나리아 씨는 그것을 제게 내밀었습니다.

"아까 했던 시간 역전을 마지막으로 여기는 게 좋겠다고 선생님은 말씀하셨지만——."

그리고 말했습니다.

"다시 한번, 마지막으로 한 번만, 과거로 돌아가게 해주실 수 없을까요?"

리나리아 씨가 갖고 있다 내게 전해진 역전 시계가 이번 참사를 일으켰습니다.

　　결과적으로 나는 편리한 시계의 편리함에 마음을 빼앗기고, 욕심을 부리며 몇 번이고 몇 번이고 과거로 돌아가 이 사태를 불러일으키고 말았습니다.

　　대참사입니다.

　　의도치 않게 나라를 엉망으로 만들어버렸습니다.

　　반성하지 않을 수 없습니다. 하지 않으면 안 됩니다.

　　동시에 생각했습니다.

　　두 번 다시 과오를 반복해서는 안 된다고.

　　역전 시계 같은 편리한 것이 있었기 때문에, 편리해지면 질수록——시간을 건드리면 건드릴수록, 우리는 평범한 사람의 생활에서 멀어져갈 뿐이었던 것입니다.

　　이제 돌아가지 않으면 안 됩니다.

　　"아르테 씨."

　　무너진 교사를 바라보면서 리나리아 씨는 내게 말했습니다.

　　"준비됐어?"

　　시계의 크라운을 빙글빙글 돌리면서.

　　마지막으로 돌아갈 시간은 나도 그녀도 알지 못합니다. 어딘가 적당한 시간으로 돌아가 적당히 버리고 오자고, 우리는 그렇게 정했던 것입니다.

"어느 시대로 날아가려나요?"

나는 그녀와 함께 역전 시계를 쥐었습니다.

"글쎄? 적당히 만졌으니까, 어쩌면 아주 먼 옛날로 날아가게 될지도 모르겠는걸."

키득 하고 그녀가 웃는 기척이 느껴졌습니다.

그리고 그녀는 내 손가락에 자신의 손가락을 걸었습니다. 두 사람분의 열기가 담긴 역전 시계는 미지근했고, 온기가 담겨 있었습니다.

나와 그녀는, 그리고 얼굴을 마주하고.

측면의 단추를 한 번 눌렀습니다.

이 앞에 무엇이 있을지는 알지 못합니다.

그러나, 그렇다고 해도 아무런 문제도 없습니다.

미래는 알지 못하기에 좋은 거니까요.


우리는 깜깜해진 교실의 창가에 서 있었습니다.

창밖으로는 어둠 속에 고요하게 잠긴 높다란 건물이 늘어선 거리가 보였습니다. 내려다보니 소각로에서 쉼 없이 불꽃이 일렁이고 있었습니다.

눈동자에 비친 풍경에서는 어딘가 친숙함이 느껴졌습니다.

미래와의 차이를 굳이 들자고 한다면, 우리가 서 있는 이 교실이 미래에는 그저 잔해가 되어버렸다는 정도일까요?

즉, 우리는 상당히 먼 과거로 돌아온 것도 아닌.

매우 평범하게 며칠 전으로 거슬러 온 것입니다.

"……4백 년 전 정도로 돌아왔다면 재미있었을 텐데."

내 옆에서 역사 마니아 씨가 뺨을 부풀렸습니다.

"……다시 한번 예전 도서관을 보고 싶었는데……."

그런 말도 했습니다.

"……그럼, 한 번만 더 역전 시계를, 쓸까요?"

그럴 경우에는 의기양양한 얼굴로 "이게 마지막이에요" 같은 말을 했던 조금 전의 대화는 전부 없었던 것으로 하고, 시치미 뗀 얼굴로 선생님께 돌아가 "다시 한번 해도 될까요?"라며 부끄러움을 참고 부탁할 필요가 있습니다만.

십중팔구 혼날 테지만요. "네? 무슨 말을 하는 건가요?"라며 웃는 얼굴로 화낼 것 같지만요.

"……그만두도록 하죠."

나와 거의 비슷한 상상을 했는지, 리나리아 씨는 질린 얼굴을 하고 고개를 저었습니다.

"그러네요."

나도 고개를 끄덕였습니다.

"이걸로 마지막, 이니까요."

그리고 둘이서 쥐고 있던 역전 시계에 힘을 실었습니다. 내 옆에서 그녀도 손에 마주 힘을 주었습니다.

우리는 서로의 얼굴을 바라보는 일도 없이, 아쉬움을 숨기면서 손을 뻗어 창문을 열었습니다.

가을의 선선한 바람이 불어 들어왔습니다.

목덜미에 차가운 바람이 스쳤고, 몸이 차가워졌습니다. 손끝만이 여전히 온기를 지니고 있었습니다.

"……그럼, 시작할까요?"

그렇게 말하며 나는 리나리아 씨를 바라보았습니다

"……네."

담백한 반응을 해 보인 그녀는 그 직후에 웃음을 지었습니다.

그리고 우리는 서로에게 고개를 끄덕였습니다.

잡고 있던 손을 풀면서 역전 시계를 하늘로 던졌습니다.

은색의 고풍스러운 시계는 둥글게 호를 그리며 그대로 어둠 속으로 사라져갔습니다.

그대로 소각로 안에라도 떨어져 주길 바랐습니다.

떨어지지 않았다면, 뭐—— 그때는 그때입니다. 다시 주워서 이번에야말로 소각로 안에 쏙 던져 넣으면 될 테지요.

그렇게.

적당히 돌아온 시간 속에서 떨어지는 역전 시계를 바라보며, 나는 그렇게 적당한 생각을 했습니다.

이윽고 역전 시계는 따악! 하는, 의외로 큰 소리를 내면서 떨어졌습니다.

"아파아아아아아아아앗!"

소각로 앞에서 작업을 하고 있던 시골내기 머리에, 떨어졌습니다.

○

골렘 건이 정리된 후, 무너진 학원을 다른 교사들과 함께 되돌렸습니다.

저를 포함해, 모든 교사가 지칠 대로 지쳐버린 탓에 복구에는 나름대로 시간이 필요했지만, 무너진 교사는 약 사흘 정도 만에 깔끔하게 원래대로 돌아왔습니다.

짧은 연휴를 지나 학원에서의 수업은 재개되었습니다.

그리고 그날을 기점으로 저는 교직에서 물러나게 되었습니다. 요컨대 교사를 그만둔 것입니다.

사실을 말하자면.

원래 저는 이 사건을 처리하기 위해 학원에 숨어들었을 뿐입니다.

7년 전——제가 이 나라를 떠나려 했을 때 만난 거짓말을 하지 못하는 정직한 그녀의 말에 무언가 걸리는 느낌을 받았기 때문입니다.

그녀는 저를 선생님이라 불렀고.

그리고 선생님은 그녀에게 공부를 가르치고, 골렘을 과거로 보내도록 지시했다고 했습니다.

7년 후의 미래에서 교사 일을 하는 상황에 처하는가 보다 하고 의심한 것은 그때였습니다. 저는 그 후 7년 후인 지금에 이르기까지 변함없이 여행을 계속했고, 그리고 오늘 모든 것을 끝냈습니다.

7년 전의 세계에서 골렘을 쓰러뜨린 것이 저이니, 그렇다면 7

년 전의 저를 위해 그 계기를 만드는 역할도 맡아야만 하리라고 생각했던 것입니다.

그런고로 7년 후인 지금 저는 교사 일을 해가며 줄곧 기다렸던 것입니다.

목적을 달성했으니, 이제 이 학원에 있는 것은 그다지 좋지 않을 테지요.

저는 결국 여행자니까요.

그런고로 저는 교직에서 물러나기로 했습니다.

짧은 시간이었지만, 저는 아무래도 다소나마 교사답게 행동했던 모양인지 제가 학원을 떠난다는 사실이 밝혀졌을 때 학생들은 송별회 같은 것을 열어주었습니다.

제 단골 빵 가게(식사 가능한 공간 있음)를 빌려서 학생들이 저를 위해 노래를 불러주거나, 혹은 편지를 주거나, 선물을 주거나.

웃거나 울거나 해가며 그녀들은 저의 출발을 축하해주었습니다.

"선생니이이임…… 어째서 그만두시는 건가요오오오……!"

제자 중 한 명, 시골에서 자란 아르테 씨는 울면서 매달렸습니다.

"………………훌쩍."

의외로 언제나 냉정한 리나리아 씨도 눈물을 글썽이고 있었습니다. 사이좋은 친구의 눈물에 이끌린 것인지도 모릅니다.

저도 몇 번인가 그녀들의 눈물에 이끌려 눈두덩이가 열기를 띠기도 했습니다만, 이런 데서 울어버려서는 교사로서 모범이 되지 못한다고 하는 뭔지 알 수 없는 이유를 머릿속으로 계속해 외면서 눈물을 삼켰습니다. 저까지 울었다간 아마도 송별회가 숙연한 분위기에 휩싸일 것이 틀림없습니다.

결국, 그날은 마지막의 마지막까지 그저 즐거웠다는 감상밖에 떠오르지 않을 만큼 시끌벅적했습니다.

밤이 깊어질 무렵에야 겨우 가게는 정적을 되찾았습니다.

대부분의 학생이 날짜가 바뀔 무렵에 돌아갔고, 날짜가 바뀐 후에 드문드문 다른 학생들도 귀갓길에 올랐습니다.

결국 마지막의 마지막까지 억지를 부리며 저와 함께 있던 것은 두 사람의 학생뿐이었습니다.

지나치게 소란을 피워 지친 것인지, 제 무릎을 베개 삼아 한 학생은 잠들었습니다.

"……헤헤…… 뭐라고오? 정마알…… 헤헤…….'"

그런 사투리가 섞인 잠꼬대를 하면서.

"우후후…… 이게 4백 년 전의 돌멩이구나…… 좋아…….'"

또 한 사람의 학생도 마찬가지로 의미불명인 꿈을 꾸면서 행복하게 제 어깨에 기대어 잠들어 있었습니다.

"…………'"

저는 꿈속에 있는 그녀들의 머리에 손을 얹고 쓰다듬었습니다.

지금, 이곳에서 학생으로서 노력하는 그녀들은 앞으로 다양한 것들을 경험하고, 그리고 어른이 되어갈 테죠.

시간을 거슬러 오르지 못하게 된 지금, 그녀들은 지금까지 이상으로 고생하게 될지도 모릅니다. 좌절을 느끼는 일도 있을지 모릅니다. 고민하고, 머리를 끌어안는 일도 있을 테죠.

그러나.

옆에 친구가 있는 두 사람이라면, 분명 괜찮을 것입니다.

앞으로의 미래에서 공부하고, 공부를 계속해서 어른이 되고.

"만약, 가능하다면, 그때 또 만날 수 있다면 기쁠 거예요."

저는 꿈속의 두 사람에게 그렇게 속삭였습니다.

그때까지, 눈물은 아껴두기로 하지요.


그다음 날.

짐을 정리하고 저는 학원 밖으로 걸어갔습니다.

변함없이 높다란 건물들이 늘어선 큰길을 잠시 나아가자 문이 보였습니다.

"안녕하세요. 마녀님. 외출하시나요?"

문지기 병사는 저에게 경례를 했습니다.

저는 고개를 저었습니다.

"출국입니다."

문지기 병사는 "알았습니다"라며 고개를 끄덕이고, 출국 수속을 담담하게 밟더니 "그럼 다시 찾아주시기를 기다리겠습니다"라며 문 앞에서 물러났습니다.

그리고 천천히, 애를 태우듯이 문이 열렸습니다.

아직 모르는 미래가, 문 너머에서 저를 기다리고 있었습니다.

그렇게, 다시, 새로운 여행이 시작되었습니다.

# 후기

시라이시 죠우기,

일본에서 활동하는 라이트노벨 작가이다. 2016년에 자비 출판으로 상업 데뷔를 이뤄내고, GA 노벨 창간과 동시에 발매된 『마녀의 여행』은 이번에 7권을 맞이한다.

그런 그가, 지금, 새로운 도전을 하려 하고 있었다.

―정말로 사는 겁니까?

"아니, 역시 최근 들어 절실하게 체력이 없다는 것을 실감해서요, 운동하려면 역시 저걸 살 수밖에 없잖아요?"

바로 지금, 그를 고민하게 하는 문제가 있었다.

운동 부족.

본업에서도 집필 쪽 일에서도 딱히 그렇게까지 격렬하게 움직이는 것도 아니고, 휴일에 이르러서는 종일 먹고 자고 애니메이션을 보고 책을 읽다가 깨닫고 보면 이미 해가 져서, "하아 진짜냐 벌써 밤이야 아무것도 안 했는데"라고 중얼거릴 뿐인, 인간이라는 것은 허울뿐인 살아 있는 시체가 운동 부족에 빠지는 것도 당연한 귀결이라 할 수 있었다.

그런 그가, 제6권 후기에서 『2018년은 적당히 운동하는 해가 될 수 있도록 하겠다』 같은 의미불명인 소리를 했던 것이 기억에 새롭다.

―운동을 하려면 밖에서 달리면 되지 않을까요?

"아니, 비가 내리면 뛸 수가 없잖아요. 그런 건 저 그렇거든요. 정말로 그렇다니까요. 왠지 그래요."

―돈을 버리는 꼴이 되지 않을까요?

"아니 안 되거든요! 절대로 안 될 거예요! 정말로! 저 그거 사면 반드시 매일 달릴 거예요! 진짜로!"

그런 그가 1년 전에 로봇 청소기를 산 결과, 방에 깔려 있던 카펫이 로봇 청소기로는 청소할 수 없는 종류였던 탓에 고작해야 방 한쪽을 겨우 청소하는 꼴이 되었던 것이 기억에 새롭다. 로봇 청소기가 매일 아침 다섯 시에 자동으로 청소를 시작하도록 세팅해둔 덕분에 매일 짜증을 내며 눈을 뜬 것도 기억에 새롭다. 기억에 새롭다고 말해두면 일단 왠지 그럴듯한 느낌이 든다고 믿는 그였지만, 요컨대 그가 1년 전에 산 것은 로봇 청소기라기보다 그저 성가실 뿐인 알람 시계였다.

―사면 매일 할 겁니까?

"당연하잖아요! 두고 보라니까요! 저는 지난 2년 동안 잃었던 체력을 되찾을 거예요!"

그는 목소리를 높이며 그렇게 통신 판매로 어떤 주문을 했다.

러닝머신을.

그리하여 그는 자신의 운동 부족을 해결하며, 동시에 집에서 한 걸음도 나가고 싶지 않다는 바람을 이루기 위해 집 안에서 가볍게 운동할 수 있는 러닝머신에 손을 댔던 것이다. 그 후로 그는, 지금도 덜덜 덜덜 롤러 위를 햄스터처럼 달리고 있다고 한다.

그의 도전은, 아직 계속되고 있다――.

그런고로 최근 러닝머신을 산 시라이시 죠우기입니다. 오랜만입니다. 안녕하세요.

시리즈도 계속되어 제7권을 맞이하게 되었습니다.

여러 가지로 이야기하고 싶은 것이 있지만, 우선은 평소와 다름없이 스포일러가 섞인 각 이야기에 관한 코멘트부터 할까 합니다. 그럼 시작합니다!


## ●제1장 『옛날 옛날, 어느 곳에』

7권 6장에 이르기까지의 프롤로그 같은 이야기입니다. 이번에는 1장부터 6장까지의 이야기와 7장 이후의 2부 구성이 되었습니다.

## ●제2장 『거짓투성이 샤론 님』

7권 가장 마지막에 쓴 이야기입니다. 비교적 어두운 이야기나 혹독한 전개인 이야기가 많았기 때문에 가벼운 이야기도 써볼까 싶었습니다.

마지막 장의 아르테와 달리, 샤론 님에게는 마법의 재능이 없었습니다. 그러나 재능이 없어도 동경하기를 멈추지 않고, 다른 방법으로 접근한 것이 샤론이라는 캐릭터가 되었습니다.

## ●제3장 『눈에는 보이지 않는 것』

엘프리데는 메두사를 바탕으로 만들어졌습니다. 일반적으로 메두사는 눈을 마주친 인간을 돌로 만들어버린다고 알려져 있습니다만, 그렇다면 상대가 눈이 보이지 않을 경우에는 어찌 되는 것인가? 하는 그런 소박한 의문에서 이런 이야기가 만들어졌습니다.

누구와도 마주할 수 없었던 두 사람은, 이야기 후에 그저 둘이서 평온하게 살지 않았을까 싶습니다.

여담입니다만, 숲에서 조용히 사는 한 쌍의 남녀라는 상황을 꽤 좋아합니다.

### ● 제4장 『석고상과 마녀들의 이야기』

이제 한참 전의 이야기입니다만, 벽화를 무단으로 수리해서 비난을 받았던 할머니가 한때 화제가 되었던 일을 기억하시는지요? 그 사건을 바탕으로 한 이야기입니다. 사야 씨가 나오는 이야기를 쓰는 것은 상당히 오랜만인 느낌입니다.

### ● 제5장 『미인뿐인 마을』

본래는 6권에 수록될 예정이었던 내용이었습니다만, 6권에서는 이미 묵직한 이야기가 여럿 있었고, 거기에 페이지 수를 고려했을 때도 그래서 7권으로 미뤄졌던 이야기입니다.

사마귀나 거미 중에는 교미를 마친 후에 암컷이 수컷을 먹어버리는 종류가 있다고 합니다. 그러한 생물의 습성이 소재가 되었습니다.

그런데, 양고기는 양의 성장 상태에 따라 명칭이 다르다고 합니다. 새끼 양이 램이고 어른 양은 머튼.

### ● 제6장 『서로 이해할 수 없는 사람과 괴물의 이야기』

시간이 해결해준다는 이야기를 자주 합니다. 루세라도 나타샤도, 서로 태어난 시대가 너무 빨랐을 뿐이었습니다. 어린 시절에 읽었던 동화에 나왔던 악역은 평범한 악역이 아니었던 것이 아닐까. 어쩌면 그렇게까지 나쁜 사람은 아니었던 게 아닐까. 그렇게 악역에게도 시선을 돌리게 되는 것은 대체로 어른이 된 후인 경우가 많다고 봅니다.

참고로 마지막 부분에 편집자가 나옵니다만, 그것은 결코 제가 신세를 지고 있는 편집자님을 모델로 한 것이 아니니 기분 나빠 하지 말아주세요! 정말로!

### ●최종장『세월의 여행』

이번에는 어른 일레이나 씨가 나옵니다만, 다음부터는 7년 후 편이 스타트! 인 것은 아닙니다. 8권에서도 일레이나 씨는 변함없이 속 시커먼 독설 존댓말 계열의 유리 같은 10대로 돌아갈 예정이오니, 잘 부탁드립니다. 이번 이야기는 여러 미래 중 하나로서 읽어주셨으면 합니다.

이래저래 쓰다 보니 지금까지 중에 가장 긴 이야기가 되고 말았습니다.

학생이었던 당시를 돌아볼 때마다, 당시의 일들 중 의미 없었던 것은 하나도 없었다는 생각을 합니다. 멋진 추억만 있는 것은 아니지만, 후회도 고생했던 경험도 노력하고 결국 헛수고로 끝났던 일도, 반드시 장래 어디선가 도움이 될 때가 옵니다. 그러니 아무것도 하지 않는 것보다 훨씬 낫다고 생각합니다. 그나저나 다른 이야기입니다만, 4월 1일에 "7권에서는 어른 일레이나 씨가 나옵니다! 거짓말이지만!" 하고 까불거렸던 시라이시 죠우기라는 라이트 노벨 작가가 있었습니다. 그런데 실제로 그 시점에는 이미 7권에서 어른 일레이나 씨가 나오는 것이 이미 정해져 있었고, 7권 발매와 동시에 "아니, 그때 거짓말이라고 했잖아? 실은 그 말이야말로 거짓말이었던 거야" 같은 말을 할 셈이었습니다. 후에 냉정해지고 나서 "어라……? 그 거짓말은 뭐야……? 바보냐?" 하고 생각을 고쳐먹었습니다. 저에게 역전 시계가 있다면 틀림없이 4월 1일의 저를 때려눕히러 갔을 거라 생각합니다.

이렇게, 각 이야기의 코멘트였습니다.

이번에는 평소보다 원고에 시간이 걸렸고, 깨닫고 보니 마감이 매우 아슬아슬한 상태가 되어 있었습니다. 그때는 정말로 폐를 끼쳤습니다…….

7권이 발매된 무렵에는 정보가 공개되었으리라 생각해서 후기에 적었습니다만, 『마녀의 여행』 드라마 CD가 11월에 발매될 예정입니다. 잘 부탁드립니다. 그런데, 성우분 리스트를 받은 날부터 긴장으로 손끝의 떨림이 멈출 줄을 모릅니다…… 어쩌지…….이대로 수록 녹음 참관을 하게 된다면 그대로 손끝이 튀어 날아가지 않을까 싶습니다.

코미컬라이즈판도 이 후기를 쓸 무렵에 1화의 원고를 받아 읽어보았습니다만, 코미컬라이즈를 담당해주신 나나오 잇키 선생님의 그림은 정말이지 매우 멋진지라 몇 번이고 몇 번이고 반복해 읽었습니다. 원고를 읽으며 "아! 대단해!" "아! 네네! 아!" 같은 말이 되지 않는 말을 방 안에서 눈물을 글썽여가며 혼자 줄곧 외쳤습니다. 만화가는 대단해…….

처음에는 제 안에만 있었던 이야기에 일러스트가 생기고, 이번에는 목소리도 만들어주시고, 만화로도 만들어주셔서, 여기에 이르기까지 참으로 긴 여정이었다고 느끼지만, 여기까지 쭉 멈추지 않고 달려오길 정말 잘했다고 진심으로 생각하고 있습니다. 앞으로도 러닝머신과 함께 계속해서 달려가려고 합니다. 부디 오래오래 잘 부탁드립니다.

그럼 감사와 사죄의 인사를.

담당 편집자 M님.

언제나 신세를 지고 있습니다. 특히 이번에는 마지막의 마지막 아슬아슬할 때까지 수정 작업에 함께해주신 것, 정말로 고맙습니다. 이전에 "달릴 때 좋은 소재가 생기는 일도 있으니까 추천해"라고 말씀해주셨었는데, 밖을 달려보아도 생기는 것은 토할 것 같은 느낌뿐이었던지라 지금은 얌전하게 방 안에서 달리고 있습니다. 방 안이라면 토해도 괜찮으니까요!

아즈루 님.

언제나 귀여운 일러스트를 그려주셔서 감사드립니다. 이번 표지 일러스트 엄청나게 좋았습니다…… 언제나 좋지만, 해변을 걷는 장면은 지금까지 본편 안에서 나온 적이 없었으니까요…….

그런데, 전혀 관계없는 이야기입니다만, 이전 이야기했을 때 아즈루 씨도 버섯을 싫어한다고 하셔서 묘하게 친근감을 느꼈습니다.

관계자 여러분.

SB 크리에이티브 영업 담당자 여러분, GA 문고 편집부 여러분, 서점의 직원 여러분, 중개인 여러분, 인쇄소 여러분, 그 외 이번 출판에 관여해주신 여러분.

정말로 고맙습니다. 앞으로도 잘 부탁드립니다.

독자 여러분.

7권까지 함께해주셔서 감사드립니다! 8권은 11월 발매로, 드라마 CD 포함 특별판도 나옵니다. 잘 부탁드립니다! 부디 꼭 예약해주세요.

그럼 11월에 다시 만나 뵙겠습니다. 그럼 이만!

# [마녀의 여행 7]

**2023년 7월 15일 1판 4쇄 발행**

**저　　자** 시라이시 죠우기
**일 러 스 트** 아즈루
**옮 긴 이** 이신
**발 행 인** 유재옥
**본 부 장** 조병권
**담당편집** 정영길
**편 집 1 팀** 김준균 김혜연
**편 집 2 팀** 정영길 조찬희 박치우 정지원
**편 집 3 팀** 오준영 이해빈 이소의
**미　　술** 김보라 박민솔
**라이츠담당** 김정미 맹미영 이윤서
**디 지 털** 박상섭 김지연 윤희진
**발 행 처** ㈜소미미디어
**인쇄제작처** 코리아피앤피
**등　　록** 제2015-000008호
**주　　소** 서울 마포구 토정로 222, 403호(신수동, 한국출판콘텐츠센터)
**판　　매** ㈜소미미디어
**마 케 팅** 한민지 최정연 박종욱 최원석
**물　　류** 허석용
**전　　화** 편집부 (070)4164-3962, 3963 기획실 (02)567-3388
　　　　　　판매 및 마케팅 (070)4165-6888, Fax (02)322-7665

ISBN 979-11-6611-182-2
ISBN 979-11-5710-752-0 (세트)